El profesional

JOHN GRISHAM

El profesional

Traducción de
Laura Martín de Dios

Título original: *Playing for Pizza*
Diseño de sobrecubierta: Gemma Martínez
Fotografías de cubierta: Getty Images

Revisión técnica de la terminología deportiva: Diego Pérez

Printed in Spain – Impreso en España

ISBN: 978-84-9908-112-0
Depósito legal: B-20.544-2009

Impreso en Liberduplex, S.L.U.,
Sant Llorenç d'Hortons (Barcelona)

R 270343

Este libro se lo dedico a mi viejo editor, Stephen Rubin,
un gran amante de todo lo italiano:
la ópera, la gastronomía, el vino, la moda, la lengua
y la cultura. Del fútbol americano, tal vez no

1

Era una cama de hospital, eso parecía claro, aunque a veces la certeza iba y venía. Era estrecha, dura y tenía unos relucientes barrotes metálicos alzados a los lados a modo de rejas, para que no escapara. Las sábanas eran lisas y muy blancas. De hospital. La habitación estaba a oscuras, pero la luz del sol intentaba colarse a través de las lamas que cubrían la ventana.

Volvió a cerrar los ojos. Incluso hacer eso le dolía. Los abrió de nuevo y durante un largo y silencioso minuto consiguió apartar la vista de las lamas y concentrarse en su pequeño y borroso mundo. Estaba tumbado de espaldas e inmovilizado por unas sábanas remetidas con firmeza bajo el colchón. Se fijó en un tubito que colgaba a su izquierda. Llegaba hasta su mano y luego desaparecía por detrás. Oyó una voz lejana, en el pasillo. A continuación, cometió el error de intentar moverse, solo quería recolocar ligeramente la cabeza, pero fue peor el remedio que la enfermedad: un dolor punzante le atravesó el cráneo y el cuello y soltó un quejido.

—Rick, ¿estás despierto?

La voz, a la que de inmediato le siguió un rostro, le sonaba. Arnie estaba respirándole en la cara.

—¿Arnie? —lo llamó, con voz ronca y débil. Tragó saliva.

—Sí, soy yo, Rick. Gracias a Dios que te has despertado.

Arnie, el agente, siempre al pie del cañón cuando se le necesitaba.

—¿Dónde estoy, Arnie?

—Estás en el hospital, Rick.

—Eso ya lo sé, pero ¿por qué?

—¿Cuánto hace que estás despierto?

Arnie encontró un interruptor y se encendió una luz junto a la cama.

—No lo sé. Unos minutos.

—¿Cómo te sientes?

—Como si alguien me hubiera aplastado la cabeza.

—Por poco. Te pondrás bien, confía en mí.

Confía en mí, confía en mí. ¿Cuántas veces le había pedido Arnie que confiara en él? Lo cierto era que jamás había llegado a confiar en Arnie por completo y no había ninguna razón convincente para empezar a hacerlo en esos momentos. ¿Qué sabía Arnie sobre traumas craneales o cualquier otro golpe definitivo que pudieran haberle infligido?

Rick cerró los ojos y respiró hondo.

—¿Qué ha pasado? —preguntó, con un hilo de voz.

Arnie vaciló y se pasó una mano por la calva. Consultó la hora, las cuatro de la tarde, así que su cliente había permanecido inconsciente cerca de veinticuatro horas. No lo suficiente, pensó apenado.

—¿Qué es lo último que recuerdas? —preguntó Arnie, apoyando los codos con cuidado sobre las barras laterales e inclinándose hacia delante.

—Recuerdo a Bannister viniendo hacia mí —contestó Rick, tras un breve silencio.

Arnie se pasó la lengua por los labios antes de contestar.

—No, Rick. Esa fue la segunda conmoción cerebral, la de hace dos años, en Dallas, cuando estabas con los Cowboys.

Rick lanzó un gruñido al recordarlo. Tampoco era un buen recuerdo para Arnie: su cliente estaba agachado en cuclillas en la línea de banda mirando a cierta animadora cuando la jugada que estaba desarrollándose en el campo se desvió hacia él y Rick, que no llevaba puesto el casco, fue arrollado por una tonelada de cuerpos en pleno vuelo. Los de Dallas se deshicieron de él al cabo de dos semanas y encontraron a otro quarterback de tercer equipo.

—Rick, el año pasado estabas en Seattle y ahora estás en Cleveland, con los Browns, ¿lo recuerdas?

Rick lo recordó y el quejido fue aún más hondo.

—¿Qué día es hoy? —preguntó, con los ojos abiertos.

—Lunes. El partido se jugó ayer. ¿No recuerdas nada? —Arnie se mordió la lengua para no añadir que, por el bien de Rick, eso sería lo mejor—. Iré a buscar a una enfermera. Estaban esperando a que te despertaras.

—Todavía no, Arnie. No te vayas. ¿Qué ocurrió?

—Lanzaste un pase y luego te placaron. Purcell cargó por el lado débil y te arrancó la cabeza. No lo viste venir.

—¿Qué hacía yo en el campo?

Bueno, magnífica pregunta, la misma que había desatado la controversia en todos los programas de las emisoras deportivas de Cleveland y el Medio Oeste. ¿Qué hacía él en el campo? ¿Qué hacía él en el equipo? ¿De dónde coño había salido?

—Ya hablaremos luego de eso —dijo Arnie.

Rick estaba demasiado débil para protestar. Con gran reticencia, su dañado cerebro empezaba a funcionar lentamente tratando de sacudirse el coma de encima y despejarse. Los Browns. El estadio de los Browns, una gélida tarde de domingo, ante una asistencia de público que había batido récords. Las finales, no, más que eso: el título de la AFC.

El terreno estaba helado, duro como el cemento e igual de frío.

En la habitación había una enfermera.

—Creo que está empezando a reaccionar —le informó Arnie.

—Pues qué bien —contestó ella, con poco entusiasmo—. Iré a buscar al médico —añadió, aún menos entusiasmada.

Sin mover la cabeza, Rick la vio salir. Arnie hizo crujir los nudillos, preparándose para partir.

—Oye, Rick, tengo que irme.

—Claro, Arnie. Gracias.

—De nada. Escucha, no hay otra manera de decirte esto, así que seré sincero: los Browns han llamado esta mañana, Wacker, y, bueno… te han cortado.

Los cortes de final de temporada casi se habían convertido en un ritual anual.

—Lo siento —dijo Arnie, aunque solo porque se sintió obligado a hacerlo.

—Llama a los demás equipos —dijo Rick, y desde luego no era la primera vez.

—Es obvio que no va a hacer falta, ya están llamándome ellos.

—Eso es genial.

—No tanto. Están llamándome para avisarme de que no los llame. Me temo que se acabó lo que se daba, hijo.

Era evidente que se había acabado, pero Arnie no tenía valor para decírselo claramente. Tal vez al día siguiente. Ocho equipos en seis años. Solo los Argonauts de Toronto se habían arriesgado a ficharlo por una segunda temporada. Todos los equipos necesitaban un quarterback suplente para su quarterback de reserva, y Rick era el hombre indicado para eso. Sin embargo, los problemas empezaban cuando salía al campo.

—Tengo que irme pitando —dijo Arnie, volviéndole a echar otro vistazo a la hora—. Escucha, hazte un favor y no enciendas la tele. Son despiadados, sobre todo los del ESPN.

Le dio unas palmaditas en la rodilla y salió de la habitación a toda prisa. Junto a la puerta había dos fornidos guardias de seguridad que intentaban no dormirse sentados en unas sillas plegables.

Arnie se detuvo en el puesto de recepción de las enfermeras y habló con el médico, quien al final cruzó el pasillo, pasó junto a los guardias de seguridad y entró en la habitación de Rick. No hubo calidez alguna en el trato con el paciente: se limitó a realizar una rápida comprobación de lo básico sin darle demasiada conversación.

—Habrá que vigilar la evolución neurológica. Solo es una conmoción cerebral normal y corriente más, ¿no es la tercera?

—Creo que sí —contestó Rick.

—¿Ha pensado en cambiar de trabajo? —preguntó el médico.

—No.

Pues igual le convendría, pensó el facultativo, y no solo por los posibles daños cerebrales. Tres intercepciones en once minutos deberían bastar para convencerte de que el fútbol americano no es lo tuyo. Dos enfermeras aparecieron sin decir nada y se encargaron de las pruebas y el papeleo. En ningún momento se dirigieron al paciente a pesar de tratarse de un atleta profesional soltero, bastante apuesto y en forma. Justo ahora, cuando él más las necesitaba, ellas no podrían haberle hecho menos caso.

En cuanto volvieron a dejarlo solo, Rick empezó a buscar con cuidado el mando a distancia. En un rincón de la habitación había colgado un televisor de tamaño considerable. Quería sintonizar la ESPN y acabar con aquello de una vez por todas. Cada minuto que pasaba era un suplicio, y no solo por el dolor de cabeza o el del cuello, sino porque también tenía la sensación de que alguien le había clavado un cuchillo en la zona lumbar y por la aguda molestia del codo izquierdo, con el que no lanzaba.

¿Placado? Se sentía como si lo hubiera aplastado una hormigonera.

Volvió a entrar la enfermera y esta vez llevaba una bandeja con varias pastillas.

—¿Dónde está el mando a distancia? —preguntó Rick.

—Ah, la televisión no funciona.

—Arnie la ha desenchufado, ¿no?

—¿El qué?

—La televisión.

—¿Quién es Arnie? —preguntó, mientras manipulaba una aguja bastante grande.

—¿Qué es eso? —quiso saber Rick, olvidando a Arnie por un momento.

—Vicodina. Le ayudará a dormir.

—Estoy cansado de dormir.

—Órdenes del médico, ¿de acuerdo? Tiene que descansar, y mucho.

Inyectó la vicodina en la bolsa de suero intravenoso y comprobó el goteo de los líquidos transparentes.

—¿Es seguidora de los Browns? —preguntó Rick.

—Mi marido.

—¿Estuvo ayer en el estadio?

—Sí.

—¿Tan mal fue?

—No quiera saberlo.

Cuando se despertó, Arnie volvía a estar allí, sentado en una silla junto a la cama, leyendo el *Cleveland Post*. Al final de la primera plana, Rick consiguió distinguir un titular: «Los seguidores toman el hospital al asalto».

—¡Qué! —exclamó Rick, reuniendo todas sus fuerzas.

Arnie cerró el periódico de golpe y se puso en pie de un salto.

—¿Estás bien, hijo?

—De maravilla, Arnie. ¿Qué día es hoy?

—Martes, temprano por la mañana. ¿Cómo estás, hijo?

—Dame ese periódico.

—¿Qué quieres saber?

—¿Qué está ocurriendo, Arnie?

—¿Qué quieres saber?

—Todo.

—¿Has visto la televisión?

—No. Tú la desenchufaste. Dime la verdad, Arnie.

Arnie hizo crujir los nudillos y se acercó lentamente a la ventana, donde apenas se atrevió a separar las lamas de la persiana. Echó un vistazo al exterior, como si el problema estuviera allí fuera.

—Ayer algunos gamberros vinieron aquí y montaron una escena. La poli supo manejarlos y arrestó a cerca de una docena. Solo era una panda de matones. Seguidores de los Browns.

—¿Cuántos?

—El periódico dice que unos veinte. Unos borrachos.

—Y ¿por qué vinieron aquí, Arnie? Solo estamos nosotros dos, agente y jugador. La puerta está cerrada. Por favor, rellena los vacíos.

—Se enteraron de que estabas aquí. Estos días hay mucha gente a la que le gustaría pegarte un tiro. Has recibido un centenar de amenazas de muerte. La gente está disgustada. Incluso yo he recibido amenazas. —Arnie se apoyó contra la pared con cierto aire de suficiencia ahora que alguien consideraba que su vida valía lo suficiente para amenazarlo de muerte—. ¿Sigues sin recordar nada? —preguntó.

—Nada.

—Los Browns van diecisiete a cero por delante de los Broncos a tan solo once minutos del final, aunque decir cero es decir poco para la paliza que les estabais dando. Después del tercer cuarto, los Broncos han conseguido ochenta y una yardas en ataque y tres, sí, lo que oyes, tres primeros downs. ¿Y ahora?

—Nada.

—Ben Marroon está jugando de quarterback porque a

Nagle se le desgarró el tendón de la corva en el primer cuarto.

—Eso sí lo recuerdo.

—A once minutos del final, Marroon recibe un golpe a destiempo tremendo y lo sacan del campo. Nadie parece preocupado porque la defensa de los Browns podría detener al general Patton y sus tanques. Entras tú, tercera y doce, lanzas un bello pase cerca de la línea de golpeo hacia Sweeney, quien, mira por dónde, juega con los Broncos y quien cuarenta yardas después se encuentra en la zona de anotación. ¿Recuerdas algo de eso?

—No —contestó Rick, cerrando los ojos lentamente.

—No te esfuerces demasiado. Ambos equipos despejan y a continuación los Broncos pierden el balón. A seis minutos del final, en la tercera y ocho, cambias la jugada y le lanzas a Bryce en una ruta de gancho, pero la pelota sale alta y la atrapa alguien con camiseta blanca, no recuerdo su nombre, pero desde luego corre que se las pela. Diecisiete a catorce. El ambiente está tenso, más de ochenta mil espectadores. Unos minutos antes estaban celebrando la primera Super Bowl de la historia y todo eso. Los Broncos patean, los Browns corren el balón tres veces porque Cooley no consigue que cuaje una jugada de pase, así que los Browns despejan. O lo intentan. El saque es defectuoso, los Broncos se hacen con el balón en la línea de las treinta y cuatro yardas de los Browns, lo cual no es un problema porque en tres jugadas, la defensa de los Browns, que en esos momentos está muy, pero que muy cabreada, los hacen retroceder quince yardas, lejos del gol de campo. Los Broncos despejan, tú tomas el mando en tu yarda seis y en los siguientes cuatro minutos consigues meter el balón en medio de la línea defensiva. El avance se detiene a medio campo, tercera y diez, solo quedan cuarenta segundos para el final. Los Browns no quieren pasar el balón, y mucho menos despejarlo. No sé qué intenciones tiene Cooley, pero tú vuelves a cambiar la jugada, disparas un misil a la banda derecha en dirección a Bryce, que está desmarcado. Justo en el blanco.

Rick intentó incorporarse y por un segundo olvidó sus achaques.

—Sigo sin recordar nada.

—Justo en el blanco, pero demasiado fuerte. La pelota golpea a Bryce en el pecho, rebota y Goodson la atrapa. El tipo galopa hacia la tierra prometida. Los Browns pierden veintiuno a diecisiete. Tú estás en el suelo, casi partido por la mitad. Te suben a una camilla y al tiempo que te sacan del campo, la mitad del público está abucheándote y la otra mitad está celebrándolo como locos. Había bastante jaleo, nunca había oído nada semejante. Un par de borrachos saltan de las gradas y corren hacia la camilla. Te habrían matado, pero aparecen los de seguridad. Se arma una buena y eso también aparece en todos los programas.

Rick se había desplomado en la cama, más hundido que nunca, con los ojos cerrados. Notaba que le costaba respirar. El dolor de cabeza había vuelto, junto con las punzadas de dolor en el cuello y a lo largo de la columna vertebral. ¿Dónde estaban las drogas?

—Lo siento, hijo —dijo Arnie.

La habitación era más acogedora en penumbra, así que Arnie bajó la persiana y volvió a sentarse en la silla, con el periódico. Su cliente parecía difunto.

Los médicos querían darle el alta, pero Arnie había insistido fervientemente en que necesitaba unos cuantos días más de descanso y protección. Los Browns pagaban a los guardias de seguridad y no les hacía ninguna gracia. El equipo también corría con los gastos médicos, por lo que no tardarían en quejarse.

Además, Arnie también estaba harto. La carrera de Rick, si podía llamársela así, estaba acabada. Arnie se llevaba el cinco por ciento y el cinco por ciento de la paga de Rick no llegaba para cubrir los gastos.

—Rick, ¿estás despierto?

—Sí —contestó, con los ojos cerrados.

—Escúchame, ¿de acuerdo?

—Te escucho.

—La parte más difícil de mi trabajo es decirle al jugador que ha llegado el momento de dejarlo. Tú has jugado toda la vida, es lo único que sabes hacer, lo único con lo que sueñas. Nadie está nunca preparado para dejarlo, pero, Rick, viejo amigo, ha llegado el momento de retirarse. No te queda otro remedio.

—Tengo veintiocho años, Arnie —protestó Rick, abriendo los ojos. Unos ojos muy tristes—. ¿Qué quieres que haga?

—Mucha gente se dedica a entrenar. Y a los negocios inmobiliarios. Eras listo, te sacaste una licenciatura.

—Mi licenciatura es en educación física, Arnie, y eso significa que no voy a encontrar un trabajo donde me paguen cuarenta mil al año por enseñar voleibol a niños de sexto. No estoy preparado.

Arnie se levantó y rodeó los pies de la cama como si estuviera reflexionando.

—¿Por qué no vuelves a casa, descansas un poco y te lo piensas?

—¿A casa? ¿Qué casa? He vivido en demasiados sitios.

—Tu casa está en Iowa, Rick. Allí todavía te quieren.

Y en Denver ya no digamos, pensó Arnie, pero con gran tino se lo guardó para él.

La idea de que lo vieran por las calles de Davenport, en Iowa, aterrorizaba a Rick, por lo que dejó escapar un gemido ronco. El pueblo seguramente se sentía humillado por el juego de su paisano. Mierda. Pensó en sus pobres padres y cerró los ojos.

Arnie miró el reloj y entonces, sin saber por qué, se percató de que en la habitación no había ni flores ni tarjetas de felicitación deseando que se recuperara. Las enfermeras le habían dicho que ni un solo amigo, ni la familia, ni sus compañeros de equipo, ni nadie que estuviera remotamente relacionado con los Browns de Cleveland se habían pasado por allí.

—Tengo que irme, hijo. Vendré a verte mañana.

Al salir, lanzó el periódico a la cama de Rick con aire despreocupado. En cuanto la puerta se cerró a su espalda, Rick lo recogió, aunque no tardó en desear no haberlo hecho. La policía calculaba que una turba de unas cincuenta personas había iniciado una escandalosa protesta delante del hospital. La cosa había empeorado con la aparición de un equipo de televisión de una cadena de noticias, que empezó a grabarlos. Rompieron una ventana y unos cuantos seguidores borrachos tomaron la recepción de urgencias al asalto, supuestamente en busca de Rick Dockery. Ocho acabaron arrestados. Una foto de grandes dimensiones —primera plana, mitad inferior— mostraba a la turba antes de los arrestos. En dos pancartas rudimentarias podía leerse con claridad: «¡Desenchufadlo ya!» y «Sí a la eutanasia».

Aunque la cosa no quedaba ahí. En el *Post* trabajaba un periodista deportivo bastante conocido que se llamaba Charley Cray, un gacetillero de tres al cuarto cuya especialidad era la prensa amarilla deportiva. Suficientemente ingenioso para resultar creíble, Cray contaba con una legión de lectores gracias a que se refocilaba en los traspiés y en las debilidades de los deportistas profesionales que ganaban millones, pero que no eran perfectos. Creía saberlo todo y nunca desaprovechaba la oportunidad de lanzar un golpe bajo. La columna del martes, en la primera plana de la sección de deportes, empezaba con el siguiente titular: «¿Podría Dockery encabezar la lista del mayor asno de todos los tiempos?».

Conociendo a Cray, era evidente que Rick Dockery la encabezaba.

La columna, bien documentada y escrita sin piedad, se estructuraba alrededor de la opinión de Cray sobre los mayores pinchazos, cagadas y fracasos individuales de la historia deportiva. Se mencionaba el roletazo que se coló entre las piernas de Bill Buckner en las Series Mundiales de 1986, el pase de anotación que dejó caer Jackie Smith en la decimotercera edición de la Super Bowl, etcétera.

Sin embargo, tal como Cray anunciaba en grandes caracteres de imprenta a sus lectores, aquellas habían sido jugadas muy concretas. En cambio, el señor Dockery había conseguido realizar tres, sí, nada más y nada menos que tres pases nefastos en tan solo once minutos y, por lo tanto, Rick Dockery era incuestionablemente el peor atleta de toda la historia del deporte profesional. El veredicto era irrefutable y Cray retaba a cualquiera a que se lo discutiera.

Rick arrojó el periódico contra la pared y pidió otra pastilla. En la oscuridad, solo, con la puerta cerrada, esperó a que las drogas hicieran efecto, que lo noquearan limpiamente y, con un poco de suerte, que se lo llevaran para siempre.

Se hundió aún más en la cama, se cubrió la cabeza con la sábana y rompió a llorar.

2

Nevaba y Arnie estaba harto de Cleveland. Se encontraba en el aeropuerto, esperando el anuncio del vuelo a Las Vegas, y aun sabiendo que cometía un error, hizo una llamada a uno de esos directivos que apenas deciden nada de los Cardinals de Arizona.

En esos momentos, y sin incluir a Rick Dockery, Arnie llevaba a siete jugadores de la NFL y a cuatro en Canadá. Era, si pudiera obligársele a admitirlo, un agente del montón con grandes aspiraciones, y realizar llamadas en nombre de Rick Dockery no iba a beneficiar en nada su credibilidad. Posiblemente Rick era el jugador del que más se hablaba en el país en ese triste momento, pero lo que se decía de él no era lo que Arnie necesitaba. El directivo se mostró educado, pero fue muy breve, se notaba que tenía prisa por colgar el teléfono.

Arnie fue a un bar, pidió una copa y consiguió encontrar un sitio lejos de cualquier televisor, pues la única noticia que seguía animando las veladas de Cleveland eran las tres intercepciones de un quarterback que nadie sabía que estuviera en el equipo. La temporada de los Browns había ido sobre ruedas con una línea ofensiva a la que le faltaba fuelle, pero con una defensa durísima que había pulverizado récords en cuanto a la baja cesión de yardas y puntos al adversario. Solo habían perdido en una ocasión y cada victoria conseguía que una ciudad sedienta de trofeos se enamorara cada vez más de sus viejos y amados perdedores. De repente, y en una sola temporada, los Browns eran los que mandaban.

Si hubieran ganado el domingo anterior, su siguiente rival en la Super Bowl habría sido los Vikings de Minnesota, un equipo al que habían vencido y enviado a casita en noviembre. Toda la ciudad empezaba a saborear la dulce victoria de un campeonato, pero todo se había esfumado en once catastróficos minutos.

Arnie pidió un segundo trago. Dos viajantes estaban emborrachándose en la mesa de al lado, recreándose en el pinchazo de los Browns. Eran de Detroit.

La noticia del día había sido el despido del director técnico de los Browns, Clyde Wacker, un hombre que había sido aclamado como un genio no hacía ni una semana, el sábado anterior, y que ahora se había convertido en la cabeza de turco perfecta. Había que despedir a alguien, y no solo a Rick Dockery. Cuando acabó por descubrirse que había sido Wacker quien había fichado a Dockery de la lista de «disponibles» el octubre anterior, el dueño lo echó a la calle. La ejecución fue pública: una gran conferencia de prensa, ceños fruncidos, promesas varias de mejorar la eficiencia, etcétera. ¡Los Browns volverían a la carga!

Arnie había conocido a Rick cuando este cursaba el último año de universidad en Iowa, al final de una temporada que había empezado con mucha expectación, pero que estaba desvayéndose en un juego de tercera regional. Rick había jugado como quarterback titular las dos últimas temporadas y parecía tener aptitudes para un juego de ataque abierto muy poco habitual entre los Diez Grandes. Había momentos en que destacaba: se anticipaba a la defensa, decidía la jugada con sangre fría y lanzaba la pelota a una velocidad vertiginosa. Tenía un brazo increíble, sin duda el mejor del draft que había de celebrarse, y lanzaba lejos y con fuerza, además de soltar el balón a la velocidad del rayo, pero era demasiado irregular para poder confiar en él. Cuando Buffalo lo escogió en la última ronda, aquello debería haberle servido de clara señal para que se dedicara a estudiar un posgrado o a sacarse una licencia de corredor de bolsa.

Sin embargo, estuvo en Toronto dos temporadas lamentables y a partir de ahí empezó a saltar de un equipo de la NFL a otro. A pesar de su brazo, a Rick le faltaba mucho para aparecer en la lista de titulares, aunque todos los equipos necesitan un tercer quarterback. En las pruebas, y había habido muchas, solía deslumbrar a los entrenadores con su brazo. Un día, en Kansas City, Arnie vio cómo Rick lanzaba un balón a ochenta yardas y cómo pocos minutos después disparaba una bala a cerca de ciento cincuenta kilómetros hora.

Pese a todo, Arnie sabía lo que la mayoría de entrenadores ahora sospechaba: que Rick, para ser un jugador de fútbol americano, rehuía el contacto. No el contacto fortuito, ni el breve e inofensivo placaje de un quarterback que intenta escabullirse. Rick, con toda razón, temía a los tackles en ataque y a los apoyadores a la carga.

En todos los partidos existen una o dos ocasiones en que un quarterback tiene a un receptor desmarcado, una fracción de segundo para lanzar el balón y a un corpulento jugador atacante que carga contra el bolsillo protector con un rugido sin que nadie lo bloquee. El quarterback tiene dos opciones: o bien hace de tripas corazón, se sacrifica, pone el equipo por delante, lanza el maldito balón, hace la jugada y acaba machacado, o bien puede quedarse el balón, echar a correr y rezar para volver a ver la luz del día. Rick, desde que Arnie lo había visto jugar, nunca, ni una sola vez, había puesto el equipo por delante. A la primera insinuación de un placaje de quarterback, Rick se echaba a temblar y se ponía a correr como un loco hacia la línea de banda.

Aunque con esa propensión a las conmociones cerebrales, ¿quién era Arnie para echárselo en cara?

Llamó a un sobrino del dueño de los Rams, quien contestó al teléfono con un gélido:

—Espero que esta llamada no tenga nada que ver con Dockery.

—Pues sí, tiene que ver —respondió Arnie, armándose de valor.

—La respuesta es: una mierda.

Arnie había hablado con cerca de la mitad de los equipos de la NFL desde el domingo hasta entonces y la respuesta de los Rams solía ser la habitual. Rick no tenía ni la más mínima idea de hasta qué punto su anodina carrera había terminado.

Le echó un vistazo a un monitor y vio que habían retrasado su vuelo. Solo una llamada más, se prometió. El último esfuerzo para encontrarle un trabajo a Rick y luego se dedicaría a sus otros jugadores.

Los clientes eran de Portland y aunque él se apellidaba Webb y ella era tan blanca como una sueca, los dos aseguraban tener sangre italiana y estar ansiosos por ver el viejo país de sus orígenes. Entre ambos no sabían más de una docena de palabras en italiano y mal pronunciadas. Sam sospechaba que habían comprado una guía de viajes en el aeropuerto y que habían memorizado cuatro cosas durante el vuelo sobre el Atlántico. En la anterior visita a Italia, les había servido de guía y chófer un nativo con un inglés pésimo, por lo que el matrimonio había insistido en que esta vez se tratara de un estadounidense, un buen yanqui que supiera organizarles las comidas y encontrarles entradas. Al cabo de un par de días juntos, Sam se moría de ganas de empaquetarlos de vuelta a Portland.

En realidad, Sam no era ni guía ni chófer, aunque sí estadounidense, y dado que su trabajo principal no estaba muy bien pagado, de vez en cuando se pluriempleaba cuando sus compatriotas pasaban por allí y necesitaban que alguien los llevara de la manita.

Estaba esperándolos fuera, en el coche, mientras ellos disfrutaban de un almuerzo inacabable en el Lazzaro, una vieja *trattoria* en el centro de la ciudad. Hacía frío y caían cuatro copos, y mientras saboreaba su fuerte café, sus pensamientos volvieron a la lista de rotaciones, como siempre. Lo sobresaltó el móvil. Lo llamaban de Estados Unidos. Contestó.

—Con Sam Russo, por favor —dijeron al otro lado, de manera seca.

—Soy yo.

—¿El entrenador Russo?

—Sí, el mismo.

El interlocutor se identificó como un tal Arnie no sé cuántos, dijo que era una especie de agente y aseguró que había sido uno de los directores técnicos del equipo de fútbol americano de Bucknell, en 1988, unos cuantos años después de que Sam jugara con ellos. Puesto que ambos habían ido a Bucknell, no tardaron en encontrar temas en común y al cabo de unos minutos de intercambiar recuerdos, ya se habían hecho amigos. Para Sam era un placer charlar con alguien de su vieja universidad, aunque fuera un completo extraño.

Y no era habitual que recibiera llamadas de agentes.

Arnie por fin decidió ir al grano.

—Claro que he visto las finales —dijo Sam.

—Bueno, pues represento a Rick Dockery y, en fin, los Browns lo han echado —se explicó Arnie. Sam pensó que no le sorprendía, pero siguió escuchando—. Rick está buscando por ahí, sopesando otras opciones. Me ha llegado el rumor de que necesitas un quarterback.

A Sam estuvo a punto de caérsele el teléfono. ¿Un quarterback de verdad, de la NFL, jugando en Parma?

—No es un rumor —contestó—, mi quarterback se fue la semana pasada y encontró un trabajo de entrenador no sé dónde, al norte de Nueva York. Nos encantaría tener a Dockery. ¿Está bien? Físicamente, me refiero.

—Sí, por supuesto, un poco magullado, pero listo para empezar.

—¿Y quiere jugar en Italia?

—Tal vez. Verás, todavía no lo hemos hablado, sigue en el hospital, pero no cerramos ninguna puerta. Sinceramente, necesita cambiar de aires.

—¿Sabe cómo se juega por aquí? —preguntó Sam, algo nervioso—. Es fútbol americano, pero está a años luz de la NFL y de los Diez Grandes. Es decir, estos tipos no son profesionales en el sentido estricto de la palabra.

—¿Qué nivel tienen?

—No sé, es difícil de concretar. ¿Has oído hablar alguna vez de una universidad que se llama Washington and Lee, en Virginia? Es una buena universidad, juegan bien al fútbol, en la tercera división.

—Sí, claro.

—Vinieron el año pasado durante el descanso de primavera y jugamos contra ellos un par de veces. El asunto estuvo bastante igualado.

—Tercera división, ¿eh? —dijo Arnie, desanimándose ligeramente.

Sin embargo, Rick necesitaba un juego más suave. Una nueva conmoción y podría acabar sufriendo el daño cerebral del que tanto solía bromearse. En realidad, a Arnie no le importaba. Un par de llamadas y Rick Dockery sería historia.

—Mira, Arnie —dijo Sam, poniéndose serio. Había llegado el momento de la verdad—, los equipos de aquí son completamente *amateurs* o quizá un poco por encima de esa categoría. Todos los equipos de la serie A cuentan con tres jugadores estadounidenses, quienes suelen recibir dietas y, de vez en cuando, incluso les pagan la estancia. Los quarterbacks acostumbran ser estadounidenses y reciben un pequeño salario. El resto de la plantilla está compuesta por un grupo de italianos corpulentos que se dedican a esto porque les gusta el fútbol americano. Si tienen suerte y el dueño está de buen humor, puede que incluso les caiga una pizza y una cerveza después del partido. Se juega una liguilla entre ocho equipos, con finales, y de ahí se accede a la Super Bowl italiana. El campo es viejo, pero no está mal, está bien cuidado, tiene un aforo de unos tres mil espectadores y podríamos llenarlo con un buen partido. Tenemos patrocinadores, el equipamiento está bien, pero no tenemos contratos televisivos ni tampoco nos sobra el dinero. Estamos en el corazón del fútbol europeo, por lo que nuestros incondicionales son seguidores de culto.

—¿Cómo has acabado ahí?

—Adoro Italia. Mis abuelos eran de esta región y emigraron a Baltimore, donde yo me crié. Pero tengo muchos primos por aquí. Además, mi mujer también es italiana. Es un lugar estupendo para vivir. No se gana demasiado dinero como entrenador de fútbol americano, pero nos lo pasamos bien.

—Entonces, ¿los entrenadores sí cobran un sueldo?

—Sí, más o menos.

—¿Algún otro paria de la NFL?

—De vez en cuando alguno pasa por aquí, un alma en pena que todavía sueña con un anillo de la Super Bowl, pero los estadounidenses suelen ser jugadores de universidades pequeñas a quienes les gusta jugar a fútbol y les va la aventura.

—¿Cuánto podríais pagarle a mi chico?

—Deja que lo hable con el dueño.

—De acuerdo, yo también veré qué le parece a mi cliente.

Se despidieron después de otra batallita de Bucknell y Sam regresó a su café. ¿Un quarterback de la NFL jugando al fútbol americano en Italia? Era difícil de imaginar, pero había precedentes. Hacía dos años, los Warriors de Bolonia estaban en la Super Bowl italiana con un quarterback de cuarenta años que apenas había jugado en Oakland. Lo dejó al cabo de dos temporadas y se fue a Canadá.

Sam bajó un poco la calefacción y volvió a poner los últimos minutos del partido entre los Browns y los Broncos. Que él recordara, nunca había visto a un jugador conseguir una derrota y perder un partido que estaba tan claramente ganado. Incluso él había estado a punto de aplaudir cuando se habían llevado a Dockery del campo.

Sin embargo, le fascinaba la idea de entrenarlo en Parma.

3

Aunque hacer las maletas y mudarse casi se había convertido en un ritual, la partida de Cleveland estaba siendo un poco más estresante de lo habitual. Alguien había descubierto que tenía alquilado un apartamento en la séptima planta de un edificio de cristal, cerca del lago, y había dos periodistas greñudos con sus cámaras merodeando cerca de la garita del vigilante cuando Rick atravesó la entrada en su todoterreno negro. Aparcó en la planta subterránea y se dirigió al ascensor a toda prisa. El teléfono de la cocina sonaba cuando estaba abriendo la puerta de casa. El mismísimo Charley Cray dejó grabado un agradable mensaje de voz.

Tres horas después había cargado la ropa, los palos de golf y un equipo de música en el todoterreno. Después de trece viajes de ascensor —los contó— arriba y abajo, el cuello y los hombros lo estaban matando y tenía un dolor de cabeza punzante que los analgésicos no conseguían calmar. No debería conducir bajo los efectos de la medicación, pero iba a conducir.

Se iba, dejaba el apartamento y los muebles alquilados que contenía, huía de Cleveland, de los Browns y de sus odiosos seguidores, se largaba a otro lugar. Aunque no sabía seguro adónde.

Con buen juicio, había arrendado el piso solo por seis

meses. Desde la universidad, había vivido a base de contratos cortos y muebles alquilados y había aprendido a no acumular demasiadas cosas.

Se abrió camino entre el tráfico del centro y echó un último vistazo al horizonte de Cleveland a través del retrovisor. ¡Adiós y buen viaje! Estaba la mar de contento de irse de allí. Se juró que no volvería jamás, salvo que tuviera que jugar contra los Browns, por descontado, aunque también se había prometido no pensar en el futuro. Al menos durante una semana.

A medida que dejaba atrás las afueras de la ciudad, tuvo que reconocer que Cleveland se alegraba más de su partida que él.

Había puesto rumbo hacia el oeste, más o menos en dirección a Iowa, un poco a desgana, porque no le entusiasmaba la idea de volver a casa. Había llamado a sus padres desde el hospital. Su madre se había interesado por su cabeza y le había suplicado que dejara de jugar. Su padre había querido saber en qué coño estaba pensando al lanzar aquel último pase.

—¿Cómo van las cosas por Davenport? —le preguntó Rick al final a su padre.

Ambos sabían a qué se refería. A Rick no le interesaba en absoluto la economía local.

—No muy bien —contestó su padre.

Las noticias del tiempo llamaron su atención. Nevadas abundantes en el oeste y una tormenta de nieve en Iowa. Rick giró a la izquierda y, encantado, puso rumbo hacia el sur.

Una hora después el móvil empezó a vibrar. Era Arnie, que estaba en Las Vegas, y parecía bastante animado.

—¿Dónde estás, hijo? —preguntó.

—Acabo de salir de Cleveland.

—Gracias a Dios. ¿Vas a casa?

—No, por ahora solo conduzco, hacia el sur. Tal vez vaya a Florida a jugar un poco al golf.

—Buena idea. ¿Qué tal la cabeza?

—Bien.

—¿Alguna otra lesión cerebral? —preguntó Arnie, con una risotada impostada.

Rick había oído la misma bromita al menos un centenar de veces.

—Sí, grave —contestó.

—Mira, hijo, tengo algo entre manos, un lugar en la plantilla y la titularidad asegurada. Unas animadoras preciosas. ¿Te interesa oír más?

Rick lo repitió lentamente, convencido de que lo había entendido mal. La vicodina tenía empantanadas varias partes de su delicado cerebro.

—Adelante —dijo al fin.

—Acabo de hablar con el entrenador de los Panthers y te ofrecen un contrato ahora mismo, en el acto, sin hacer preguntas. No es mucho dinero, pero es un trabajo. Seguirás siendo el quarterback, ¡el quarterback titular! Está hecho. Todo depende de ti, hijo.

—¿Los Panthers?

—Eso mismo. Los Panthers de Parma.

Se hizo un largo silencio durante el cual Rick intentó echar mano a sus conocimientos de geografía. Estaba claro que debía de tratarse de una liga menor, de alguna liguilla independiente tan alejada de la NFL que no se la podía tomar en serio. Seguro que ni siquiera se jugaba en estadios. Arnie tenía mejores cosas que hacer que perder el tiempo con esos equipos. Sin embargo, no conseguía ubicar Parma.

—¿Has dicho los Panthers de Carolina, Arnie?

—No estás escuchándome, Rick, los Panthers de Parma.

Había un pueblo llamado Parma en los alrededores de Cleveland. No entendía nada.

—Vale, Arnie, perdona por la lesión cerebral, pero ¿por qué no me dices dónde está Parma exactamente?

—En el norte de Italia, a una hora más o menos de Milán.

—¿Dónde está Milán?

—También en el norte de Italia. Te compraré un atlas. De todos modos...

—Allí llaman fútbol a otra cosa, Arnie. Te has equivocado de deporte.

—Escúchame bien. En Europa también tienen ligas establecidas desde hace mucho tiempo. Es un deporte con mayúsculas en Alemania, Austria e Italia. Puede ser divertido. ¿Dónde está ese espíritu aventurero?

Rick empezó a notar las punzadas de dolor en la cabeza; necesitaba otra pastilla, pero ya estaba prácticamente colocado y que lo detuvieran conduciendo bajo los efectos de las drogas era lo último que necesitaba. El poli le echaría un vistazo al carnet e iría a buscar las esposas, o incluso la porra.

—Creo que no me interesa.

—Deberías pensarlo, Rick. Tómate un año libre, ve a jugar a Europa, deja que las aguas vuelvan a su cauce por aquí. Tengo que decírtelo, hijo, no me importa seguir haciendo llamadas, pero la cosa está mal, muy mal.

—No me interesa oírlo, Arnie. Mira, ya hablaremos más tarde. Este dolor de cabeza está matándome.

—Claro. Consúltalo con la almohada, pero tenemos que hacer algo, y pronto. El equipo de Parma busca un quarterback. La temporada allí está a punto de empezar y están desesperados. Es decir, no por fichar a cualquiera, pero...

—Ya lo he entendido, Arnie. Ya hablaremos.

—¿Te suena el queso parmesano?

—Claro.

—Pues lo hacen allí. En Parma. ¿Lo captas?

—Si quisiera queso, iría a Green Bay —contestó Rick, creyéndose muy despierto, a pesar de los medicamentos.

A la afición de los Packers de Green Bay se la conocía como los «cabezaqueso».

—He llamado a los Packers, pero todavía no me han devuelto la llamada.

—No quiero oírlo.

Se acomodó en uno de los reservados del restaurante de un abarrotado bar de carretera cerca de Mansfield y pidió patatas fritas y un refresco de cola. Veía un poco borrosas las letras del menú, pero se tomó otra pastilla; el dolor de la zona lumbar estaba matándolo. Había cometido el error de acabar viendo lo más destacado en la ESPN en el hospital cuando el televisor volvió a funcionar. Se había encogido, incluso se había estremecido al ver con qué dureza lo habían golpeado y luego había quedado tumbado en el suelo, hecho un guiñapo.

Dos camioneros de la mesa de al lado empezaron a mirarlo. Genial. ¿Por qué no se habría puesto una gorra y unas gafas de sol?

Susurraban entre ellos y lo señalaban, hasta que al cabo de poco otros clientes empezaron a mirarlo también, algunos sin demasiada simpatía. Rick sintió deseos de salir de allí, pero la vicodina dijo que no, que se lo tomara con tranquilidad. Pidió una ración más de patatas fritas e intentó llamar a sus padres. O bien estaban fuera o no querían responder al teléfono. Llamó a un amigo de la universidad, en Boca, para asegurarse un lugar donde quedarse unos días.

Los camioneros se rieron. Rick intentó no hacerles caso y empezó a garabatear unos números en una servilleta blanca de papel. Los Browns le debían 50.000 dólares por las finales. Seguro que el equipo le pagaba. Tenía unos 40.000 en el banco, en Davenport. Debido a lo inconstante de su carrera, no había invertido en bienes inmuebles. El todoterreno era alquilado: 700 dólares al mes. No tenía más ingresos. Estudió las cifras y calculó que podía contar con unos 80.000.

Dejar de jugar con tres conmociones cerebrales y 80.000

dólares no estaba tan mal como parecía. Un corredor medio de la NFL jugaba tres años, se retiraba con todo tipo de lesiones y con unos 500.000 dólares en su haber.

Los problemas financieros de Rick procedían de inversiones desastrosas. Un compañero de equipo de Iowa y él habían intentado acaparar el mercado de los túneles de lavado en Des Moines. Les habían llovido demandas y su nombre seguía en préstamos bancarios. Era dueño de la tercera parte de un restaurante mexicano en Fort Worth, y los otros dos propietarios, antiguos amigos de Rick, le exigían más capital. La última vez que comió los burritos de allí le entraron retortijones.

Había conseguido evitar la bancarrota con la ayuda de Arnie, los titulares se habrían cebado con él, pero las deudas seguían acumulándose.

Un gigantesco camionero con una impresionante barriga cervecera se acercó, se detuvo junto a él y lo miró con sorna. Era el prototipo del camionero: patillas pobladas, gorra y mondadientes encajado entre los labios.

—Eres Dockery, ¿verdad?

Por un instante, Rick se planteó negarlo, pero al final decidió ignorarlo.

—Eres una porquería, que lo sepas —insistió el camionero en voz alta, para quien quisiera oírlo—. Eras una porquería en Iowa y sigues siéndolo ahora.

Se oyeron varias carcajadas detrás de él, la gente ya se había unido al espectáculo.

Un derechazo directo al barrigón y el tipo estaría gimoteando en el suelo. El simple hecho de que Rick hubiera pensado en ello lo entristeció. Los titulares, ¿por qué estaba tan obsesionado con los titulares?, no tendrían desperdicio: «Dockery se zurra con camioneros». Además, estaba claro que quien leyera el artículo estaría de parte de los otros. Charley Cray haría su agosto.

Rick le sonrió a su servilleta y se mordió la lengua.

—¿Por qué no vas a Denver? Seguro que allí te adoran.

Más risas.

Rick añadió unas cuantas cifras más inventadas a la lista y fingió no haber oído nada. Al final, el camionero siguió su camino, con aire arrogante. No todos los días se tiene la oportunidad de increpar a un quarterback de la NFL.

Tomó la I-71 hacia Columbus, casa de los Buckeyes. No hacía muchos años que allí mismo había lanzado cuatro pases de anotación delante de cien mil personas, en una preciosa tarde de otoño, y se había abierto camino a través de la defensa con la precisión de un cirujano. El jugador de los Diez Grandes de la semana. Y eso solo sería el principio. El futuro era tan fulgurante que lo cegaba.

Tres horas después se detuvo para repostar gasolina y vio un motel nuevo junto a la estación de servicio. Estaba cansado de conducir. Se había dejado caer en la cama y había decidido dormir varios días de un tirón cuando sonó el móvil.

—¿Dónde estás ahora? —preguntó Arnie.

—No lo sé. En Londres.

—¿Qué? ¿Dónde?

—En el Londres de Kentucky, Arnie.

—Hablemos de Parma —dijo Arnie, seco y al grano.

Se traía algo entre manos.

—Creía que habíamos decidido hacerlo más tarde.

Rick se pinzó el puente de la nariz y estiró las piernas lentamente.

—Ya es más tarde. Necesitan una respuesta.

—Vale. Dame detalles.

—Te pagarán tres mil euros al mes durante cinco meses, además de un apartamento y un coche.

—¿Qué es un euro?

—La moneda de Europa. ¿Hola? Hoy día vale un tercio más que el dólar.

—Entonces, ¿cuánto es eso, Arnie? ¿Cuál es la oferta?

—Sobre unos cuatro mil al mes.

Fue fácil hacer los cálculos, porque no había que hacer muchos.

—¿El quarterback cobra veinte mil al año? ¿Cuánto cobra un línea?

—¿Y eso a quién le importa? No eres un línea.

—Por curiosidad. ¿Por qué estás de tan mal humor?

—Porque estoy dedicándole demasiado tiempo a esto, Rick. Tengo otros contratos pendientes de negociar. Ya sabes que la postemporada es un caos.

—¿Estás deshaciéndote de mí, Arnie?

—Claro que no. Lo único que pasa es que, mira, creo que te convendría salir al extranjero una temporada para recargar pilas, ¿sabes?, y dejar que se cure esa pobre cabeza. Dame un poco de tiempo aquí, en casa, para evaluar los daños.

Los daños. Rick intentó incorporarse, pero ninguna parte de su cuerpo colaboró. No había hueso o músculo de la cintura para arriba que no estuviera dolorido. Si Collins no hubiera fallado el bloqueo, no habrían machacado a Rick. Líneas, no puedes vivir ni con ellos ni sin ellos. ¡Él quería líneas!

—¿Cuánto cobra un línea?

—Nada. Los líneas son italianos y juegan porque les gusta el fútbol americano.

Rick pensó que allí los agentes debían de morirse de hambre. Respiró hondo e intentó recordar el último jugador que conociera que hubiera jugado únicamente por amor al juego.

—Veinte mil —musitó Rick.

—Que es veinte veces más de lo que estás ganando ahora mismo —le recordó Arnie, con bastante crueldad.

—Gracias, Arnie. Siempre puedo contar contigo.

—Mira, hijo, solo será un año. Visita Europa. Dame tiempo.

—¿Qué tal se juega por allí?

—¿Y eso qué más da? Tú serás la estrella. Todos los quarterbacks son estadounidenses, pero proceden de universidades menores y ni siquiera entraron en el draft. Los Panthers están emocionados con la sola idea de que consideres su oferta.

A alguien le emocionaba tenerlo en su equipo. Aquello era reconfortante. Pero ¿qué iba a decirles a su familia y a sus amigos?

¿Qué amigos? En la última semana le habían llamado dos personas, ni una más ni una menos.

—Hay algo más —dijo Arnie al cabo de un rato, aclarándose la garganta.

Por el tono, no podía ser nada bueno.

—Te escucho.

—¿A qué hora te has ido hoy del hospital?

—No lo recuerdo. Puede que sobre las nueve.

—Bueno, debes de habértelo encontrado en el pasillo.

—¿A quién?

—A un investigador privado. Tu amiguita la animadora vuelve a la carga, Rick, más preñada que nunca, y ahora se ha buscado abogados, unos verdaderos sinvergüenzas que quieren armar jaleo para que salgan sus jetas en el periódico. No dejan de llamar con todo tipo de exigencias.

—¿Qué animadora? —preguntó Rick, al tiempo que una nueva y dolorosa punzada le atravesaba los hombros y el cuello.

—Tiffany no sé cuántos.

—No tiene nada que hacer, Arnie. Se acostaba con la mitad de los Browns. ¿Por qué va a por mí?

—¿Te acostaste con ella?

—Pues claro, cuando me llegó el turno. Si está buscando el niño del millón de dólares, ¿por qué me acusa a mí?

Una pregunta excelente, proviniendo del miembro del

equipo peor pagado. Arnie había hecho hincapié en lo mismo mientras discutía con los abogados de Tiffany.

—¿Es posible que seas el padre?

—Pues claro que no. Tomé medidas. Hay que ser precavido.

—Bueno, no puede hacerlo público hasta que no te notifique la demanda y si no puede encontrarte, no puede entregártela.

Rick lo sabía muy bien, ya lo habían demandado antes.

—Me esconderé en Florida durante un tiempo. Allí no podrán encontrarme.

—Yo no estaría tan seguro. Esos abogados son bastante agresivos y van en busca de publicidad. Hay formas de dar con la gente. —Hizo una pequeña pausa antes de utilizar el golpe de efecto—. Pero no pueden entregarte la notificación en Italia.

—No he estado nunca en Italia.

—Siempre hay una primera vez.

—Deja que lo piense.

—Por supuesto.

Rick no tardó en quedarse dormido. Había caído en un profundo sueño de diez minutos cuando una pesadilla lo despertó de la siesta con un sobresalto. Las tarjetas de crédito dejan rastro. Estaciones de servicio, moteles, bares de carretera... todos esos lugares estaban conectados a una inmensa red de información electrónica que viajaba por todo el mundo en una fracción de segundo y estaba seguro de que un obseso de la informática con un ordenador potente podía acceder aquí o allá por un buen pellizco para encontrar el rastro y enviar tras él a los sabuesos con una copia de la demanda de paternidad de Tiffany. Más titulares. Más problemas legales.

Cogió la bolsa, que todavía no había deshecho, y huyó del hotel. Estuvo conduciendo una hora más, bastante atontado por la medicación, y encontró un tugurio donde podía alquilarse una habitación barata por horas o por toda una noche y donde aceptaban dinero en efectivo. Se derrumbó sobre la polvorienta cama y no tardó en caer en un profundo sueño de torres inclinadas y ruinas romanas, roncando a pleno pulmón.

4

El entrenador Russo leía la *Gazzetta di Parma* mientras esperaba pacientemente sentado en un asiento de plástico duro en la estación de tren de Parma. No le gustaba tener que admitir que estaba un poco nervioso. Su nuevo quarterback y él habían charlado una sola vez por teléfono mientras él, el quarterback, estaba en un campo de golf en Florida, y la conversación había dejado bastante que desear. No parecía que a Dockery le apeteciera demasiado jugar en Parma, aunque encontraba atractiva la idea de vivir en el extranjero durante unos meses. En realidad, parecía que a Dockery no le apetecía jugar en ningún sitio. El tema del «Mayor asno de todos los tiempos» había trascendido y el quarterback seguía siendo la puntilla de muchos chistes. Era un jugador de fútbol americano y necesitaba jugar, aunque no estaba seguro de que quisiera probar otra forma de entender el fútbol.

Dockery había dicho que no hablaba ni una palabra de italiano, pero que había estudiado español en el instituto. Genial, pensó Russo. No habría problema.

Sam nunca había entrenado a un quarterback profesional. El último había jugado, aunque muy poco, en la Universidad de Delaware. ¿Cómo encajaría Dockery? El equipo estaba encantado de contar con alguien con tanto talento como él, pero ¿lo aceptarían? ¿Podría ser que su actitud creara mal ambiente en el vestuario? ¿Se dejaría entrenar?

El Eurostar procedente de Milán entró en la estación puntualmente, como siempre. Las puertas se abrieron de golpe y los pasajeros se apearon de los vagones. Estaban a mitad de marzo y la mayoría de la gente se protegía del frío con pesados y oscuros abrigos, todavía envuelta en ropa para resguardarse del invierno, a la espera de la llegada del buen tiempo. Y luego estaba Dockery, recién llegado del sur de Florida con su llamativo bronceado y ataviado para ir a tomar unos refrescos al club de campo: americana de lino de color crema, camisa de color amarillo limón con un estampado tropical, pantalones de sport blancos que terminaban en unos tobillos bronceados y desnudos y mocasines de piel de cocodrilo que tiraban más a granate que a marrón. Estaba peleándose con dos monstruosas maletas a juego con ruedas, tarea casi imposible por culpa del abultado juego de palos de golf que llevaba colgado a la espalda.

El quarterback ya estaba allí.

Sam observó la escena y adivinó al instante que Dockery nunca había subido antes a un tren.

—Rick, soy Sam Russo —se presentó, acercándose al fin.

Rick esbozó media sonrisa mientras recogía sus cosas con brusquedad y conseguía volver a echarse los palos de golf a la espalda.

—Eh, entrenador —contestó Rick.

—Bienvenido a Parma. Deja que te eche una mano.

Sam cogió una maleta y se dirigieron hacia la salida de la estación.

—Gracias. Hace bastante frío por aquí.

—Más que en Florida. ¿Qué tal el vuelo?

—Bien.

—Por lo que veo juegas bastante al golf.

—Sí. ¿Cuándo sube la temperatura?

—De aquí a un mes, más o menos.

—¿Hay muchos campos por la zona?

—No, que yo sepa ni uno.

Habían salido y se habían detenido frente al pequeño y cuadrado coche de Sam.

—¿Vamos en eso? —preguntó Rick, echando un vistazo a su alrededor y fijándose en el diminuto tamaño de los demás coches.

—Mete eso en el asiento de atrás —dijo Sam.

Abrió el maletero y encajó una de las maletas en el reducido espacio. No había sitio para la otra, así que acabó en el asiento trasero, encima de los palos de golf.

—Menos mal que no hice más equipaje —musitó Rick.

Subieron al coche. Rick rozaba el uno noventa, por lo que las rodillas tocaban el salpicadero y el asiento se negaba a deslizarse hacia atrás por culpa de los palos de golf.

—Los coches de por aquí no son muy grandes, ¿eh? —observó.

—Y que lo digas. La gasolina cuesta un dólar con veinte el litro.

—¿Y el galón?

—Aquí no se usan los galones, se usan los litros.

Sam encendió el motor y se alejaron de la estación.

—Vale, ¿cuánto es eso en galones? —insistió Rick.

—Bueno, un litro no llega a un cuarto de galón.

Rick le dio un par de vueltas a la ecuación mientras contemplaba los edificios de la Strada Garibaldi por la ventanilla, con la mirada perdida.

—Ya, ¿cuántos cuartos hay en un galón?

—¿A qué universidad fuiste?

—¿Y usted?

—A Bucknell.

—No he oído hablar de ella. ¿Juegan al fútbol americano?

—Sí, pero a un nivel muy modesto, nada que ver con los Diez Grandes. Cada galón se compone de cuatro cuartos, así que un galón aquí vale cinco dólares.

—Esos edificios son muy viejos —comentó Rick.

—Por algo lo llaman el Viejo Continente. ¿Qué estudiabas en la universidad?

—Educación física. Animadoras.

—¿Estudiaste historia?

—Odiaba la historia. ¿Por qué?

—Parma tiene más de dos mil años y posee una historia interesante.

—Parma —dijo Rick en un suspiro y se hundió varios centímetros, como si la mera mención del lugar significara fracaso. Rebuscó algo en un bolsillo de la americana y sacó el móvil, aunque no lo abrió—. ¿Qué coño estoy haciendo en Parma, Italia? —comentó, aunque más que una pregunta fue una especie de declaración.

Sam no supo qué responder, así que decidió recurrir a su oficio de guía.

—Esto es el centro, la parte más antigua. ¿Es la primera vez que visitas Italia?

—Sí, ¿qué es eso?

—Es el Palazzo della Pilotta. Se empezó a construir hace cuatrocientos años, pero nunca lo acabaron. Los aliados lo bombardearon de lo lindo en mil novecientos cuarenta y cuatro.

—¿Bombardeamos Parma?

—Lo bombardeamos todo, incluso Roma, pero dejamos en paz al Vaticano. Los italianos, como recordarás, tenían a un gobernante llamado Mussolini, quien se alió con Hitler. No fue una buena decisión, aunque a los italianos nunca les entusiasmó la idea de la guerra. Se les da mucho mejor la cocina, el vino, los coches deportivos, la moda y el sexo.

—Puede que me guste este lugar.

—Te gustará. Y les encanta la ópera. Allí, a la derecha, tienes el teatro Regio, el famoso teatro de la ópera. ¿Has ido a alguna?

—Sí, claro, en Iowa es lo que hacemos todos los días. Me

pasé la mayor parte de mi infancia en la ópera. ¿Está de guasa? ¿Qué hago yo en la ópera?

—Ahí está el *duomo* —dijo Sam.

—¿El qué?

—El *duomo*, la catedral. Ya sabes, como el Superdome, el Carrier Dome.

Rick no respondió. Guardó silencio unos instantes, como si le incomodara el recuerdo de aquellas bóvedas y estadios y los partidos con que estaban relacionados. Habían llegado al centro de Parma, donde había peatones por todas partes y los coches estaban aparcados pegados.

—La mayoría de las ciudades italianas están dispuestas alrededor de una especie de plaza central llamada *piazza* —se decidió a continuar Sam—. Esta es la piazza Garibaldi. Aquí hay muchas tiendas, cafeterías y peatones. Los italianos pasan mucho tiempo sentados en las terrazas de las cafeterías saboreando un café y leyendo. Es una costumbre que no está mal.

—No bebo café.

—Siempre hay una primera vez para todo.

¿Qué piensan los italianos de los estadounidenses?

—Supongo que les gustamos, aunque no es un tema que les quite el sueño. Si les preguntas en profundidad, creo que desaprueban nuestro gobierno, pero en general les trae sin cuidado. Les chifla nuestra cultura.

—¿Incluso el fútbol americano?

—Hasta cierto punto. Allí hay un bar pequeñito que está muy bien. ¿Quieres tomar algo?

—No, es demasiado temprano.

—No me refiero a alcohol. Aquí un bar es como una pequeña tasca o una cafetería, un sitio donde se reúne la gente.

—Paso.

—De todos modos, la marcha está en el centro de la ciudad. Tu piso queda a unas calles de aquí.

—Qué emoción. ¿Le importa si hago una llamada?

—*Prego*.

—¿Qué?

—*Prego*. Significa que adelante.

Rick aporreó los números mientras Sam conducía el coche a través del tráfico de última hora de la tarde. Cuando Rick miró por la ventanilla, Sam apretó el botón de la radio y una ópera a bajo volumen empezó a oírse en la parte de atrás. La persona con quien Rick deseaba hablar no estaba disponible. El quarterback no dejó ningún mensaje de voz. Cerró el móvil y lo devolvió al bolsillo.

Sam pensó que seguramente se trataría de su agente. O tal vez de una novia.

—¿Tienes novia? —preguntó Sam.

—Nadie en concreto. Muchas seguidoras de la NFL, pero son más cortas que las mangas de un chaleco. ¿Y usted?

—Llevo once años casado, sin hijos.

Cruzaron un puente llamado el Ponte Verdi.

—Este es el río Parma. Divide la ciudad.

—Precioso.

—Ante nosotros está el Parco Ducale, el mayor parque de la ciudad. Es muy bonito. A los italianos se les dan muy bien los parques, la jardinería y esas cosas.

—No está mal.

—Me alegro de que te guste. Es un lugar perfecto para pasear, llevar a una chica, leer un libro o tumbarse a tomar el sol.

—No suelo pasar mucho tiempo en los parques.

Qué sorpresa.

Dieron media vuelta, volvieron a cruzar el puente y no tardaron en cruzar las estrechas calles de una sola dirección a toda velocidad.

—Pues ya has visto la mayor parte del centro de Parma —dijo Sam.

—Qué bien.

Doblaron hacia una calle ventosa, unas cuantas manzanas al sur del parque, hacia via Linati.

—Es allí —dijo Sam, señalando una larga hilera de edificios de cuatro plantas, pintados cada uno de un color distinto—. El segundo, el que tiene un color así como amarillo dorado. Tu apartamento está en la tercera planta. Esta parte de la ciudad es bonita. El *signor* Bruncardo, el dueño del equipo, también es el propietario de varios de esos edificios. Por eso vives en el centro, que es más caro.

—¿Y esos tipos de verdad juegan sin cobrar? —preguntó Rick, meditando sobre algo que había quedado pendiente de una conversación anterior.

—Los estadounidenses cobran, tú y otros dos más, este año solo tres, pero nadie cobra más que tú. Sí, los italianos juegan por amor al fútbol. Y por la pizza de después del partido. —Se hizo un breve silencio—. Te gustarán —añadió.

Era su primer intento de cohesionar el espíritu de equipo. Si el quarterback no estaba contento, habría muchos problemas.

Consiguió encajar el coche en un espacio que era la mitad de su tamaño y descargaron el equipaje y los palos de golf. No había ascensor, pero la escalera era más ancha de lo normal. El apartamento estaba amueblado y tenía tres habitaciones: un dormitorio, un cuarto de estar y una cocina pequeña. Teniendo en cuenta que el nuevo quarterback venía de la NFL, el *signor* Bruncardo se había apresurado a darle una nueva capa de pintura a las paredes y a comprar alfombras nuevas, cortinas y muebles para la sala de estar. Incluso habían colgado algunos cuadros ostentosos de arte contemporáneo.

—No está mal —opinó Rick.

Russo suspiró aliviado. Conocía muy bien cómo estaba el mercado inmobiliario urbano en Italia: la mayoría de los apartamentos eran pequeños, viejos y caros. Si el quarterback quedaba decepcionado, el *signor* Bruncardo también lo estaría y las cosas se complicarían.

—En el mercado, esto costaría unos dos mil euros al mes —dijo Sam, intentando impresionarlo.

Rick dejó los palos de golf con cuidado en el sofá.

—Bonito lugar —dijo.

Había perdido la cuenta de la cantidad de apartamentos por los que había pasado en los últimos seis años. Las constantes mudanzas, a menudo apresuradas, lo habían inmunizado ante cualquier apreciación sobre el espacio, la decoración o los muebles.

—¿Qué tal si te cambias y nos vemos abajo? —propuso Sam.

Rick echó un vistazo a los pantalones blancos y los morenos tobillos y estuvo a punto de decir que ya iba bien así, pero enseguida captó el mensaje.

—Vale, tardaré cinco minutos —acabó diciendo.

—Hay una cafetería a dos manzanas de aquí, a la derecha —dijo Sam—. Estaré fuera, en una mesa, tomando un café.

—Muy bien, entrenador.

Sam pidió un café y abrió el periódico. Estaba húmedo y el sol se había posado tras los edificios. Los estadounidenses siempre pasaban por un breve período de complicada adaptación cultural. El idioma, los coches, las calles estrechas, los alojamientos reducidos, el confinamiento de las ciudades... Era abrumador, especialmente para los chicos de clase media o baja que apenas habían viajado. En los cinco años que llevaba como entrenador de los Panthers de Parma, Sam solo había conocido a un jugador estadounidense que hubiera estado en Italia antes de unirse al equipo.

Dos de los tesoros nacionales de Italia solían aclimatarlos: la gastronomía y las mujeres. El entrenador Russo no se inmiscuía en lo segundo, pero conocía el poder de la cocina italiana. El señor Dockery no tenía ni idea de lo que se avecinaba: iba a enfrentarse a una cena de cuatro horas.

Llegó diez minutos después, con el móvil en la mano, por descontado, y con mejor aspecto: blazer azul marino, tejanos descoloridos, calcetines oscuros y zapatos.

—¿Un café? —preguntó Sam.

—Un refresco.

Sam se dirigió al camarero.

—¿Así que usted habla el idioma? —dijo Rick, metiendo el móvil en el bolsillo.

—Llevo cinco años viviendo aquí y, como ya te he dicho, mi mujer es italiana.

—¿Los otros yanquis han aprendido la lengua?

—Algunas palabras, sobre todo lo que aparece en el menú.

—Solo tenía curiosidad por saber cómo debo comunicar las jugadas en el agrupamiento.

—Lo hacemos en inglés. A veces los italianos entienden las jugadas y a veces no.

—Como en la universidad —comentó Rick, y ambos se echaron a reír. Le dio un trago a su refresco y añadió—: No pienso preocuparme por el idioma, demasiadas molestias. Cuando jugaba en Canadá, muchos hablaban francés, pero eso nunca entorpeció el juego porque todo el mundo también hablaba inglés.

—Aquí no todo el mundo habla inglés, te lo aseguro.

—Ya, pero todo el mundo entiende la American Express y los dólares.

—Puede. No es mala idea aprender la lengua. La vida será más fácil y tus compañeros te adorarán.

—¿Que me adorarán? ¿Ha dicho que me adorarán? No he adorado a un compañero de equipo desde que estaba en la universidad.

—Esto es como la universidad, una gran fraternidad con tipos a los que les gusta lanzarse de cabeza, darse de bofetadas durante un par de horas y luego irse a beber cerveza. Si te aceptan, y estoy seguro de que lo harán, estarán dispuestos a matar por ti.

—¿Saben lo de, esto… ya sabe, mi último partido?

—No se lo he preguntado, pero estoy seguro de que algunos sí. Les encanta el fútbol americano y ven muchos partidos. Pero no te preocupes, Rick, están encantados de que estés aquí. Estos tipos no han ganado nunca la Super Bowl italiana y están convencidos de que este es su año.

Tres *signorine* que pasaban por la calle llamaron su atención. Cuando las perdió de vista, Rick miró alrededor y creyó encontrarse perdido en otro mundo. A Sam le gustaba el muchacho y sintió lástima por su quarterback. El joven había tenido que soportar un alud de ridículo público jamás visto antes en el fútbol americano profesional y allí estaba, en Parma, solo y desconcertado. Parma era el lugar ideal para él, al menos por el momento.

—¿Quieres ver el campo? —preguntó Sam.

—Claro, entrenador.

Por el camino, Sam le señaló otra calle.

—Hay una tienda de ropa de hombre al final de la calle que está muy bien. Deberías pasarte por allí.

—Tengo de sobra.

—Hazme caso, deberías pasarte por allí. Los italianos cuidan mucho su imagen y te mirarán de arriba abajo, hombres y mujeres. Aquí uno nunca va demasiado elegante.

—El idioma, la ropa, ¿algo más, entrenador?

—Sí, un pequeño consejo: intenta pasártelo bien. Es una ciudad maravillosa y estarás poco tiempo por aquí.

—Claro, entrenador.

5

El Stadio Lanfranchi se encuentra al noroeste de Parma, dentro de los límites de la ciudad, pero alejado de los edificios antiguos y las calles estrechas. Es un campo de rugby, donde juegan dos equipos profesionales, que los Panthers alquilan para practicar fútbol americano. Las gradas laterales están resguardadas por una cubierta, cuenta con cabinas para la prensa y con una superficie de hierba natural bien cuidada a pesar del ajetreo que tiene que soportar.

En el Stadio Tardini, un campo bastante más grande, a un kilómetro y medio al sudeste de la ciudad, se juega al fútbol europeo y atrae a una mayor cantidad de público, que se reúne allí para celebrar la actual razón de vivir de Italia. Aunque tampoco hay mucho que celebrar. El humilde equipo parmesano a duras penas se mantiene en la primera división de la prestigiosa liga italiana de fútbol. A pesar de todo, el equipo todavía consigue arrastrar a sus fieles; unos treinta mil sufridos seguidores los siguen con devoción religiosa un año tras otro, partido tras partido.

Esos son unos veintinueve mil más de los que suelen ir a ver a los partidos de los Panthers en el Stadio Lanfranchi. A pesar de dar cabida hasta a tres mil seguidores, casi nunca consiguen vender todas las localidades. De hecho, no hay nada que vender: la entrada es gratuita.

Rick Dockery caminó lentamente hasta la mitad del campo mientras las sombras se alargaban a sus pies, con las manos metidas en los bolsillos del tejano y los andares sin rumbo de un hombre en otro mundo. De vez en cuando se detenía y pisoteaba el suelo con el mocasín para comprobar la consistencia del césped. No había pisado un campo desde el último partido en Cleveland.

Sam estaba sentado en la quinta fila de la zona local, observando a su quarterback y preguntándose qué estaría pensando.

Rick pensaba en una concentración de pretemporada que había realizado en verano, no hacía mucho; un breve pero despiadado suplicio con un equipo profesional, aunque no recordaba exactamente con cuál. Ese verano, la concentración se había llevado a cabo en una pequeña universidad con un campo similar al que ahora estaba inspeccionando. Una universidad que jugaba en tercera, una diminuta institución con su obligatoria residencia rústica de estudiantes, su cafetería y sus vestuarios diminutos, el típico lugar que algunos equipos de la NFL elegían para que la concentración fuera lo más dura y austera posible.

Y también pensaba en el instituto. En Davenport South había jugado todos los partidos delante de más gente, tanto en casa como fuera. El tercer año de instituto perdió la final estatal ante once mil personas, una cifra tal vez algo baja para las que suelen reunirse en Texas, pero aun así una buena asistencia para tratarse de fútbol americano de instituto y en Iowa.

Sin embargo, en aquellos momentos Davenport South quedaba muy lejos, igual que muchas otras cosas que en alguna ocasión le parecieron importantes. Se detuvo en la zona de anotación y observó atentamente los postes, que eran un poco extraños: altos, pintados de azul y amarillo, asegurados al suelo y envueltos con colchonetas verdes donde se anunciaba una cerveza. Rugby.

Subió los escalones y se sentó junto al entrenador.

—¿Qué te parece? —preguntó Sam.

—Bonito campo, pero le faltan algunas yardas.

—Diez, para ser exactos. Los postes tienen una separación de 110 yardas, pero necesitamos veinte para las dos zonas de anotación, así que jugamos en lo que queda, en las 90 yardas restantes. La mayoría de los campos en los que jugamos están pensados para el rugby; por lo tanto tenemos que apañarnos con lo que hay.

Rick se lamentó y sonrió.

—Pues vale.

—No tiene nada que ver con el estadio de los Browns, en Cleveland.

—Gracias a Dios. Cleveland nunca me gustó, ni la ciudad, ni los seguidores, ni el equipo, y odiaba el campo. Estaba junto al lago Erie, viento cortante y un suelo duro como el cemento.

—¿Qué parada te ha gustado más?

Rick soltó una risa forzada.

—Parada, se podría describir así. He estado aquí y allí, pero nunca he encontrado mi sitio. Dallas, supongo. Prefiero el tiempo un poco más cálido. —El sol casi se había puesto y el aire se estaba volviendo más frío. Rick metió las manos en los bolsillos del tejano ajustado—. Bueno, hábleme del fútbol americano en Italia. Cuándo llegó aquí y eso.

—Los primeros equipos aparecieron hace unos veinte años y se extendieron como la pólvora, sobre todo aquí, en el norte. La Super Bowl de 1990 atrajo a cerca de veinte mil seguidores, aunque el año pasado fueron muchos menos. Luego decayó por un tiempo, pero ahora vuelve a estar en auge. Hay nueve equipos en primera, unos veinticinco en segunda y los pequeños juegan al fútbol flag.

Se hizo otro silencio mientras Rick volvía a recolocar las manos. Los dos meses en Florida le habían dejado un bronceado intenso, pero también la piel sensible. El moreno estaba empezando a desaparecer.

—¿Cuántos seguidores vienen a ver a los Panthers?

—Depende. La entrada es gratuita, así que nadie lo cuenta. Tal vez unos mil, pero cuando viene el Bérgamo no queda ni un asiento libre.

—¿El Bérgamo?

—Los Lions de Bérgamo, los eternos campeones.

Rick lo encontró divertido.

—Lions y Panthers. ¿Todos llevan nombres de la NFL?

—No, también están los Warriors de Bolonia, los Gladiatori de Roma, los Rhinos de Milán, los Marines Lazio, así como los Dolphins de Ancona y los Giants de Bolzano.

Rick rió entre dientes al oír los nombres.

—¿Qué tiene de gracioso? —preguntó Sam.

—Nada. ¿Dónde me he metido?

—Es normal, aunque la primera impresión se pasa rápido. En cuanto metas la primera y empieces a anotar, te sentirás como en casa.

Yo no anoto, se vio tentado a decir Rick, pero se lo pensó dos veces.

—Entonces, ¿el Bérgamo es el equipo a batir?

—Sí, han ganado ocho Super Bowls consecutivas y sesenta y un partidos seguidos.

—La Super Bowl italiana, ¿cómo no he oído hablar antes de ella?

—Hay mucha gente que no sabe ni que existe. En las páginas de deportes salimos al final de todo, después de la natación y las motos, aunque la Super Bowl se emite por televisión. Claro que en uno de los canales minoritarios.

Tan aterrorizado estaba ante la idea de que sus amigos descubrieran que estaba jugando a un fútbol para escolares en Italia, que la perspectiva de que no hubiera prensa ni partidos televisados era bastante atractiva. Rick no buscaba la gloria en Parma, solo una pequeña paga mientras Arnie y él esperaban a que ocurriera un milagro en casa. No quería que nadie supiera dónde estaba.

—¿Con qué frecuencia se entrena?

—Nos dejan el campo los lunes, miércoles y viernes, a las ocho en punto de la tarde. Estos tipos trabajan durante todo el día.

—¿De qué trabajan?

—De todo. Hay un piloto de aerolínea, un ingeniero, varios camioneros, un agente inmobiliario, contratistas, uno de los chicos tiene una quesería, otro es dueño de un bar, un dentista, un par o tres trabajan en un gimnasio, dos albañiles y un par de mecánicos.

Rick repasó la lista mentalmente, poco a poco. La impresión inicial empezaba a desvanecerse.

—¿Qué tipo de ofensiva utilizan?

—Nos atenemos a lo básico. Formación Power I, mucho movimiento y despistar al contrario. El quarterback que teníamos el año pasado no sabía lanzar, lo que limitaba bastante nuestro ataque.

—¿El quarterback no sabía lanzar?

—Bueno, saber, sabía, pero no mucho.

—¿Tenemos un corredor?

—Sí, por supuesto: Slidell Turner. Un jovencito negro de Colorado, seleccionado en el último momento por los Colts hace cuatro años. Luego se deshicieron de él, dijeron que era demasiado bajo.

—¿Cuánto mide?

—Uno ochenta. Demasiado bajo para la NFL, pero perfecto para los Panthers. Aquí tienen problemas para alcanzarlo.

—¿Qué coño está haciendo un tipo negro de Colorado en Parma?

—Jugar al fútbol americano mientras espera la llamada. Lo mismo que tú.

—¿Tengo receptor?

—Sí, Fabrizio, uno de los italianos. Grandes manos, grandes pies, gran ego. Cree que es el mejor jugador italiano de fútbol americano de todos los tiempos. Muy absorbente, pero es un buen tipo.

—¿Sabrá atrapar mis pases?

—Lo dudo. Para ello tendría que entrenar mucho más. No te lo cargues el primer día.

—Tengo frío —dijo Rick, poniéndose en pie de un salto—. Movámonos un poco.

—¿Quieres ver el vestuario?

—Claro, ¿por qué no?

Los vestuarios estaban junto a la zona de anotación norte, y mientras se dirigían hacia allí un tren pasó cerca de ellos, a un tiro de piedra. El interior del alargado y achatado edificio estaba adornado con gran cantidad de pósters de propaganda de los patrocinadores. El rugby acaparaba casi todo el espacio, pero los Panthers disponían de una pequeña habitación llena de taquillas y equipamiento.

—¿Qué te parece? —preguntó Sam.

—Un vestuario —contestó Rick.

Intentó evitar las comparaciones, pero por un instante no pudo evitar recordar las lujosas dependencias de los flamantes estadios de la NFL. Alfombras, taquillas forradas de madera lo bastante grandes para aparcar un coche pequeño en su interior, asientos reclinables de cuero para los jugadores de las líneas defensiva y ofensiva y compartimentos privados en unas duchas más grandes que aquello. En fin. Se dijo que podría soportar cualquier cosa durante cinco meses.

—Esta es la tuya —dijo Sam, señalando una taquilla.

Rick se acercó a su consigna, una vieja caja de metal en la que solo había un casco blanco de los Panthers colgando de un gancho. Había pedido el número ocho, el mismo que estaba dibujado en la parte trasera del casco. Talla siete y medio. La taquilla de Slidell Turner estaba a la derecha y Trey Colby era el nombre que aparecía en la de la izquierda.

—¿Quién es este? —preguntó Rick.

—Colby es nuestro profundo libre. Jugaba en el Universidad de Miss. Comparte piso con Slidell, son los dos únicos jugadores negros del equipo. Este año solo tenemos tres estadounidenses. El año pasado eran cinco, pero volvieron a cambiar las normas.

Las camisetas y los pantalones del equipo estaban doblados y apilados con sumo cuidado en una mesa en el centro. Rick los inspeccionó con detenimiento.

—Son buenos —dijo al fin.

—Me alegro de que te gusten.

—Antes mencionó algo de cenar. No sé si es una cena, una comida o un desayuno lo que mi cuerpo necesita ahora, pero sea lo que sea será bienvenido.

—Conozco el lugar perfecto. Es una vieja *trattoria* que llevan dos hermanos. Carlo se encarga de la cocina y de los fogones mientras que Nino es el que está de cara al público y se asegura de que todo el mundo esté bien servido. Nino también es tu centro, y no te sorprendas cuando lo conozcas. Seguramente el centro de tu instituto era más grande que él, pero en el campo es duro como una roca y machacar a la gente un par de horas a la semana es lo que él entiende por pasárselo bien. También es el traductor de la ofensiva. Tú comunicas las jugadas en inglés, Nino hace una rápida versión en italiano, tú deshaces el agrupamiento y rezas para que Nino no se haya equivocado con la traducción mientras caminas hacia la línea. La mayoría de los italianos se defienden más o menos en inglés y no dudan en dejarse llevar por el primer impulso. A menudo ni siquiera esperan a que Nino acabe de hablar. Hay jugadas en que cada uno va por su lado y tú no tienes ni idea de lo que está pasando.

—Y cuando eso ocurra, ¿qué hago?

—Correr como si te fuera la vida en ello.

—Puede ser divertido.

—Tal vez, pero esta gente se lo toma en serio, sobre todo en el fragor de la batalla. Les encanta golpear, tanto antes como después de que suene el silbato. Despotrican y pelean, pero luego se dan un abrazo y se van a beber juntos. Puede que esta noche nos acompañe durante la cena un jugador llamado Paolo que habla muy bien el inglés, igual que tal vez uno o dos más. Tienen muchas ganas de conocerte. Nino se encargará de la comida y el vino, así que no te preocupes por el menú. Te chuparás los dedos, créeme.

6

Fueron en coche hasta cerca de la universidad y aparcaron en una de las infinitas callejuelas. Ya había oscurecido y varios grupos de estudiantes paseaban por las calles charlando a voz en grito. Rick estaba muy callado, así que Sam tomó las riendas de la conversación.

—Una *trattoria*, por definición, es un local familiar, modesto, donde sirven platos deliciosos y vinos del lugar, las porciones son generosas y no suele ser demasiado caro. ¿Estás escuchándome?

—Sí, claro —contestó Rick. Caminaban a paso apresurado por la acera—. ¿Va a darme de comer o a matarme de aburrimiento?

—Estoy intentando ayudarte a entender la cultura italiana.

—Con una pizza bastaría.

—¿Por dónde iba?

—La *trattoria*.

—Ah, sí, que sería lo contrario a un restaurante, que suele ser más elegante y caro. Luego está la *osteria*. Tradicionalmente era un comedor de taberna, aunque ahora se utiliza para designar casi todo. Y el bar, por el que ya hemos pasado. Ah, y la *enoteca*, que suele hacer las veces de vinatería, donde sirven queso y embutido con la copa de vino. Creo que con eso estaría todo.

—Veo que aquí nadie se queda sin comer.

—¿Bromeas?

Sobre la puerta colgaba un pequeño cartel donde se leía Café Montana. A través del ventanal se veía un amplio y alargado espacio con mesas vacías cubiertas con manteles blancos almidonados y dispuestas con platos azules, servilletas y unas copas de vino descomunales.

—Llegamos un poco pronto —dijo Sam—. No empieza a llenarse hasta las ocho, pero Nino está esperándonos.

—¿Montana? —preguntó Rick.

—Sí, por Joe. El quarterback.

—¿En serio?

—Muy en serio. A esta gente le encanta el deporte. Carlo jugaba hace años, pero se fastidió una rodilla, así que ahora se limita a cocinar. Según dice la leyenda, ostenta todos los récords en cuanto a faltas personales.

Entraron, y fuera lo que fuera lo que Carlo estuviera preparando en la cocina, salió a su encuentro de inmediato. El aroma a ajo, cerdo a la parrilla y el delicioso jugo que soltaba la carne se suspendía en el comedor como una nube de humo. A Rick se le hizo la boca agua. Un fuego ardía en una cavidad que había en la pared, un poco más atrás.

Nino irrumpió en el salón por una puerta lateral y empezó a besar a Sam. Le dio un abrazo de oso y a continuación le plantó un beso varonil y ruidoso más o menos en la mejilla derecha y luego otro en la izquierda. Luego tomó la mano de Rick entre las suyas y dijo:

—Rick, mi quarterback, bienvenido a Parma.

Rick le estrechó la mano con firmeza, pero jurándose que daría un paso atrás a la mínima insinuación de besuqueo. No tuvo que hacerlo.

Nino hablaba inglés con fuerte acento italiano, pero se le entendía bien, aunque su «Rick» sonaba más a «Riick».

—Encantado —dijo Rick.

—Soy centro —anunció Nino, orgulloso—, pero cuidadito con esas manos, que mi mujer es celosa.

Nino y Sam se echaron a reír sin complejos y Rick los imitó, algo cohibido.

Nino rozaba el uno ochenta de estatura, era fornido y estaba en forma; seguramente pesaba unos noventa y cinco kilos. Mientras Nino seguía riéndose de su broma, Rick le echó un rápido vistazo y comprendió que iba a ser una temporada muy larga. ¿Un centro que no llegaba al uno ochenta?

Y tampoco era un jovencito. Nino era moreno y lucía una melena ondulada, pero las primeras canas empezaban a asomar en las sienes: tendría unos treinta y tantos. Sin embargo, también poseía un mentón firme y el brillo salvaje en la mirada del hombre al que le gustan las peleas.

Rick se dijo que tendría que buscarse la vida si quería sobrevivir.

Carlo salió en tromba de la cocina con su delantal blanco almidonado y el sombrero de cocinero. Aquello sí que era un centro. Casi uno noventa de estatura, ciento diez kilos como mínimo, ancho de espaldas, aunque con una leve cojera. Saludó a Rick calurosamente: un breve abrazo y nada de besos. Su inglés era bastante peor que el de Nino, por lo que no tardó en aparcarlo y pasar al italiano, lo que dejó a Rick un poco al margen.

Sam se apresuró a intervenir.

—Dice que bienvenido a Parma y a su restaurante. Nunca les había hecho tanta ilusión tener a un verdadero héroe de la Super Bowl americana jugando con los Panthers. Y espera que comas y bebas muchas veces en su pequeño establecimiento.

—Gracias —dijo Rick, dirigiéndose a Carlo.

Todavía seguían estrechándose la mano. Carlo volvió a hablar de nuevo y Sam lo tradujo.

—Dice que el dueño del equipo es amigo suyo y que suele

comer en el Café Montana. Y que toda Parma está emocionada con tener al gran Rick Dockery vistiendo de negro y plata.

Silencio. Rick volvió a darle las gracias, esbozó la sonrisa más amable de la que era capaz y se repitió las palabras «Super Bowl». Carlo por fin le soltó la mano y empezó a vociferar en dirección a la cocina.

—Super Bowl, ¿de dónde han sacado eso? —le preguntó Rick a Sam en un susurro mientras Nino los acompañaba a su mesa.

—No lo sé. Tal vez no lo haya entendido bien.

—Genial. Dijo que hablaba italiano con fluidez.

—Casi siempre.

—¿Toda Parma? ¿El gran Rick Dockery? ¿Qué les ha estado contando a esta gente?

—Los italianos lo exageran todo.

Su mesa se encontraba cerca del hogar. Nino y Carlo retiraron las sillas para que tomaran asiento, y antes de que Rick se hubiera acomodado en la suya ya tenían a tres jóvenes camareros vestidos de un blanco impecable a punto para servirles. Uno llevaba una enorme bandeja llena de comida, otro una botella tamaño mágnum de vino espumoso y el tercero una cesta de panes y dos botellas, una de aceite de oliva y otra de vinagre. Nino chascó los dedos y señaló algo, Carlo gritó a uno de los camareros, quien replicó acaloradamente, y todos se fueron hacia la cocina sin dejar de discutir por el camino.

Rick se lanzó sobre la bandeja. En el centro había un trozo enorme de queso curado de color dorado rodeado de lo que parecían lonchas de fiambre dispuestas en rollitos perfectos. Embutidos suculentos y de sabor intenso que no tenían nada que ver con lo que Rick hubiera visto antes. Mientras Sam y Nino charlaban en italiano, un camarero descorchó el vino y llenó tres copas. Luego se quedó a un lado, pendiente, con la servilleta almidonada doblada sobre el brazo.

Nino las repartió y alzó la suya.

—Un brindis por el gran Riick Dockery y por la Super Bowl para los Panthers de Parma. —Sam y Rick dieron un sorbo a su copa mientras Nino apuraba la mitad de la suya—. Es un *malvasia secco* de un viñedo de por aquí cerca —les informó—. Toda la cena procede de la Emilia: el aceite de oliva, el vinagre balsámico, el vino y la comida, todo es de aquí —añadió, muy ufano, golpeándose el pecho duramente con el puño—. Los mejores alimentos del mundo.

Sam se inclinó hacia delante.

—Parma se encuentra en la Emilia-Romagna, una de las regiones italianas.

Rick asintió con un gesto de cabeza y dio otro sorbo al vino. Durante el vuelo, había ojeado una guía de viajes y sabía dónde estaba... más o menos. Italia tiene veinte regiones y, según el rápido vistazo que le había dado a la guía, casi todas aseguraban ofrecer la mejor gastronomía y el mejor vino del país.

Y ahora, a comer.

Nino dio otro trago a su copa y a continuación se inclinó hacia delante, uniendo las manos por la punta de los dedos, la viva imagen del profesor a punto de impartir una lección sabida de memoria.

—Seguro que conoces el mejor queso de todos: el Parmigiano Reggiano —dijo, señalando el queso con un gesto desenfadado de la mano—, al que vosotros llamáis parmesano. El rey de los quesos, y se elabora aquí mismo. El *parmigiano* auténtico procede de nuestra pequeña ciudad. Este lo hace mi tío, a cuatro kilómetros de aquí. El mejor. —Se besó la punta de los dedos y, a continuación, cortó varios tacos con habilidad y los dejó en la bandeja mientras continuaba la lección—. Al lado —dijo, señalando la primera loncha enrollada— tenemos el mundialmente famoso *prosciutto*, al que llamáis jamón de Parma. Solo se hace aquí, con cerdos especiales que se alimentan exclusivamente con cebada, avena y la leche que sobra de hacer el *parmigiano*. Nuestro *prosciutto* no se cuece —advirtió, muy serio, negando con el dedo unos instantes para demostrar su desaprobación—, sino que se cura con sal, aire fresco y mucho amor. Dieciocho meses y listo.

A continuación, cogió con pericia una rebanada de pan moreno, la roció con aceite de oliva y le puso encima una loncha de *prosciutto* y un taco de *parmigiano*. Cuando consideró que estaba perfecto, se lo tendió a Rick.

—Un minibocadillo —dijo.

Rick se lo comió de un bocado, cerró los ojos y saboreó el momento.

Para alguien a quien seguía gustándole la comida rápida, los sabores le parecieron asombrosos, se apoderaron de hasta la última papila gustativa de su boca y lo obligaron a masticar lentamente. Sam estaba cortando más para él y Nino servía vino.

—¿Está bueno? —le preguntó Nino.

—Ya lo creo.

Nino le pasó un nuevo bocado a su quarterback y continuó, señalando los embutidos.

—Luego tenemos el *culatello*, que se obtiene de las patas del cerdo, de la parte que se deshuesa, aunque solo de las mejores; luego se cubre con sal, vino blanco, ajo, muchas hierbas y se frota a mano durante muchas horas antes de embutirlo en una vejiga de cerdo y dejarlo curar durante catorce meses. El aire estival lo seca y los inviernos húmedos lo mantienen tierno. —Mientras hablaba, no dejó de mover las manos: señaló con los dedos, dio un trago, cortó más queso y mezcló vinagre balsámico con aceite de oliva en un cuenco—. Los mejores cerdos se reservan para el *culatello* —dijo, volviendo a fruncir el ceño—, cerdos pequeños y negros con unas cuantas manchas rojas, seleccionados con sumo cuidado y criados únicamente con alimentos naturales. No se los encierra, no. Estos cerdos corretean libres y comen bellotas y castañas.

Se refería a las criaturas con tanta deferencia que era difícil creer que estuvieran a punto de comerse una.

Rick estaba deseando hincarle el diente al *culatello*, un embutido que no había visto nunca. Finalmente, tras una pausa en la exposición, Nino le tendió otra pequeña rebanada de pan con una gruesa rodaja de *culatello* coronada con *parmigiano*.

—¿Está bueno? —preguntó.

Rick lo devoró en un abrir y cerrar de ojos y tendió la mano pidiendo más. Volvieron a llenar las copas de vino.

—El aceite de oliva lo hacen en una finca que hay junto a la carretera —le informó Nino—, y el vinagre balsámico es de Módena, a cuarenta kilómetros al este, donde nació Pavarotti. El mejor vinagre balsámico es el de Módena, pero la cocina de Parma es mejor.

La última loncha de embutido, al borde de la bandeja, era el salami Felino, que se hacía prácticamente en el local, se dejaba curar durante doce meses y, por supuesto, era el mejor salami de toda Italia. Después de servírselo a Rick y a Sam, Nino se alejó de repente hacia la entrada del establecimiento para recibir a los clientes que acababan de llegar. Por fin solos, Rick cogió un cuchillo y empezó a cortar gruesos tacos de parmesano. Se llenó el plato de embutido, queso y pan y empezó a devorarlos como si llevara cuatro días sin comer.

—Puede que te conviniera moderarte —le avisó Sam—. Esto es solo el *antipasto*, el calentamiento.

—Al cuerno con el calentamiento.

—¿Estás en tu peso?

—Más o menos. Ando alrededor de los cien kilos, unos cuatro por encima de mi peso. Pero los quemaré.

—Esta noche no, no podrás.

Dos hombres enormes, Paolo y Giorgio, se unieron a ellos. Nino se los presentó al quarterback mientras los insultaba en italiano, y cuando acabaron los abrazos y los saludos, los recién llegados se plantificaron en las sillas y miraron fijamente el *antipasto*. Sam le explicó a Rick que tanto podían jugar en la línea de defensa como en la de ataque, según le conviniera al equipo. Rick se sintió algo más animado al ver que tenían veinte y pocos años, que medían más de uno ochenta, que eran anchos de pecho y que parecían muy capaces de pasarse una persona entre ellos como si fuera una pelota.

Llenaron las copas, cortaron más tacos y atacaron el *prosciutto* con ganas.

—¿Cuándo has llegado? —preguntó Paolo en inglés, sin apenas acento italiano.

—Esta tarde —dijo Rick.

—¿Estás nervioso?

—Sí, claro —contestó Rick, con cierta convicción. Estaba nervioso por saber cuál sería el siguiente plato y nervioso por conocer a las animadoras italianas.

Sam le explicó que Paolo había estudiado una licenciatura en la Universidad de Texas A&M y que trabajaba para la empresa de su familia, la cual fabricaba pequeños tractores y herramientas agrícolas.

—Entonces eres un Aggie —dijo Rick.

—Sí —contestó Paolo, orgulloso—. Me encanta Texas. Allí es donde entré en contacto con el fútbol americano.

Giorgio se limitaba a sonreír, a comer y a escuchar la conversación. Sam le dijo a Rick que Giorgio estaba estudiando inglés y luego le susurró que las apariencias engañaban porque Giorgio no era capaz ni de bloquear una puerta. Genial.

Carlo había vuelto y estaba dando órdenes a los camareros y redisponiendo la mesa. Nino sacó otra botella, la cual, qué sorpresa, procedía de la vuelta de la esquina. Era un lambrusco, un tinto espumoso, y Nino conocía al dueño de la bodega. Les explicó que había muchos y muy buenos lambruscos en la región de la Emilia Romagna, pero que aquel era el mejor. Y el acompañamiento perfecto para los *tortellini in brodo* que su hermano estaba sirviendo en esos momentos. Nino retrocedió un paso y Carlo lanzó una rápida perorata en italiano.

Sam fue traduciéndolo a toda prisa, en voz baja.

—Tortelinis en caldo de carne, un plato muy famoso por aquí. Los pequeños anillos de pasta se rellenan con ternera en su jugo, *prosciutto* y parmesano. El relleno varía de una ciudad a otra, pero, por descontado, Parma cuenta con la mejor receta para el relleno. La pasta la ha hecho Carlo esta tarde al estilo tradicional. Según dice la leyenda, el tipo que creó los tortelinis se inspiró en el ombligo de una bella mujer desnuda. Por aquí corren todo tipo de leyendas relacionadas con la cocina, el vino y el sexo. El caldo está hecho con ternera, ajo, mantequilla y unas cuantas cosas más.

Rick tenía la nariz a pocos centímetros de su cuenco, inhalando los aromas.

Carlo hizo una pequeña inclinación y añadió algo más a modo de advertencia.

—Dice que son raciones reducidas porque el primer plato ya está de camino —dijo Sam.

El primer tortelini que Rick probaba en su vida estuvo a punto de hacerle saltar las lágrimas. Nadando en caldo, la pasta y el relleno asaltaron sus sentidos.

—Esto es lo mejor que he probado en mi vida —exclamó de manera espontánea.

Carlo sonrió y se retiró a la cocina.

Rick acompañó su primer tortelini con lambrusco y atacó el resto, que nadaba en el espeso caldo. ¿Raciones reducidas? Paolo y Giorgio no decían nada, completamente concentrados en sus tortelinis. El único que aún guardaba algo de compostura cra Sam.

Nino acomodó a una joven pareja cerca de ellos y enseguida apareció con una nueva botella, un maravilloso tinto sangiovese de un viñedo cerca de Bolonia que él visitaba en persona una vez al mes para controlar el progreso de las uvas.

—El siguiente plato es un poco más pesado —advirtió—, por lo que el vino también debe ser más fuerte. —Descorchó la botella con estilo, inspiró el aroma, puso los ojos en blanco a modo de aprobación y comenzó a servir—. Nos espera un verdadero festín —dijo, mientras llenaba cinco copas, sirviéndose él una medida algo más generosa.

Un nuevo brindis, aunque fue más un insulto dirigido a los Lions de Bérgamo, y todos cataron el vino.

Rick siempre había preferido beber cerveza, por lo que aquella inmersión en el mundo de los vinos italianos le resultaba apabullante, pero también deliciosa.

Uno de los camareros empezó a recoger las sobras de los tortelinis mientras otro colocaba en su lugar platos limpios. Carlo salió de la cocina dirigiendo el tráfico con aire triunfal y dos camareros pisándole los talones.

—Este es mi plato favorito —anunció Carlo en inglés, aunque no tardó en cambiar a una lengua que le era más cercana.

—Es un rollo de pasta relleno —dijo Sam, mientras miraban boquiabiertos el manjar que tenían delante—. Está relleno de ternera, cerdo, hígado de pollo, salchicha, requesón y espinacas y cubierto con pasta fresca.

Todo el mundo dijo «*Grazie*» menos Rick, y Carlo repitió una breve inclinación y desapareció. El restaurante estaba casi lleno y empezaba a haber mucho ruido. Rick sentía curiosidad por la gente que tenía alrededor, aunque eso no le hacía perder bocado. Parecía gente del lugar disfrutando de una salida típica al restaurante del barrio. En Estados Unidos, unos platos como aquellos provocarían una estampida. Allí, eran lo más normal del mundo.

—¿Vienen muchos turistas por aquí? —preguntó.

—No muchos —contestó Sam—. Los estadounidenses van a Florencia, Venecia y Roma. Tal vez aparecen unos cuantos en verano, aunque casi todos son europeos.

—¿Qué puede verse en Parma? —preguntó Rick.

La sección que la guía de viajes dedicaba a Parma era bastante escueta.

—¡Los Panthers! —contestó Paolo, riendo.

Sam también rió, le dio un sorbo al vino y se quedó pensativo unos instantes.

—Es una ciudad pequeña y encantadora de unos ciento cincuenta mil habitantes. La comida y el vino son magníficos. La gente es estupenda, trabaja duro y vive bien. Pero no atrae demasiada atención, y eso es bueno. Estarás de acuerdo, ¿no, Paolo?

—Sí. Nos gusta Parma tal como es.

Rick saboreó un bocado e intentó distinguir la ternera, pero no lo consiguió. Las carnes, el queso y las espinacas se mezclaban en un sabor único. Había saciado el hambre, pero no estaba lleno. Llevaban una hora y media en el restaurante, una comida muy larga para lo que estaba acostumbrado, aunque en Parma con ese tiempo solo habían conseguido llegar a los entrantes. Imitando a los otros tres, empezó a comer muy, muy despacio. Los italianos que los rodeaban hablaban más que comían y un leve ambiente bullicioso dominaba el restaurante. Era evidente que la gente salía a cenar por la comida, pero al mismo tiempo era un acontecimiento social.

Nino se dejaba caer por su mesa de vez en cuando con un rápido «¿Está bueno?» dirigido a Rick. Buenísimo, formidable, delicioso, increíble.

Para el segundo plato, Carlo dejó la pasta a un lado. Los platos estaban repletos, aunque en pequeñas porciones, de *cotolette alla parmigiana*, otro plato famoso de Parma y uno de los favoritos de toda la vida del cocinero.

—Chuletas de ternera a la parmesana —tradujo Sam—. Primero golpean las chuletas de ternera con un pequeño mazo, luego las meten en huevo batido, las fríen en una sartén y a continuación las meten en el horno con una mezcla de queso parmesano y un poco de caldo hasta que el queso se funde. El tío de la mujer de Carlo crió la ternera y la trajo esta tarde.

Mientras Carlo iba dando explicaciones y Sam las traducía, Nino se encargaba del siguiente vino, un tinto seco de la región de Parma. Les trajeron copas nuevas, incluso más grandes que las anteriores. Nino dio varias vueltas al vino, lo olió y se lo bebió de un trago. Volvió a repetir el gesto orgiástico de poner los ojos en blanco antes de dictaminar su idoneidad. Un amigo íntimo hacía aquel vino, que tal vez era el favorito de Nino.

—Parma es famosa por su cocina, pero no por sus vinos —susurró Sam.

Rick probó el vino, sonrió a la ternera y se prometió que durante lo que quedara de la velada comería más despacio que los italianos. Sam lo miró con atención, convencido de que el primer impacto cultural comenzaba a remitir tras aquella avalancha de platos y vino.

—¿Suelen comer así todos los días? —le preguntó Rick.

—No a diario, pero es bastante normal —contestó Sam con naturalidad—. Esto es lo habitual en Parma.

Paolo y Giorgio estaban cortando la ternera y Rick atacó la suya lentamente. Las chuletas duraron media hora y cuando ya no quedó nada en los platos, estos fueron retirados con una floritura. Transcurrió un buen rato durante el que Nino y los camareros atendían las otras mesas.

El postre era obligatorio porque Carlo había preparado su especialidad: *torta nera*, un pastel negro, y porque Nino había reservado un vino muy especial para la ocasión, un blanco espumoso de la provincia. Estaba explicando que el pastel negro, originario de Parma, se hacía con chocolate, almendras y café, y como estaba recién salido del horno, Carlo iba a acompañarlo con un toque de helado de vainilla. Nino encontró un hueco, acercó una silla y se unió a sus compañeros de equipo y a su entrenador para comer los postres, a menos que también les apeteciera un poco de queso y una infusión digestiva.

No, no les apetecía. El restaurante seguía medio lleno

cuando Sam y Rick empezaron a dar las gracias e intentaron despedirse. Abrazos, palmadas en la espalda, fuertes apretones de manos, promesas de repetir la velada, de nuevo bienvenido a Parma, muchas gracias por la cena inolvidable... El ritual duró una eternidad.

Paolo y Giorgio decidieron quedarse para probar ese queso y acabarse el vino.

—No voy a conducir —dijo Sam—. Podemos ir andando. Tu apartamento no está muy lejos y yo ya cogeré un taxi allí.

—He engordado cinco kilos —dijo Rick, sacando barriga, siguiendo al entrenador un paso por detrás de este.

—Bienvenido a Parma.

7

El timbre tenía ese gemido agudo de una moto barata sin tubo de escape. Llegaba en largas rachas, y puesto que Rick no lo había oído antes, al principio no tenía la menor idea de qué estaba ocurriendo o de dónde procedía. De todos modos, tampoco era capaz de pensar con demasiada lucidez. Después del maratón en el Montana, Sam y él, por razones que ya no estuvieron claras entonces y mucho menos en esos momentos, se habían detenido en un pub para tomar un par de cervezas. Lo último que Rick recordaba vagamente era haber entrado en el apartamento cerca de la medianoche, pero desde ese momento, nada más.

Estaba tumbado en el sofá, demasiado pequeño para que un hombre de su corpulencia consiguiera acomodarse en él y dormir a gusto. Mientras seguía escuchando el zumbido misterioso, intentó acordarse de por qué había elegido el salón en vez de su dormitorio. No recordaba una razón convincente.

—¡Vale, vale! —le gritó a la puerta cuando alguien llamó con los nudillos—. ¡Ya voy!

Iba descalzo, pero todavía llevaba puestos los tejanos y la camiseta. Se quedó mirándose los morenos dedos de los pies y pensando en las vueltas que le daba la cabeza. Otra vez ese timbre estridente.

—¡Que sí! —volvió a gritar.

Tambaleante, se acercó a la puerta y la abrió de golpe.

Se encontró de frente con un amable *Buongiorno* con el que le saludó un hombre bajo y fornido con un enorme bigote canoso y una arrugada gabardina marrón. A su lado había un joven policía uniformado que se limitó a saludarlo con una breve inclinación de cabeza.

—Buenos días —dijo Rick con todo el respeto que consiguió reunir.

—¿*Il signor* Dockery?

—Sí.

—Soy policía. —Extrajo la identificación de alguna parte del interior de la gabardina, se la paseó a Rick por las narices y la devolvió a su escondite con un movimiento tan natural que parecía advertir: «No haga preguntas». Podría haber sido un tíquet de aparcamiento o el resguardo de la lavandería—. *Il signor* Romo, policía de Parma —añadió entre las hebras del bigote, aunque este apenas se movió.

Rick miró a Romo, luego al poli de uniforme y de nuevo a Romo.

—Muy bien —dijo.

—Tenemos quejas. Tiene que acompañarnos.

Rick hizo una mueca e intentó decir algo, pero una arcada retumbó en su estómago y creyó que tendría que salir corriendo, aunque al final se le pasó. Le sudaban las manos y tenía la sensación de que las rodillas estaban a punto de fallarle.

—¿Quejas? —repitió, sorprendido.

—Sí. —Romo asintió muy serio, como si ya hubiera tomado una decisión y Rick fuera culpable de algo mucho peor de lo que pudiera tratarse la queja—. Acompáñenos.

—Eh, ¿adónde?

—Acompáñenos, ahora.

¿Quejas? El pub estaba medio vacío cuando llegaron, y Sam y él, por lo que podía recordar, únicamente habían hablado con el barman. Solo habían charlado de fútbol americano mientras bebían sus cervezas. Una conversación agradable, no había habido ni insultos ni peleas con los demás clientes. No había pasado nada durante el paseo por el centro hasta su apartamento. Tal vez había roncado más alto de lo habitual por culpa del atracón de pasta y vino, pero eso no era un crimen, ¿verdad?

—¿Quién se ha quejado? —preguntó Rick.

—Se lo explicará el juez. Tenemos que irnos. Los zapatos, por favor.

—¿Está arrestándome?

—No, eso tal vez luego. Vamos. El juez está esperando.

Para darle más efecto, Romo se volvió y, muy serio, recitó un parlamento de un tirón en italiano al joven policía, quien frunció aún más el ceño y sacudió la cabeza como si las cosas no pudieran ir peor.

Era evidente que no iban a irse de allí sin el *signor* Dockery. El calzado que tenía más a mano eran los mocasines granate, que encontró en la cocina, y mientras se los ponía y buscaba una chaqueta, se dijo que tenía que tratarse de un malentendido. Se lavó los dientes a toda prisa e intentó deshacerse del regusto a ajo y a vino rancio haciendo gárgaras. Un vistazo al espejo fue suficiente: desde luego parecía culpable de algo. Ojos enrojecidos e hinchados, barba de tres días, pelo enmarañado... Intentó peinarse como pudo y luego recogió la cartera, el dinero, que todavía no había cambiado, las llaves del apartamento y el móvil. Tal vez lo mejor sería llamar a Sam.

Romo y su ayudante lo esperaban pacientemente en el descansillo, fumando, pero sin esposas a la vista. Tampoco parecían demasiado emocionados por ponerse a cazar criminales. Romo había visto demasiadas series de detectives y no había movimiento que no estuviera estudiado.

—Después de usted —dijo, señalando hacia el pasillo con un gesto de cabeza.

Apagó el cigarrillo en un cenicero del descansillo y luego

enterró las manos en los bolsillos de la gabardina. El poli de uniforme acompañaba al presunto infractor y Romo cerraba la retaguardia. Bajaron los tres pisos hasta la calle. Faltaba poco para las nueve de la mañana de un espléndido día de primavera.

Había otro policía esperando junto a un pequeño coche italiano con toda la parafernalia: su juego de luces y la palabra «Polizia» pintada en color naranja en los guardabarros. El segundo agente, que jugueteaba con un cigarrillo y estaba estudiando el trasero de dos señoritas que acababan de pasar por su lado, lanzó a Rick una mirada cargada de indiferencia y le dio una calada al cigarrillo.

—Vayamos a pie —dijo Romo—. No queda muy lejos y tengo la sensación de que necesita que le dé el aire.

Ya lo creo, pensó Rick. Decidió cooperar, ganarse algunos puntos con aquellos chicos y ayudarlos a descubrir la verdad, cualquiera que fuera. Romo señaló la calle con un gesto de cabeza y caminó junto a Rick, detrás del primer policía.

—¿Puedo hacer una llamada? —preguntó Rick.

—Por supuesto. ¿A su abogado?

—No.

Ni siquiera dio señal de llamada, el buzón de voz saltó de inmediato. Rick pensó en Arnie, pero poco podía esperar por esa parte. Cada vez era más difícil localizarlo por teléfono.

Siguieron caminando, cruzaron la strada Farini, pasaron las pequeñas tiendas con las puertas y las ventanas abiertas y junto a las cafeterías en cuyas terrazas la gente se sentaba casi inmóvil con su periódico y su café. Rick empezaba a despejarse y el estómago se le había asentado. No le vendría mal uno de esos cafés bien cargados.

Romo se encendió otro cigarrillo.

—¿Le gusta Parma? —le preguntó a Rick después de soltar una pequeña bocanada de humo.

—Creo que no.

—¿No?

—No. No llevo aquí ni un día y ya me arrestan por algo que no he hecho. Así es difícil que te guste ningún sitio.

—No está arrestado —dijo Romo mientras se bamboleaba de un lado al otro como si estuvieran a punto de cederle las rodillas.

Cada tres o cuatro pasos golpeaba el brazo derecho de Rick con el hombro antes de volver a tambalearse.

—¿Y cómo lo llama usted entonces? —preguntó Rick.

—Aquí las cosas funcionan de otra manera. No es un arresto.

Ah, bueno, eso sí que lo explicaba todo. Rick se mordió la lengua y decidió dejarlo pasar, discutiendo no iba a llegar a ninguna parte. No había hecho nada malo y la verdad pronto saldría a la luz y pondría las cosas en su sitio. Al fin y al cabo aquello no era la dictadura de un país tercermundista donde detenían a la gente al azar para torturarla durante meses. Aquello era Italia, parte de Europa, el corazón de la civilización occidental. Ópera, el Vaticano, el Renacimiento, Da Vinci, Armani, Lamborghini. Todo eso estaba en su guía turística.

Rick se había visto en peores aprietos. La única vez que lo habían arrestado había sido en la universidad, durante la primavera del primer año, cuando se unió de manera voluntaria a un grupo de borrachos decidido a colarse en una fiesta de una fraternidad fuera del campus, lo que acabó en una pelea, varios huesos rotos y la aparición de la policía. Varios camorristas fueron reducidos, esposados, maltratados por los policías y finalmente subidos a la fuerza a la parte de atrás de un furgón policial donde recibieron unos cuantos porrazos más de regalo. Una vez en comisaría, durmieron en el frío suelo de cemento de las celdas de detención en las que solían recluir a los borrachos. Cuatro de los arrestados pertenecían al equipo de fútbol americano de los Hawkeye y varios periódicos airearon de manera sensacionalista su encuentro con la justicia.

Además de la humillación, Rick fue suspendido durante un mes, recibió una multa de cuatrocientos dólares, una bronca monumental de su padre y la promesa de su entrenador de que una sola infracción más, por leve que fuera, le costaría la licenciatura y lo enviaría o bien a la cárcel o a una escuela universitaria.

Rick consiguió que en los cinco años siguientes no le pusieran ni una multa de tráfico.

Cambiaron de acera y doblaron bruscamente hacia un tranquilo callejón adoquinado donde un agente con un uniforme diferente custodiaba la mar de tranquilo una entrada sin indicativo alguno. Se intercambiaron algunos saludos con la cabeza y unas cuantas palabras, y acompañaron a Rick al interior, subieron por una escalera de peldaños de mármol desgastados hasta la segunda planta y luego siguieron por un pasillo que obviamente albergaba despachos gubernamentales. La decoración no era nada del otro mundo, las paredes necesitaban una capa de pintura y había retratos de funcionarios que ya nadie recordaba colgados en una hilera deprimente.

—Siéntese, por favor —dijo Romo, señalándole un banco de madera basta.

Rick obedeció e intentó ponerse en contacto con Sam una vez más. El mismo mensaje de voz.

Romo desapareció en uno de los despachos. No había ningún nombre en la puerta, nada que indicara adónde habían llevado al acusado o ante quién estaba a punto de comparecer. No parecía que hubiera ninguna sala de tribunal por allí cerca, ni tampoco se oía el bullicio habitual de los abogados, las familias preocupadas y las bromas que se intercambiaban los policías. Se oía el tecleo de una máquina de escribir a lo lejos, timbres de teléfono y alguna que otra voz.

El policía de uniforme se alejó y se puso a hablar con la joven sentada tras el escritorio al cabo del pasillo, a unos diez metros. Pronto se olvidó de Rick quien, solo y sin vigilancia, podría haberse ido con toda tranquilidad. Aunque, ¿para qué?

Pasaron diez minutos y el policía de uniforme se fue sin decir nada. Romo tampoco estaba.

Se abrió la puerta.

—¿El señor Dockery? —preguntó una mujer agradable, con una sonrisa, franqueándole el paso al despacho.

Rick entró. En la aglomerada habitación que daba a la fachada principal había dos mesas y dos secretarias que le sonreían como si supieran algo que él desconocía. Una de ellas era muy guapa y Rick sintió el impulso innato de decir algo, pero ¿y si no sabía inglés?

—Un momento, por favor —dijo la mujer que lo había hecho pasar, y Rick esperó, incómodo, mientras las otras dos mujeres fingían que reanudaban su trabajo.

Era evidente que Romo había encontrado la puerta lateral y que a esas horas estaría de nuevo en la calle dándole la lata a otro.

Rick se volvió y se fijó en las enormes puertas dobles de madera oscura junto a las cuales había una imponente placa de bronce que anunciaba a su eminencia Giuseppe Lazzarino, *Giudice*. Rick se acercó unos pasos, luego unos cuantos más y al final señaló la palabra «*Giudice*».

—¿Qué pone aquí? —preguntó.

—Juez —dijo la mujer que lo había llamado.

Las puertas se abrieron de golpe y Rick se encontró de frente con el juez.

—¡Riick Dockery! —exclamó este, tendiéndole con brío una mano mientras lo cogía por el hombro con la otra, como si llevaran años sin verse. De hecho, así era—. Me llamo Giuseppe Lazzarino, un Panther. Soy corredor de poder.

Le estrechó la mano con fuerza, le estrujó el hombro y lo deslumbró con su sonrisa radiante.

—Encantado de conocerte —dijo Rick, intentando retroceder unos centímetros.

—Bienvenido a Parma, amigo —dijo Lazzarino—. Pasa, por favor —añadió tirando de la mano con la que continuaba apresando la de Rick, sin dejar de moverla arriba y abajo.

En cuanto entraron en el despacho, soltó a Rick, cerró ambas puertas y volvió a darle la bienvenida.

—Gracias —dijo Rick, sintiéndose ligeramente violentado—. ¿Eres juez?

—Llámame Franco —le pidió, indicándole un sofá de cuero que había en un rincón.

Saltaba a la vista que Franco era demasiado joven para ser un juez veterano y demasiado mayor para ser un corredor de poder útil. Llevaba la redonda y enorme cabeza completamente rapada; el único cabello que le quedaba era una extraña tirilla en la barbilla. Treinta y tantos, como Nino, pero medía más de uno ochenta y estaba fuerte y en forma. Se dejó caer en una silla y se acercó con ella a Rick, quien se había acomodado en el sofá.

—Sí, soy juez, pero lo que verdaderamente importa es que soy corredor de poder. Franco es mi mote. Franco es mi héroe.

Rick miró a su alrededor y enseguida lo entendió. Franco Harris estaba por todas partes. Una figura recortada de Franco a tamaño natural cubierto de barro y corriendo con el balón. Una foto de Franco y otros Steelers alzando el trofeo de la Super Bowl de manera triunfal por encima de sus cabezas. Una camiseta blanca enmarcada, con el número 32, aparentemente firmada por el propio jugador. Una pequeña figura que representaba a Franco Harris con una cabeza desproporcionada sobre el imponente escritorio del juez. Y ocupando un lugar de preferencia en la pared de los diplomas, dos grandes fotografías a todo color, una de Franco Harris con todo el equipamiento de los Steelers menos el casco, y la otra de Franco, el juez, vestido con el equipamiento de los Panthers, sin casco, y con el número 32, tratando de emular a su héroe.

—Adoro a Franco Harris, fue un magnífico jugador italiano —dijo Franco, con los ojos prácticamente húmedos y la voz algo rota—. No hay más que verlo. —Extendió las manos con aire triunfal señalando el despacho, que era un altar a Franco Harris.

—¿Franco era italiano? —preguntó Rick despacio.

Aunque nunca había sido seguidor de los Steelers y era demasiado joven para recordar la época dorada de la dinastía de Pittsburgh, a Rick siempre le había interesado el juego y su historia. Estaba seguro de que Franco Harris era un tipo negro que jugaba en Penn State y que luego condujo a los Steelers a ganar varias Super Bowls en los años setenta. Era dominante, un verdadero profesional y consiguió un puesto entre las estrellas de todos los tiempos. No había aficionado al fútbol americano que no conociera a Franco Harris.

—Su madre era italiana y su padre era un soldado estadounidense. ¿Te gustan los Steelers? Adoro a los Steelers.

—Bueno, en realidad no mucho...

—¿Por qué no has jugado con los Steelers?

—Todavía no me han llamado.

Franco estaba sentado en el borde de la silla, emocionado ante la presencia de su nuevo quarterback.

—¿Te apetece un café? —dijo, poniéndose en pie de un salto. Antes de que Rick pudiera responder, Franco estaba junto a la puerta, gritándole instrucciones a una de las chicas. Iba muy elegante: traje negro ajustado y mocasines italianos en punta, del número 48 como mínimo—. En Parma estamos deseando ganar la Super Bowl —dijo, recogiendo algo de la mesa—. Mira.

Apuntó el mando a distancia hacia el televisor de pantalla plana que había en un rincón y de repente volvió a aparecer Franco, cargaba contra la línea al tiempo que los bloqueadores salían despedidos por los aires, saltaba sobre la pila para un touchdown, zafándose con el brazo de un Brown de Cleveland

(¡sí!) y conseguía un nuevo touchdown, recibía una entrega de balón de Bradshaw y derribaba a dos líneas. Se trataba de las épicas, largas y duras carreras de Franco tan agradables de ver. El juez, completamente hipnotizado, agitaba, blandía y sacudía los puños arriba y abajo acompañando cada gran movimiento.

¿Cuántas veces lo habría visto?, se preguntó Rick.

La última jugada era la más famosa, la Inmaculada Recepción, la recepción involuntaria de Franco de un pase desviado y su milagrosa galopada hasta la zona de anotación en un partido de play-off de 1972 contra Oakland. La jugada había dado pie a más debates, reposiciones, análisis y discusiones que cualquier otra en toda la historia de la NFL, y el juez había memorizado hasta el último fotograma.

La secretaria llegó con los cafés y Rick consiguió musitar un precario *«Grazie»*.

Luego volvieron al vídeo. La segunda parte fue interesante, pero también un poco deprimente. Franco, el juez, había añadido sus propias gestas, unas cuantas carreras lentas alrededor o entre los líneas y los apoyadores, quienes eran aún más lentos que él. Le dirigió una amplia sonrisa a Rick mientras veían a los Panthers en acción, el primer atisbo de Rick de su futuro.

—¿Qué tal? —preguntó Franco.

—No está mal —dijo Rick, una expresión con la que parecía contestar la mayoría de las preguntas que le hacían en Parma.

La última jugada era un pase de pantalla que Franco recibía de un quarterback desmarcado. Se puso el balón en la barriga, se inclinó como un soldado de infantería y empezó a buscar al primer defensa al que derribar. Un par rebotaron contra él, Franco se zafó de ellos con un giro y, desmarcado, puso la quinta y empezó a correr. Dos esquineros hicieron un breve amago de meter los cascos entre aquel remolino de piernas, pero salieron despedidos por los aires como moscas.

Franco se dirigía directo a la línea de banda, esforzándose al máximo por emular al mejor Franco Harris.

—¿Está puesto a cámara lenta? —preguntó Rick, tratando de parecer gracioso. —Franco se quedó boquiabierto. Lo había ofendido—. Solo bromeaba —se apresuró a decir Rick—, era un chiste.

Franco consiguió fingir que reía. Cuando cruzó la línea de gol, lanzó el balón contra el suelo y se fue la imagen de la pantalla.

—Llevo siete años jugando como corredor de poder —dijo Franco, regresando al borde de la silla— y nunca hemos ganado al Bérgamo. Este año, con nuestro gran quarterback, ganaremos la Super Bowl. ¿Verdad?

—Por supuesto. ¿Dónde aprendiste a jugar al fútbol americano?

—Con unos amigos.

Ambos tomaron un sorbo de café y guardaron un silencio incómodo, a la espera de que el otro dijera algo.

—¿Qué tipo de juez eres? —preguntó Rick, al final.

Franco se frotó la barbilla y estuvo meditándolo un buen rato, como si nunca antes hubiera pensado en lo que hacía.

—Hago muchas cosas —dijo finalmente, con una sonrisa.

El teléfono del escritorio empezó a sonar y aunque no contestó, Franco le echó un vistazo al reloj.

—Estamos muy contentos de tenerte aquí, en Parma, amigo Rick. Mi quarterback.

—Gracias.

—Te veré en los entrenamientos de esta tarde.

—Por supuesto.

Franco se había puesto en pie; sus otras obligaciones lo reclamaban. Rick no esperaba que lo multaran ni que lo castigaran de ninguna otra manera, pero había que atender las «quejas» de Romo, ¿no?

Era evidente que no. Franco despidió a Rick con los obligatorios abrazos, encajadas de mano y promesas de ayudar en lo que hiciera falta, y Rick se encontró al cabo de poco en el pasillo. Bajó la escalera y salió al callejón, solo, como un hombre libre.

8

Sam estaba matando el tiempo en una cafetería vacía con el libro de jugadas de los Panthers, una gruesa carpeta con miles de equis y de circulitos, un centenar de jugadas de ataque y unos cuantos esquemas defensivos. Por gruesa que fuera, ni siquiera se acercaba a las que utilizaban los equipos universitarios, las cuales a su vez apenas eran una nota interna comparadas con los tochos que se utilizaban en la NFL. Y aun así le sobraban páginas, según los italianos. A menudo, en medio del aburrimiento de una larga sesión ante la pizarra se oía mascullar que no era de extrañar que el fútbol europeo tuviera tanto éxito en el resto del mundo. Era fácil de aprender, jugar y comprender.

Pues esto es solo lo básico, siempre tenía la tentación de avisarles Sam.

Rick llegó puntualmente a las once y media y la cafetería seguía vacía. Solo a un par de estadounidenses se les ocurriría pedir que les sirvieran la comida a aquellas horas intempestivas, aunque la comida en sí consistiera únicamente en ensalada y agua.

Rick se había duchado, afeitado y tenía un aspecto mucho menos sospechoso. Le relató la historia de la visita del detective Romo, de su «no arresto» y del encuentro con el juez Franco con gran animación. Sam le escuchó con suma atención y le aseguró que era el primer estadounidense que había recibido una bienvenida como aquella por parte de Franco. Sam había visto el vídeo. Sí, Franco era tan lento en la vida real como en la pantalla, pero era un bloqueador muy duro capaz de abrirse camino a través de un muro de piedra o, al menos, de intentarlo con todas sus fuerzas.

Sam le explicó que, hasta donde llegaba su escaso conocimiento, los jueces italianos eran diferentes de sus colegas estadounidenses. Franco tenía amplia autoridad para iniciar investigaciones y procedimientos, y también presidía juicios. Tras un resumen de treinta segundos sobre el sistema judicial italiano, Sam había agotado lo que sabía sobre el tema, por lo que retomaron el del fútbol americano.

Le dieron vueltas a la lechuga y juguetearon con los tomates, ninguno de los dos tenía demasiada hambre. Al cabo de una hora, se fueron dando un paseo a encargarse de varios asuntos. Lo primero era abrir una cuenta. Sam escogió su propio banco, básicamente porque había un subdirector que chapurreaba inglés y podría solucionarle los problemas que pudieran surgir. Sam insistió en que Rick lo hiciera él mismo y solo le echó una mano cuando las cosas parecieron llegar a un punto muerto. Tardaron una hora, tras la que Rick se sintió frustrado y bastante cohibido. Sam no estaría siempre a su lado para hacerle de traductor.

Después de dar una pequeña vuelta por el barrio de Rick y el centro de Parma, encontraron una pequeña tienda de comestibles que exponía la fruta y la verdura en la acera. Sam le explicó que los italianos preferían comprar fruta fresca a diario en vez de apilar y almacenar alimentos en latas y botellas. El carnicero estaba junto a la pescadería y cada dos pasos había una panadería.

—El concepto de gran supermercado aquí no se estila tanto —dijo Sam—. Las amas de casa planifican el día según lo que toque comprar.

Rick lo seguía de buen grado, más o menos entretenido con lo que iba viendo aunque muy poco interesado en la idea de tener que cocinar. ¿Para qué preocuparse? Había muchos sitios a los que podía ir a comer. La vinatería y la quesería apenas llamaron su atención, al menos hasta que Rick vio a una jovencita bastante atractiva apilando botellas de vino tinto. Sam le señaló un par de tiendas de ropa de caballero y una vez más dejó caer algún que otro comentario mordaz sobre lo de desechar el uniforme de Florida y adecuar el vestuario a la moda del lugar. También encontraron una tintorería, un bar donde servían un capuchino delicioso, una librería donde solo había libros italianos y una pizzería con el menú en cuatro idiomas.

Luego llegó el momento del coche. En alguna parte del pequeño imperio del *signor* Bruncardo había quedado libre un pequeño coche italiano bastante usado, aunque limpio y reluciente, que durante los siguientes cinco meses pertenecería al quarterback. Rick lo rodeó y lo estudió con detenimiento sin abrir la boca, aunque no pudo evitar pensar que al menos habrían cabido cuatro como aquel en el todoterreno que conducía hasta hacía tres días.

Se encajonó en el asiento del conductor e inspeccionó el salpicadero.

—Está bien —dijo al fin, dirigiéndose a Sam, quien estaba a unos pasos de él, en la acera.

Tocó el cambio de marchas y descubrió que no era rígido y que se movía, demasiado. A continuación, tocó algo con el pie izquierdo que no era el pedal del freno. ¿Un embrague?

—Es manual, ¿no? —dijo.

—Aquí todos los coches son manuales. No es ningún problema, ¿no?

—No, no, claro que no.

No recordaba la última vez que su pie izquierdo había pisado un embrague. Un amigo del instituto tenía un coche con cambio de marchas y Rick había practicado con él un par de veces, aunque de eso hacía unos diez años. Salió rápidamente del vehículo, cerró la puerta de golpe y estuvo tentado de preguntar si no tenían ninguno automático. Pero no lo hizo. No podía parecer preocupado por algo tan tonto como un coche con embrague.

—Es esto o una moto —dijo Sam.

Rick estuvo a punto de pedir la moto.

Sam lo dejó allí, con el automóvil que no se atrevía a conducir. Acordaron que se verían en un par de horas en los vestuarios porque tenían que ponerse con el libro de jugadas lo antes posible. Puede que los italianos no se las aprendieran todas, pero el quarterback estaba obligado a ello.

Rick dio la vuelta a la manzana pensando en todos los libros de jugadas que había tenido que soportar en su nómada carrera. Arnie lo llamaba con un nuevo contrato, Rick tomaba un vuelo para presentarse en el equipo de turno, entusiasmado, lo recibían con una breve y escueta bienvenida en las oficinas y lo llevaban a dar una vuelta rápida por el estadio, los vestuarios y todo lo demás. Luego, el entusiasmo se apagaba en el instante en que el segundo entrenador entraba con el gigantesco libro de jugadas y lo dejaba caer delante de él. «Memorízalo para mañana» era la orden de rigor.

Claro, entrenador. Un millón de jugadas. No hay problema.

¿Cuántos libros habían sido? ¿Cuántos asistentes del entrenador? ¿Cuántos equipos? ¿Cuántas paradas a lo largo del camino en una carrera frustrante que había acabado llevándolo a una pequeña ciudad del norte de Italia? Pidió una cerveza en la terraza de una cafetería y no pudo sacudirse de encima la deprimente sensación de que aquel no era su sitio.

Se paseó por la vinatería, aterrorizado por si a algún dependiente se le ocurría preguntarle si podía ayudarlo en algo. La atractiva joven que apilaba las botellas de tintos se había esfumado.

Y allí volvía a estar otra vez, contemplando el coche de cinco marchas con embrague incorporado. Ni siquiera le gustaba el color, un cobrizo oscuro que no había visto nunca. Estaba en una calle de único sentido y bastante tráfico, en una hilera de coches similares aparcados casi pegados los unos a los otros. Apenas había treinta centímetros entre un parachoques y el siguiente. Cualquier intento por sacarlo de allí implicaría tener que tirar el coche hacia delante y hacia atrás una y otra vez hasta que pudiera asomar las ruedas delanteras a la calle. Era imprescindible una coordinación perfecta entre el embrague, la palanca de cambios y el acelerador.

Si con uno automático ya se vería en un aprieto… ¿Por qué la gente aparcaba tan pegada la una a la otra? Llevaba las llaves en el bolsillo.

Tal vez luego. Se fue andando a su apartamento y se echó una siesta.

Rick se cambió rápidamente y se puso el uniforme de entrenamiento de los Panthers: camiseta negra, pantalones plateados y calcetines blancos. Cada jugador se compraba sus botas y Rick se había traído tres pares para los partidos de marca que los Browns les entregaban sin reparos. La mayoría de los jugadores de la NFL tenían contratos con fabricantes de zapatillas deportivas. A Rick nunca le habrían ofrecido uno.

Estaba solo en el vestuario, ojeando el libro de jugadas, cuando Sly Turner entró de sopetón con una sonrisa deslumbrante y una llamativa sudadera naranja de los Broncos de Denver. Se presentaron y se estrecharon la mano con educación.

—¿La llevas por alguna razón en particular? —no tardó en preguntarle Rick.

—Sí, adoro a mis Broncos —contestó Sly, sin dejar de sonreír—. Me crié cerca de Denver. Fui a la Colorado State.

—No está mal. He oído que soy bastante famoso en Denver.

—Te queremos, tío.

—Siempre he querido que me quisieran. ¿Vamos a ser amigos, Sly?

—Por supuesto, tú pásame el balón veinte veces por partido.

—Hecho. —Rick sacó una bota de la taquilla, se la calzó sin prisa y empezó a atarse los cordones—. ¿Te seleccionaron?

—Hace cuatro años, los Colts, en la séptima ronda. Fui el último jugador que reclutaron. Luego pasé un año en Canadá y dos en la AFL.

La sonrisa había desaparecido y Sly estaba desvistiéndose. No parecía llegar al uno setenta, pero era puro músculo.

—Y aquí el año pasado, ¿no?

—Sí. No está tan mal, hasta cierto punto es divertido si decides tomártelo con humor. Los chicos del equipo son estupendos. Si no hubiera sido por ellos, no habría vuelto a jugar.

—¿Por qué estás aquí?

—Por lo mismo que tú: demasiado joven para renunciar al sueño. Además, ahora tengo mujer y un hijo y necesito el dinero.

—¿El dinero?

—Triste, ¿verdad? Un jugador profesional de fútbol americano ganando diez mil dólares por cinco meses de trabajo. Pero, como ya te he dicho, no estoy listo para dejarlo.

Se quitó la sudadera naranja y se puso la camiseta de entrenamiento de los Panthers.

—Vamos a calentar —dijo Rick.

Dejaron los vestuarios y salieron al campo.

—Tengo el brazo bastante entumecido —comentó Rick, tras un lanzamiento flojo.

—Tienes suerte de que todavía puedas andar —dijo Sly.

—Gracias.

—Menudo golpe. Estaba en casa de mi hermano viendo la tele. El partido estaba perdido, pero de repente Marroon se lesiona. Once minutos para el final, no hay nada que hacer, y entonces...

Rick retuvo el balón un segundo.

—Sly, de verdad, preferiría no recordarlo. ¿De acuerdo?

—Claro, perdona.

—¿Tu familia está aquí? —preguntó Rick, cambiando rápidamente de tema.

—No, están en Denver. Mi mujer es enfermera y tiene un buen trabajo. Me dijo que un año más de fútbol y que luego se acabó. ¿Estás casado?

—No, ni de lejos.

—Te gustará esto.

—Háblame de este lugar.

Rick retrocedió cinco yardas y empezó a afinar los pases.

—Bueno, es una cultura muy diferente. Las mujeres son muy guapas, pero muy reservadas. Es una sociedad bastante chovinista. Los hombres no se casan hasta los treinta, viven en casa con sus madres, quienes casi les hacen de sirvientas, y cuando se van de casa, esperan que sus mujeres hagan lo mismo. Las mujeres son reticentes al matrimonio. Tienen que trabajar, así que cada vez tienen menos hijos. La tasa de natalidad está descendiendo a marchas forzadas.

—No me refería exactamente al matrimonio y la tasa de natalidad, Sly. Me interesa saber qué tipo de vida nocturna hay por aquí, ¿sabes a lo que me refiero?

—Sí, hay muchas chicas, y muy guapas, pero el idioma es un problema.

—¿Y las animadoras?

—¿Qué pasa con ellas?

—¿Están bien, son fáciles? ¿No serán unas estrechas?

—Ni idea, no hay.

Rick retuvo el balón, paralizado, y miró fijamente a su corredor de habilidad.

—¿Que no hay animadoras?

—No.

—Pero mi agente… —se interrumpió antes de ponerse en una situación comprometida.

De modo que su agente le había prometido algo que era mentira. ¿Qué otras sorpresas le esperaban?

Sly se echó a reír sin complejos con una risa contagiosa que decía: «Te ha salido el tiro por la culata, payaso».

—¿Has venido hasta aquí por las animadoras? —preguntó, en un tono agudo y burlón. Rick le lanzó una bala, que Sly atrapó sin dificultad con la punta de los dedos y luego siguió riendo—. Debe de ser amigo de mi agente. No puedes creer la mitad de lo que dice.

Rick finalmente acabó riéndose de sí mismo, retrocediendo cinco yardas más.

—¿Cómo se juega por aquí? —preguntó.

—La mar de bien, porque no hay quien me atrape. El año pasado hice una media de doscientas yardas por partido. Te lo pasarás bien, siempre que recuerdes que tienes que pasar a nuestros jugadores en vez de a los del otro equipo.

—Eso es un golpe bajo.

Rick disparó otra bala, que Sly volvió a atrapar sin problemas y que le devolvió en un globo. La ley no escrita se seguía al pie de la letra: nunca hay que pasar con demasiada fuerza a un quarterback.

En esos momentos, el otro Panther negro salía a la carrera de los vestuarios; Trey Colby, un tipo alto y desgarbado, demasiado flaco para jugar al fútbol americano. Tenía una sonrisa natural.

—¿Todo bien, tío? —no tardó en preguntarle a Rick.

—Voy haciendo, gracias.

—Es que la última vez que te vi estabas tumbado en una camilla y…

—Estoy bien, Trey. Hablemos de otra cosa.

Sly estaba disfrutando.

—Prefiere no hablar de ello. Yo ya lo he intentado —dijo.

Durante una hora estuvieron ensayando recepciones y hablando de jugadores que conocían.

9

Los italianos estaban de ánimo festivo. Llegaron pronto al primer entrenamiento y armando bastante jaleo. Discutieron por quién se quedaba qué taquilla, se quejaron de la decoración de las paredes, le gritaron al utilero por múltiples agravios y prometieron vengarse del Bérgamo de todas las maneras posibles. No dejaban de insultarse y ridiculizarse entre ellos mientras se cambiaban con toda la tranquilidad del mundo y se ponían los pantalones cortos y las camisetas de entrenamiento. Ya no cabía nadie más en los vestuarios y todo el mundo hablaba a voz en grito. Aquello, más que un vestuario, parecía una fraternidad universitaria.

Rick intentó asimilarlo todo. Entre los cerca de cuarenta jugadores había desde críos que parecían adolescentes hasta varios guerreros maduritos que ya rondaban la cuarentena. Algunos eran bastante corpulentos aunque, en realidad, la mayoría parecía estar en plena forma. Sly dijo que hacían pesas durante el descanso de vacaciones y que se picaban entre ellos en el gimnasio. Los contrastes eran sorprendentes y Rick, por mucho que lo intentó, no pudo evitar hacer algunas comparaciones para sus adentros. Primero, con la excepción de Sly y de Trey, las demás caras eran blancas. Todos los equipos de la NFL que había «visitado» a lo largo de su carrera habían estado compuestos por un 70 por ciento de jugadores negros.

Incluso en Iowa o, ¡qué demonios!, en Canadá, los equipos eran mitad y mitad. Y aunque había algunos tipos grandullones en la habitación, desde luego ninguno pasaba de los ciento treinta kilos. Los Browns tenían ocho jugadores de ciento cuarenta o más y solo dos por debajo de los noventa. Algunos Panthers con suerte alcanzaban los ochenta kilos.

Trey dijo que estaban emocionados con su nuevo quarterback, pero que les daba algo de reparo acercarse a él. Para relajar el ambiente, el juez Franco tomó posición a la derecha de Rick y Nino se hizo cargo de la izquierda. Ambos se encargaron de realizar largas, incluso intrincadas presentaciones a medida que los jugadores saludaban a Rick por turno. Cada pequeña introducción necesitaba de un mínimo de dos insultos, y Franco y Nino a menudo se aliaban en contra de sus compañeros italianos. Rick fue abrazado, estrujado y adulado sin parar de tal forma que casi empezó a sentirse violento. Le sorprendió la cantidad de palabras que utilizaban en inglés. Todos los Panthers estudiaban su idioma, cada uno a su ritmo.

Sly y Trey andaban por allí cerca, riéndose de él y reencontrándose con sus viejos compañeros de equipo. Ambos habían prometido que aquel sería su último año en Italia. Pocos estadounidenses regresaban una tercera temporada.

El entrenador Russo los llamó al orden y les dio la bienvenida a todos. Utilizaba un italiano pausado y reflexivo. Los jugadores estaban repantigados en el suelo, en los banquillos, en las sillas, incluso sobre las taquillas. Aunque lo intentó, Rick no consiguió evitar retrotraerse a sus tiempos en el instituto de Davenport South y recordar sus vestuarios. Al menos eran cuatro veces más grandes que aquel.

—¿Lo entiendes? —le preguntó a Sly en voz baja.

—Claro —contestó este, sonriendo.

—¿Y qué dice?

—Dice que el equipo no ha podido encontrar a un quarterback decente durante el descanso entre temporadas, así que volvemos a estar jodidos.

—¡Silencio! —gritó Sam a los estadounidenses, para regocijo de los italianos.

Si tú supieras, pensó Rick. Una vez había visto cómo un entrenador semifamoso de la NFL había despachado a un novato por hablar en una reunión de equipo durante el campamento de la pretemporada. Lo hizo sin pensárselo dos veces, y el joven casi se había echado a llorar. Algunas de las broncas, rapapolvos y abusos verbales más memorables que Rick había visto en el fútbol americano no habían ocurrido en el fragor de la batalla, sino en el interior de los supuestamente seguros vestuarios.

—*Mi dispiace* —dijo Sly en voz alta, provocando aún más risas sofocadas.

Sam continuó.

—¿Qué has dicho? —preguntó Rick, en un susurro.

—Que lo siento —musitó Sly entre dientes—. Y ahora calla.

Rick le había mencionado anteriormente a Sam que necesitaba intercambiar unas palabras con el equipo. Cuando Sam terminó de darles la bienvenida, presentó a Rick e hizo de traductor. Rick se levantó y saludó a sus compañeros con una leve inclinación de cabeza.

—Estoy muy contento de estar aquí —dijo— y ya tengo ganas de que empiece la temporada. —Sam levantó una mano. ¡Alto!, traducción. Los italianos sonrieron—. Me gustaría aclarar una cosa. —¡Alto!, más italiano—. He jugado en la NFL, aunque no mucho tiempo, y nunca he disputado una Super Bowl. —Sam frunció el ceño y tradujo. Más tarde ya le explicaría que los italianos no eran demasiado amantes de la modestia y el recato—. De hecho, nunca he jugado de titular siendo profesional. —Ante el nuevo ceño de Sam, este más acentuado que el anterior, y un italiano más pausado, Rick se preguntó si el entrenador no estaría interpretando demasiado libremente sus palabras. Los italianos no sonreían. Rick miró a Nino y continuó—. Solo quería aclararlo. Mi objetivo es ganar mi primera Super Bowl aquí, en Italia.

Sam tradujo con entusiasmo y, cuando terminó, el vestuario estalló en aplausos. Rick se sentó y recibió un abrazo de oso de Franco, quien se las había arreglado para robar a Nino el papel de guardaespaldas.

Sam describió el plan de entrenamiento a grandes trazos y se acabaron los discursos. Abandonaron los vestuarios en desbandada con un rugido entusiasta y salieron al campo, donde se repartieron de manera relativamente organizada y empezaron a hacer estiramientos. En ese momento se unió a ellos un caballero de cuello grueso, cabeza afeitada y bíceps prominentes. Era Alex Olivetto, antiguo jugador, ahora segundo entrenador e italiano hasta la médula. El hombre se paseó entre las hileras de jugadores, ladrándoles órdenes como un quarterback furibundo, y nadie replicó.

—Está como una chota —dijo Sly, cuando Alex estuvo lejos.

Rick estaba al final de una de las filas, delante de Sly y detrás de Trey, imitando los estiramientos y los ejercicios de sus compañeros de equipo. Alex empezó con lo más básico —saltos sincronizados de brazos y piernas, flexiones, abdominales, carreras cortas— hasta llegar a una sesión agotadora de correr en el sitio tirándose al suelo de vez en cuando y volviéndose a levantar. Al cabo de quince minutos, Rick respiraba agitadamente e intentaba olvidar la cena de la noche anterior. Miró a su izquierda y se fijó en que Nino estaba sudando a mares.

Al cabo de treinta minutos, Rick estuvo muy tentado de llevarse a Sam a un aparte y explicarle cuatro cosas. Vamos a ver, él era el quarterback y los quarterbacks, los profesionales, no están obligados a seguir la misma tontería de entrenamiento militar que los jugadores normales y corrientes. Sin embargo, Sam estaba lejos, en la otra punta del campo. En ese momento Rick se dio cuenta de que estaban observándolo. A medida que se alargaba el calentamiento, iba pescando las miradas de sus compañeros, quienes solo pretendían comprobar si un verdadero quarterback profesional podía aguantar como los demás. ¿Era un miembro del equipo o una diva de paso?

Rick apretó un poco más para impresionarlos.

Por lo general, los esprints de resistencia se dejaban para el final de la tabla, pero no con Alex. Al cabo de cuarenta y cinco minutos de ejercicios extenuantes, los miembros del equipo se reunieron en la línea de gol y, en grupos de seis, corrieron cuarenta yardas, donde Alex los esperaba con un silbato que no dejaba de sonar y un insulto desagradable para el más rezagado de todos. Rick acompañaba a los corredores. Sly se desmarcaba de los demás con la misma facilidad con que Franco llegaba el último, con un bramido. Rick iba en el medio y, durante las carreras, recordó los días dorados en Davenport South, cuando corría como si lo persiguiera el diablo y anotaba casi tantos touchdowns con los pies como con el brazo. La velocidad de las carreras disminuyó considerablemente en la universidad; en fin, no era un quarterback corredor, y a los profesionales casi se les prohibía correr, que era el mejor modo de romperse una pierna.

Los italianos charlaban entre ellos, animándose mientras seguían los esprints. Al cabo de cinco rondas ya les costaba respirar y eso que Alex no había hecho más que empezar.

—¿Te cuesta vomitar? —le preguntó Sly, entre jadeos.

—¿Por qué?

—Porque nos hace seguir corriendo hasta que alguien devuelve.

—Por mí no te cortes.

—Ojalá pudiera.

Al cabo de diez carreras de cuarenta yardas, Rick estaba preguntándose qué esperaba exactamente de Parma. Sentía los tendones de la corva a punto de romperse, le dolían las pantorrillas, no se tenía en pie, no podía respirar y estaba empapado de sudor a pesar del frío que hacía. Tendría una charla con Sam y aclararía unas cuantas cosas. Aquello no era fútbol de instituto. ¡Él era un profesional!

Nino salió disparado hacia la banda, se arrancó el casco y vomitó. El equipo le coreó gritos de ánimo y Alex dio tres breves soplidos a su silbato. Tras una pausa para refrescarse, Sam se adelantó con las instrucciones. Él se llevaría a los corredores y a los receptores, Nino se haría cargo de los líneas ofensivos, Alex se iría con los apoyadores y los líneas defensivos y Trey se encargaría de la secundaria. Se repartieron por el campo.

—Este es Fabrizio —dijo Sam, presentándole el flacucho receptor a Rick—. Nuestro ala abierta, grandes manos.

Se saludaron con un gesto. Engreído, nervioso y convencido de ser la gran esperanza blanca del fútbol americano italiano. Sam había puesto a Rick al corriente acerca de Fabrizio y le había sugerido que fuera benévolo con el chico los primeros días. No pocos receptores de la NFL habían tenido problemas con las balas de Rick, al menos en los entrenamientos. En los partidos, las balas, aunque bonitas, demasiado a menudo volaban altas y desviadas. Algunas habían llegado a atraparlas los espectadores de la quinta fila.

El quarterback suplente era un italiano de veinte años llamado Alberto algo más. Según Sam, Alberto prefería correr con el balón porque tenía un brazo bastante flojo. Rick pudo comprobarlo al cabo de un par de pases. Proyectaba los balones como un lanzador de peso y la pelota revoloteaba por el aire como un pajarillo herido.

—¿También era el suplente el año pasado? —preguntó Rick, cuando Sam estuvo cerca.

—Sí, pero no jugó mucho.

Fabrizio era un atleta nato, rápido, grácil y de manos que parecían atrapar el óvalo con suavidad. Se esforzaba mucho en aparentar despreocupación, como si Rick solo le lanzase pases sencillos. Realizó varias recepciones dignas de un profesional, que atrapó con exagerada y chulesca indiferencia, y a continuación cometió un pecado que en la NFL le habría costado muy caro. En un apático pase rápido, atrapó el balón con una sola mano únicamente para lucirse. El pase no había salido desviado y no habría sido necesario recibirlo con un solo brazo. Rick estuvo a punto de estallar, pero Sam se apresuró a intervenir.

—Déjalo —dijo—. No da para más.

Rick todavía tenía el brazo ligeramente entumecido y aunque no tenía prisa por impresionar a nadie, le entraron ganas de disparar una bala al pecho de Fabrizio y ver cómo este se desplomaba como un saco. Tranquilo, se dijo, solo es un crío divirtiéndose.

Sam le gritó a Fabrizio por no cuidar las rutas y el joven se enfurruñó como un niño. Siguieron practicando rutas, hicieron lanzamientos más largos y a continuación Sam hizo reunir al equipo atacante para repasar lo elemental. Nino se agachó sobre el balón y Rick propuso que practicaran unos cuantos saques lentos, para prevenir las típicas lesiones de los tendones de los dedos. Nino admitió que era una muy buena idea, pero cuando las manos de Rick le tocaron el trasero, el centro se estremeció. No dio un salto, ni hizo nada que pudiera conducir a un árbitro a amonestarlo por procedimiento ilegal o fuera de juego, pero sí hubo una perceptible tensión de los glúteos, como si fuera un escolar preparándose para recibir unos azotes con la gruesa pala de paddle. Rick se dijo que tal vez solo se trataba de los nervios de tener a un nuevo quarterback. Para el siguiente saque, Nino se cernió sobre el balón, Rick se inclinó ligeramente hacia delante, colocó las manos bajo el trasero del centro, tal como lo había hecho desde el instituto, y al contacto los glúteos de Nino volvieron a tensarse instintivamente.

Los saques eran lentos y blandos, y Rick supo de inmediato

que harían falta horas para mejorar la técnica de Nino. Tardaba una eternidad en pasarle el balón mientras los corredores de habilidad se abrían paso entre los huecos y los receptores corrían a sus objetivos.

En el tercer saque, los dedos de Rick apenas rozaron las posaderas de Nino y quedó claro que un toque suave era mucho peor que un rotundo manotazo. Las nalgas de Nino se arquearon visiblemente ante el delicado roce. Rick le echó una rápida mirada a Sam.

—¿Quieres decirle que relaje el culo? —dijo.

Sam se volvió para no echarse a reír.

—¿Algún problema? —preguntó Nino.

—No pasa nada —contestó Rick.

Sam hizo sonar el silbato y comunicó una jugada en inglés, para luego repetirla en italiano. Era un sencillo off-tackle a la derecha, Sly debía recibir la entrega de balón y Franco era el primero que tenía que abrirse camino a través del hueco como una excavadora.

—¿La consigna? —preguntó Rick, mientras los líneas se colocaban en su sitio.

—*Down, set, hut* —contestó Sam—. En inglés.

Nino, quien evidentemente ostentaba la posición tácita de entrenador del equipo atacante, inspeccionó los guardias y los tackles antes de agacharse sobre el balón y preparar los glúteos. Los mismos que Rick tocó al gritar *«Down!»*. Al sentir que se estremecían, se apresuró a añadir *«Set»* y, a continuación, *«Hut»*.

Franco gruñó como un oso al embestir desde la posición que había adoptado —los pies bien plantados, la mano derecha apoyada en el suelo y la otra recogida entre el pecho y la rodilla— y dio un bandazo a la derecha. La línea avanzó, los cuerpos se lanzaron hacia delante y todo el mundo gruñía como si los odiados Lions de Bérgamo estuvieran allí mientras Rick seguía esperando a que su centro le pasara el balón. Estaba medio paso atrás cuando por fin lo atrapó, se volvió y se lo lanzó a Sly, quien ya había alcanzado a Franco.

Sam sopló el silbato, gritó algo en italiano y luego añadió:

—Otra vez.

Y otra más. Y otra.

Tras diez saques, Alberto entró para encargarse de la ofensiva y Rick fue a refrescarse. Se sentó sobre el casco y pronto se descubrió soñando despierto con otros equipos y otros campos. Decidió que el incordio de los entrenamientos era el mismo en todas partes. De Iowa a Canadá, Parma o a cualquiera de las paradas que había habido entre medio, lo peor del juego, cualquiera que fuera el idioma, era el tedio soporífero de la preparación física y la repetición de jugada tras jugada.

Se había hecho tarde cuando Alex volvió a asumir el mando. Con su breve y estridente pitido se reanudaron los esprints de las cuarenta yardas. Se habían acabado las bromas y los insultos. Nadie reía o gritaba mientras corría por el campo, más lentos que antes cada vez que sonaba el silbato, aunque no demasiado, para no enfadar a Alex. Después de cada esprint, regresaban al trote a la línea de gol, descansaban unos segundos y volvían de nuevo a la carga.

Rick se prometió hablar seriamente con el entrenador al día siguiente. Los quarterbacks de verdad no corrían esprints de resistencia, no dejaba de repetirse al tiempo que intentaba que le viniera alguna arcada.

Los Panthers tenían un maravilloso ritual postentrenamiento: una cena tardía consistente en pizza y cerveza en el Polipo, un pequeño restaurante en via La Spezia, en las afueras de la ciudad. A las once y media de la noche, la mayor parte del equipo había llegado, frescos después de la ducha y con ganas de estrenar oficialmente la nueva temporada. Gianni, el dueño, los acomodó en uno de los rincones del fondo para que no le espantaran a la clientela con el jaleo. Se sentaron alrededor de dos largas mesas y todo el mundo se puso a hablar a la vez. Pocos minutos después de que hubieran tomado asiento, aparecieron dos camareros con jarras de cerveza y vasos, a los que rápidamente les siguieron otros tantos con las pizzas más grandes que Rick había visto en su vida. Estaba en uno de los extremos, con Sam a un lado y Sly en el otro. Nino se levantó para hacer un brindis, primero en un rápido italiano, tras lo que todo el mundo miró a Rick, y luego en un inglés algo más lento. Bienvenido a nuestra pequeña ciudad, señor Riick, esperamos que aquí se encuentre como en casa y que nos dé una Super Bowl. El brindis fue seguido por una extraña ronda de gritos y todos apuraron sus vasos.

Sam le explicó que el señor Bruncardo corría con la cuenta de aquellas cenas tan bulliciosas y que invitaba al equipo al menos una vez a la semana después del entrenamiento. Pizza y pasta, unos de los mejores espaguetis de la ciudad, sin la ceremonia y las molestias que Nino le había dispensado de tan buen grado en el Montana. Una cena barata, pero deliciosa. El juez Franco se levantó con su vaso y se enfrascó en un enrevesado discurso.

—Más de lo mismo —musitó Sam—. Un brindis por una gran temporada, la amistad, para que no haya lesiones, etcétera. Y, por supuesto, por el fantástico y nuevo quarterback. —Era obvio que Franco no iba a permitir que Nino lo ningunease. Después de beber y brindar un poco más, Sam añadió—: Esos dos se disputan la atención. Comparten la capitanía.

—¿Escogidos por el equipo?

—Supongo, pero nunca he visto una elección, y ya llevo seis temporadas. Básicamente se trata de su equipo. Mantienen a los chicos motivados entre temporadas. No paran de reclutar a nuevos jugadores del lugar para que prueben este deporte, sobre todo lo intentan con ex jugadores de fútbol europeo que están de capa caída. De vez en cuando consiguen convertir a alguno procedente del rugby. Chillan y gritan antes del partido y algunas de sus broncas durante el descanso son inenarrables. En el fragor de la batalla, es mejor tenerlos entre tus filas.

La cerveza corrió a raudales y la pizza desapareció. Nino pidió silencio y le presentó dos nuevos miembros al equipo. Karl era un profesor danés de matemáticas que se había establecido en Parma con su mujer italiana y que enseñaba en la universidad. No estaba seguro de en qué posición podía jugar, pero tenía ganas de elegir una. Pietro era una boca de riego con cara de niño, bajo y fornido, un apoyador. Rick se había fijado en su velocidad durante el entrenamiento.

Franco los dirigió en un cántico de profunda tristeza que ni siquiera Sam comprendió, luego se echaron a reír a carcajadas y se lanzaron hacia las jarras. Ráfagas de un italiano ensordecedor resonaban por la estancia y al cabo de unas cuantas cervezas Rick se contentó con estar allí sentado y contemplar la escena.

Era un extra en una película extranjera.

Poco antes de medianoche, Rick encendió el portátil y le envió un correo electrónico a Arnie:

> En Parma, llegué ayer por la tarde, hoy primer entrenamiento. La comida y el vino merecen la visita. No hay animadoras, Arnie, me prometiste chicas guapas. Aquí no hay agentes, así que esto no te gustaría. Tampoco se puede jugar al golf. ¿Alguna noticia de Tiffany y sus abogados? Recuerdo que Jason Cosgrove hablaba de ella en las duchas, dando detalles, y ganó ocho millones el año pasado. Échale encima a los abogados. Yo no soy el padre. Aquí hablan en italiano hasta los niños pequeños. ¿Por qué estoy en Parma? Supongo que podría ser peor, podría estar en Cleveland. Hasta luego, RD.

Mientras Rick dormía, Arnie contestó a su mensaje:

> Rick: me alegra saber de ti, me alegro de que estés ahí y de que te lo pases bien. Piensa que es una aventura. Por aquí todo sigue más o menos igual. Los abogados no han vuelto a dar la cara. Les sugeriré a Cosgrove como donante de esperma. Tiffany ya está de siete meses. Ya sé que odias la AFL, pero un directivo me ha llamado hoy y me ha dicho que podría conseguirte cincuenta de los grandes para la próxima temporada. Le he dicho que no. ¿Qué me dices?

10

Levantarse a una hora tan intempestiva era una hazaña que solo podía llevarse a cabo con la ayuda de un despertador a todo volumen. El pitido constante y estridente atravesó la oscuridad hasta encontrar su objetivo. Rick, quien apenas utilizaba despertadores y que había desarrollado la complaciente costumbre de despertarse cuando su cuerpo estuviera harto de dormir, empezó a dar manotazos bajo las sábanas hasta que encontró el aparato y lo apagó. En medio de la confusión, pensó en el agente Romo y le aterró la posibilidad de que volvieran a llevar a cabo otro no arresto, pero enseguida se despejó y apartó a un lado los pensamientos disparatados. Al tiempo que los latidos de su corazón recuperaban el ritmo normal y se incorporaba sobre las almohadas, consiguió recordar para qué había puesto el despertador: tenía un plan y la oscuridad era un elemento crucial.

Considerando que su entrenamiento durante las vacaciones se había limitado a jugar al golf, se sentía como si le hubieran partido las piernas por miles de sitios y los músculos abdominales le dolían como si los hubieran golpeado repetidamente. Los brazos, los hombros, la espalda, incluso los tobillos y los dedos de los pies se resentían con el tacto. Maldijo a Alex, a Sam y a toda la organización de los Panthers, si podía llamársela así. Maldijo el fútbol americano, a Arnie y, empezando por los Browns, a todos los equipos en orden inverso que le habían dado la carta de despido. Mientras seguía ensañándose mentalmente con el juego, intentó estirar un par de músculos con sumo cuidado, pero estos estaban demasiado doloridos.

Por suerte, había dejado la cerveza a un lado en el Polipo, o al menos se había detenido en un límite razonable. Empezaba a despejarse y no parecía tener señal de resaca.

Si se daba prisa y cumplía la misión tal como la había planeado, podía estar de vuelta bajo las sábanas en una hora más o menos. Se dio una ducha —tenía muy poca presión y lo que debería haber sido agua caliente no pasaba de tibia— y, obligándose a moverse con firme resolución, estuvo en la calle en menos de diez minutos. Gracias al paseo, las articulaciones empezaron a calentarse y la sangre a circular. Al cabo de un par de manzanas empezó a moverse con mayor soltura y a sentirse mucho mejor.

El pequeño coche italiano estaba aparcado a cinco minutos de allí. Detenido en la acera, lo estudió de cerca. La callejuela estaba flanqueada a ambos lados por coches aparcados pegados unos a otros, lo que únicamente dejaba un carril libre para el tránsito, en dirección norte, hacia el centro de Parma. La calle estaba a oscuras, en silencio, y no había tráfico. Detrás de su vehículo había aparcado un diminuto coche verde lima, un modelo algo más grande que un kart, cuyo parachoques delantero estaba a unos veinticinco centímetros del vehículo del *signor* Bruncardo. Delante había otro de color blanco, no mucho más grande que el verde lima, y casi tan pegado como este. Sacarlo de allí sería un desafío incluso para un conductor con años de experiencia en cambios de marchas.

Después de echar un rápido vistazo a izquierda y derecha para asegurarse de que no había nadie en la via Antini, Rick abrió la puerta y se metió en el interior como pudo mientras unas punzadas de dolor agudo le atravesaban las articulaciones. Movió el cambio de marchas para asegurarse de que estuviera en punto muerto, intentó estirar las piernas, comprobó el freno de mano y puso el motor en marcha. Luces encendidas, indicadores correctos, suficiente gasolina, ¿dónde estaba la calefacción? Colocó bien los espejos, ajustó el asiento, el cinturón de seguridad, y durante unos cinco minutos estuvo haciendo las comprobaciones de vuelo pertinentes mientras el vehículo se calentaba. Ni un solo coche, moto o bicicleta pasó por la calle.

Cuando el parabrisas se desempañó se le acabaron las excusas para demorar el momento. Le molestó el ritmo cada vez más acelerado de sus latidos, pero intentó no darle importancia. Solo era un coche con embrague y, de hecho, ni siquiera era suyo. Quitó el freno de mano, respiró hondo y... no pasó nada. Via Antini no hace pendiente.

El pie en el embrague, la primera marcha metida, una ligera presión sobre el acelerador, amplio giro del volante a la derecha. Hasta aquí, bien. Comprobación por los retrovisores: no hay tráfico, vamos. Rick fue levantando lentamente el pie del embrague y dio un poco de gas, aunque demasiado. El motor se quejó, Rick soltó el embrague y el coche dio un tirón hacia delante, por lo que chocó contra el vehículo blanco al tiempo que pisaba el freno. Las lucecitas rojas de los indicadores iluminaron el salpicadero y Rick tardó unos instantes en comprender que el coche se había calado. Giró la llave de contacto, metió la marcha atrás, pisó el embrague, puso el freno de mano y maldijo entre dientes mientras se daba la vuelta para mirar hacia la calle. No había nadie. Nadie miraba. El retroceso fue tan brusco como el avance y cuando tocó al coche de detrás, pisó el freno y el motor volvió a calarse. Esta vez maldijo en voz alta, ni siquiera intentó contenerse. Respiró hondo y decidió no inspeccionar los daños pues concluyó que no había habido. Tal vez un pequeño rasguño, pero el puñetero tipo se lo merecía por aparcar encima de su coche. Movió las manos con rapidez: volante, llave de contacto, marcha, freno de mano. ¿Para qué estaba usando el freno de mano? Movía los pies frenéticamente, como si bailara claqué, del embrague al freno y al acelerador. Se lanzó con un rugido hacia delante y apenas le hizo una rasguño al coche de delante antes de frenar, aunque esta vez el motor no se caló. Estamos progresando. Había atravesado el auto en medio de la calle y seguía sin haber tráfico. Volvió a meter la marcha atrás sin perder tiempo, pero tal vez con demasiadas prisas porque el coche dio otro tirón y con la sacudida de la cabeza los músculos le recordaron que estaban doloridos. La segunda vez golpeó el vehículo de detrás con más fuerza y el suyo se caló. Olvidó por completo su educación mientras miraba a su alrededor por si había alguien.

En ese momento apareció. No la había visto caminando por la acera. Estaba allí, como si llevara horas mirando, con el cuerpo envuelto en un largo abrigo de lana y la cabeza tapada con un chal amarillo. Se trataba de una anciana tirando de la correa de un perro anciano al que había sacado a la calle para que diera el paseo de la mañana, detenida ante los violentos autos de choque a los que estaba jugando un vehículo de color cobrizo conducido por un idiota.

Entrecruzaron una mirada. El ceño fruncido y el rostro profundamente arrugado transmitían a la perfección lo que pensaba la señora. La desesperación de Rick era bastante evidente. Dejó de maldecir un momento. El perro, una especie enclenque de terrier que parecía tan perplejo como su ama, también lo miraba.

Rick tardó unos segundos en comprender que no era la dueña de ninguno de los dos coches que él estaba machacando, claro que no. Era una simple transeúnte y antes de que pudiera llamar a la policía, si esa fuera su intención, él ya se habría ido. O eso esperaba. De todos modos, iba a decir algo como «¿Qué coño está mirando?» cuando comprendió que no iba a entenderlo y que seguramente adivinaría que él era estadounidense. Un súbito patriotismo selló sus labios.

Con el morro del coche asomando a la calle, no tenía tiempo para miraditas. Volvió la cabeza con brusquedad hacia el problema que tenía entre manos, metió la primera, encendió el motor y se aconsejó jugar con el embrague y el acelerador en perfecta coordinación para que el coche se pusiera en marcha de una vez por todas y pudiera irse de allí, dejando atrás a su público. Pisó el acelerador a fondo y el motor volvió quejarse, pero Rick levantó lentamente el pie del embrague mientras giraba el volante todo lo que podía. No le dio al de delante de milagro. Por fin libre, avanzó por via Antini todavía con la primera puesta y el motor acelerado. Cometió el error de lanzar una última mirada triunfante a la mujer y al perro y entonces vio los dientes manchados de la anciana: estaba riéndose de él. El perro ladraba y tiraba de la correa, como si también estuviera divirtiéndose.

Rick había memorizado las calles por las que tendría que pasar en su huida, una gesta nada despreciable considerando que casi todas eran callejones de un solo sentido y a menudo bastante intrincados. Se dirigió hacia el sur, cambiando de marcha solo cuando era imprescindible, y pronto salió a viale Berenini, una calle amplia por la que circulaban varios coches y camiones de reparto. Se detuvo en un semáforo, metió la primera y rezó para que nadie se parara detrás de él. Esperó a que se pusiera en verde y avanzó con una sacudida, pero no caló el coche. ¡Toma! Lo estaba consiguiendo.

Cruzó el río Parma por el Ponte Italia y echó un rápido vistazo abajo, donde vio las mansas aguas. Se había alejado del centro y por allí había incluso menos tráfico. El objetivo era viale Vittoria, una avenida ancha, larga y de cuatro carriles que rodeaba la parte oriental de Parma. Muy llana y casi desierta en la penumbra que precede al amanecer. Perfecta para practicar.

Durante una hora, mientras el sol asomaba sobre la ciudad, Rick condujo arriba y abajo por una calzada sin cuestas ni bajadas. El embrague se quedaba un poco enganchado cuando lo pisaba y ese ligero problema llamó su atención. Sin embargo, al cabo de una hora de trabajo diligente iba ganando confianza y él y su coche estaban convirtiéndose en uno. Ya no pensaba en dormir, estaba demasiado impresionado con su nueva habilidad.

Practicó el aparcamiento dentro de las líneas amarillas en una amplia mediana, adelante y atrás, una y otra vez, hasta que se cansó. Había ganado seguridad en sí mismo y se había fijado en un bar cerca de la piazza Santa Croce. ¿Por qué no? Se sentía más italiano por momentos y necesitaba cafeína. Volvió a aparcar, apagó el motor y disfrutó de un enérgico paseo. Las calles ya estaban llenas de gente, la ciudad había vuelto a la vida.

El bar estaba abarrotado y había mucho ruido, por lo que su primer impulso fue salir de allí cuanto antes y regresar a la seguridad de su vehículo. Pero no, había firmado por cinco meses y no iba a pasarse todo ese tiempo huyendo. Se acercó a la barra, llamó la atención del camarero y pidió un espresso.

El camarero le hizo una señal con la cabeza en dirección a un rincón donde una señora oronda se sentaba detrás de una caja registradora. El hombre no parecía inclinado a prepararle un espresso a Rick, quien retrocedió un paso y volvió a plantearse salir de allí. Un hombre de negocios trajeado entró con prisas. Llevaba un par de periódicos y un maletín y se dirigió directamente a la cajera.

—*Buongiorno* —la saludó, y ella le respondió lo mismo—. *Caffè* —dijo, mientras sacaba un billete de cinco euros.

La señora lo cogió, le dio el cambio y le entregó un resguardo. El hombre llevó el resguardo a la barra y lo dejó donde uno de los camareros pudiera verlo. Al final uno de ellos se hizo cargo del papelito, intercambiaron un «*buongiorno*» y todo fue como la seda. Al cabo de unos segundos, una tacita con su platillo aterrizó en la barra y el hombre de negocios, enfrascado en la primera plana del periódico, le añadió azúcar, lo removió y se lo bebió de un solo trago.

De modo que así era como se hacía.

Rick se acercó a la cajera, musitó un «*Buongiorno*» pasable y le tendió un billete de cinco euros antes de que la señora tuviera tiempo de responder. Esta le entregó el cambio y el mágico resguardo.

Mientras estaba en la barra saboreando su café, se fijó en el ajetreo que había en el bar. La mayoría de la gente había parado allí de camino al trabajo y parecía conocerse. Algunos hablaban sin parar mientras que otros estaban enfrascados en sus periódicos. Los camareros trabajaban sin descanso, con movimientos calculados y precisos. Bromeaban en un veloz italiano y eran rápidos en devolver las ocurrencias de los clientes. Lejos de la barra había mesas donde los camareros con delantales blancos servían café, botellas de agua y todo tipo de bollería. A Rick lo asaltó el hambre de repente, a pesar de la tonelada de carbohidratos que había ingerido hacía apenas unas horas en el Polipo. Una bandeja de ensaimadas llamó su atención y se le antojó una cubierta de chocolate y crema. Pero ¿cómo la conseguiría? Porque no se atrevía a abrir la boca, al menos con tanta gente observando. Tal vez la cajera del rincón se apiadara de un estadounidense que solo sabía señalar.

Se fue del bar hambriento. Paseó por viale Vittoria y luego se aventuró por una calle lateral, sin ningún otro objetivo que disfrutar del paisaje. Otro bar llamó su atención. Entró con seguridad, se dirigió derecho a la cajera, de nuevo una mujer mayor y corpulenta, y dijo:

—*Buongiorno*, capuchino, por favor. —La cajera ni se inmutó ante la posible nacionalidad de Rick y esa indiferencia lo animó. El quarterback señaló una pasta gruesa de un estante que había junto a la barra y añadió—: Y una de esas.

La señora volvió a asentir con la cabeza mientras él le entregaba un billete de diez euros, con lo que tendría más que suficiente para pagar un café y un cruasán. El bar no estaba tan lleno como el otro y Rick saboreó el *cornetto* y el capuchino.

Se llamaba Bar Bruno y quienquiera que fuera ese tal Bruno, estaba claro que adoraba el fútbol europeo. Las paredes estaban cubiertas de pósters, fotos de jugadas y calendarios de hacía treinta años. Había una pancarta de la victoria del Mundial de 1982. Bruno había pegado una colección de fotos en blanco y negro ampliadas sobre la cajera: Bruno con Chinaglia, Bruno abrazando a Baggio.

Rick supuso que lo tendría difícil para encontrar un bar o una cafetería en Parma con una sola imagen de los Panthers. En fin, aquello no era Pittsburgh.

El coche estaba exactamente donde lo había dejado. La cafeína había aumentado la confianza en sí mismo, por lo que metió la marcha atrás sin dificultad y a continuación salió a la carretera con toda suavidad, como si llevara años conduciendo un automóvil con embrague.

El desafío que suponía el centro de Parma era apabullante, pero no le quedaba más remedio que cruzarlo. Tarde o temprano tendría que regresar a casa y llevarse el coche con él.

La primera vez que se fijó en la patrulla de policía, no se alarmó, lo seguían con toda tranquilidad. Rick se detuvo en un semáforo en rojo y esperó con paciencia mientras mentalmente manejaba el embrague y el acelerador. La luz cambió a verde, se le escurrió el embrague, el coche dio un tirón y se caló. Nervioso, volvió a poner la marcha al tiempo que encendía el motor, maldecía y no le quitaba el ojo a la policía. El coche patrulla blanco y negro estaba en su retrovisor y los dos jóvenes agentes fruncían el ceño.

¿Qué pasa? ¿Algún problema ahí atrás?

El segundo intento fue peor que el primero y cuando el

coche volvió a calarse de inmediato, la policía de repente apretó el claxon.

Al final, el motor se encendió. Rick pisó el acelerador, pero apenas levantó el pie del embrague, por lo que el auto avanzó aunque a velocidad de tortuga y rugiendo con una marcha tan pequeña. La policía lo siguió muy de cerca, seguramente entretenida con las sacudidas y los tirones del de delante. A la manzana siguiente, encendieron las luces azules.

Rick detuvo el coche en una zona de descarga, delante de una hilera de tiendas. Apagó el motor, tiró con fuerza del freno de mano e, instintivamente, se inclinó hacia el salpicadero. No se había parado a pensar en las leyes italianas respecto al registro de vehículos o a las normas de circulación, ni siquiera había supuesto que los Panthers, y en concreto el *signor* Bruncardo, se habrían ocupado de aquellos temas. No había supuesto nada, no había pensado en nada, no se había preocupado por nada. Era un atleta profesional, había sido una estrella en el instituto y en la universidad, y desde esas alturas los pequeños detalles siempre habían sido irrelevantes.

El salpicadero estaba vacío.

El policía le dio unos golpecitos a la ventanilla y Rick la bajó. Manualmente, no eran automáticas.

El policía dijo algo y Rick captó la palabra «*documenti*». Sacó la cartera sin perder tiempo y le tendió su carnet de conducir de Iowa. ¿Iowa? Hacía seis años que no vivía en Iowa, aunque tampoco se había establecido de manera definitiva en ningún otro sitio. Al ver que el poli fruncía el ceño mientras leía la tarjeta de plástico, Rick se hundió unos centímetros en el asiento mientras recordaba una conversación telefónica que había mantenido con su madre en Navidad. Había recibido una multa del estado. Tenía el carnet caducado.

—*Americano?* —preguntó el agente en tono acusador.

Según la placa, se llamaba Aski.

—Sí —contestó Rick en inglés, aunque podría haberlo hecho en italiano.

Si no lo hizo fue porque el más mínimo uso de aquel idioma llevaba al otro interlocutor a pensar que el extranjero lo hablaba con fluidez.

Aski abrió la puerta y le hizo un gesto a Rick para que bajara. El otro agente, Dini, se acercó muy ufano con expresión desdeñosa y se enzarzó con su compañero en una rápida discusión en italiano. Por la pinta de ambos, Rick creyó que iban a darle una paliza en cualquier momento. Tenían veintipocos años y eran altos y corpulentos como levantadores de pesas. Podrían jugar en la defensa de los Panthers. Una pareja de ancianos se detuvo en la acera, a un metro, para presenciar la escena.

—¿Habla italiano? —preguntó Dini.

—No, lo siento.

Ambos pusieron los ojos en blanco. Otro imbécil.

Se separaron e iniciaron una inspección teatral de la escena del crimen. Miraron la matrícula delantera y luego la trasera. Abrieron el salpicadero, con cuidado, como si pudiera llevar una bomba. Luego el maletero. Rick empezó a aburrirse y se apoyó contra el guardabarros delantero de la izquierda. Los agentes se reunieron, intercambiaron opiniones y llamaron a la central, tras lo que comenzó el inevitable papeleo. Ambos agentes se pusieron a escribir sin parar.

A Rick le intrigaba el crimen que pudiera haber cometido. Estaba seguro de que se habían violado las leyes de matriculación, pero se declararía inocente de cualquier otra infracción al volante. Pensó en llamar a Sam, pero se había dejado el móvil junto a la cama. Cuando vio la grúa, estuvo a punto de echarse a reír.

Después de que el coche desapareciera, invitaron a Rick a ocupar el asiento trasero del coche patrulla y se lo llevaron de allí. Sin esposas, sin amenazas, todo correcto y civilizado. Al cruzar el río, recordó que llevaba algo en la cartera. Sacó una tarjeta de presentación que había cogido en el despacho de Franco y se la dio a Dini, que iba en el asiento delantero.

—Mi amigo —dijo.

Giuseppe Lazzarino, *Giudice*.

Ambos agentes parecían conocer al juez Lazzarino muy bien. El tono, el comportamiento y el lenguaje corporal cambiaron al instante. Se pusieron a hablar en voz baja, como si no quisieran que su prisionero los oyera. Aski suspiró profundamente mientras Dini se encogía de hombros. Cuando cruzaron el río, cambiaron de dirección y por unos minutos dio la impresión de que conducían en círculos. Aski llamó a alguien por radio, pero no encontró a quien fuera o lo que fuera que buscaba. Dini utilizó el móvil, pero tampoco consiguió su propósito. Rick se acomodó en el asiento trasero, riéndose para sus adentros e intentando disfrutar del paseo turístico por Parma.

Dejaron a Rick en el banco que había delante del despacho de Franco, el mismo que Romo había escogido unas veinticuatro horas antes. Dini entró de mala gana mientras Aski se apostaba seis metros más allá, en el pasillo, como si no conociera a Rick de nada. La espera se hizo larga.

Rick tenía curiosidad por saber si aquello contaría como un arresto verdadero o si sería de los de Romo. A saber. Un altercado más con la policía, y los Panthers, Sam Russo, el *signor* Bruncardo y su mísero contrato se irían a paseo. Casi echaba de menos Cleveland.

Oyó unas voces airadas antes de que la puerta se abriera de sopetón y su corredor de poder la atravesara a la carga con Dini a la zaga. Aski se puso en posición de firmes de un salto.

—Riick, lo siento de veras —rugió Franco, levantándolo del banco y estrujándolo en un abrazo de oso—. Lo siento mucho. Ha sido un malentendido, ¿verdad?

El juez fulminó a Dini con la mirada, quien estaba estudiando con verdadera concentración sus botas negras y lustrosas, ligeramente pálido. Aski parecía un ciervo delante de los faros de un coche.

Rick intentó decir algo, pero no le salieron las palabras. En la puerta, la preciosa secretaria de Franco observaba el encuentro. Franco le dirigió unas cuantas palabras a Aski y luego una seca pregunta a Dini, quien iba a contestar, pero se lo pensó dos veces. El juez se volvió hacia Rick.

—No hay problema, ¿de acuerdo?

—Bien —dijo Rick—. De acuerdo.

—¿El coche no es tuyo?

—Ah, no, creo que es del *signor* Bruncardo.

Franco abrió los ojos de par en par y enderezó la espalda.

—¿De Bruncardo?

Al oír aquello, Aski y Dini estuvieron a punto de desmayarse. Todavía seguían en pie, pero se les había cortado la respiración. Franco les dirigió varias frases en un duro italiano y Rick captó al menos un par de «de Bruncardo».

Se acercaron dos caballeros que, a juzgar por los trajes oscuros, los gruesos maletines y los aires de importancia, parecían ser abogados. Para que tanto estos como Rick y su personal lo oyeran bien, el juez Lazzarino procedió a reprender a los dos jóvenes policías con el fervor de un sargento enojado.

Rick sintió lástima de ellos. Después de todo, lo habían tratado con más respeto de lo que un delincuente común podía esperar. Cuando acabó la bronca, Aski y Dini desaparecieron y no volvió a vérseles el pelo. Franco explicó a Rick que el coche estaba siendo retirado del depósito en esos mismos instantes y que se lo devolverían de inmediato. El *signor* Bruncardo no tenía por qué enterarse de aquello. Más disculpas. Los dos abogados finalmente entraron en el despacho del juez y las secretarias volvieron al trabajo.

Franco volvió a disculparse y para demostrar su sincero arrepentimiento por cómo le habían dado la bienvenida a Parma, insistió en que fuera a cenar al día siguiente a su casa. Su mujer, muy guapa, según él, era una excelente cocinera. No aceptaría un no por respuesta.

Rick aceptó la invitación y Franco le explicó que tenía una reunión importante con unos abogados. Se verían en la cena. Adiós. *Ciao*.

11

El preparador físico del equipo era un joven universitario esquelético y nervudo con ojos de loco llamado Matteo que chapurreaba un inglés macarrónico a toda velocidad. Tras varios intentos, por fin consiguió hacerse entender: quería darle una friega a su magnífico nuevo quarterback. Estaba estudiando algo relacionado con una nueva teoría del masaje y Rick necesitaba unas friegas desesperadamente, así que el quarterback se estiró en una de las dos camillas y dio carta blanca a Matteo. A los pocos segundos el joven estaba machacándole los tendones de la corva y Rick sintió deseos de ponerse a chillar. Sin embargo, uno no se quejaba durante los masajes, era una norma que jamás había sido violada en toda la historia del fútbol americano profesional. Por mucho que doliera, los jugadores fuertes y grandes no se quejaban nunca durante las friegas.

—¿Qué tal? —preguntó Matteo, casi sin aliento.

—Bien, más lento.

Algo debió de perderse con la traducción, porque Rick acabó enterrando la cara en la toalla. Estaban en los vestuarios, que hacían las veces de sala donde se guardaba el equipamiento y de oficina del equipo técnico. No había nadie más y todavía faltaban cuatro horas para el entrenamiento. Mientras Matteo lo torturaba sin piedad, Rick consiguió abstraerse a la paliza intentando dar con la forma adecuada de dirigirse al entrenador Russo para decirle que prefería no volver a sufrir los ejercicios de calentamiento nunca más. Se acabaron los esprints de resistencia, las flexiones y las abdominales. Estaba en buena forma, al menos lo suficiente para lo que tenía que hacer, y demasiadas carreras podían acabar con una lesión en una pierna, un tirón en un músculo o algo por el estilo. En la mayoría de las concentraciones de pretemporada profesionales, los quarterbacks llevan a cabo sus propias sesiones de estiramientos y calentamiento y tienen sus propias tablas mientras los demás sacan el hígado por la boca.

No obstante, también le preocupaba la opinión del equipo y si lo verían como a un quarterback estadounidense mimado, demasiado bueno para hacer ejercicio y demasiado blando para unas carreras de nada. Los italianos parecían disfrutar con la suciedad y el sudor, y todavía faltaban tres días para poder usar las protecciones.

Matteo se concentró en el trasero y se calmó un poco. El masaje estaba haciendo efecto: los músculos entumecidos y doloridos empezaban a relajarse. Sam apareció y se sentó en la otra camilla.

—Creía que estabas en forma —fue lo primero que dijo, con simpatía.

—Yo también lo creía.

Al ver que tenía público, Matteo retomó el método del martillo neumático.

—Estás bastante dolorido, ¿no?

—Un poco. No suelo correr tantos esprints de resistencia.

—Ya te acostumbrarás. Si aflojas, los italianos creerán que solo eres un niño bonito.

Aquello zanjó el asunto.

—No soy el que vomitó.

—No, pero parecías a punto de hacerlo.

—Gracias.

—Acabo de hablar con Franco. Más problemas con la policía, ¿eh? ¿Estás bien?

—Mientras pueda contar con Franco, que la policía me arreste a diario por cualquier chorrada.

Estaba sudando, de dolor, e intentando aparentar despreocupación.

—Te conseguiremos una licencia temporal y los papeles para el coche. Fue un error mío, lo siento.

—No pasa nada. Franco tiene unas secretarias muy guapas.

—Pues espera a ver a su mujer. También nos ha invitado a Anna y a mí a la cena de mañana.

—Perfecto.

Matteo le dio la vuelta y empezó a pellizcarle los muslos. Rick estuvo a punto de ponerse a gritar, pero consiguió mantener la compostura.

—¿Podemos hablar de la ofensiva? —preguntó Rick.

—¿Te has mirado el libro de jugadas?

—Es de instituto.

—Sí, es bastante elemental. Aquí no podemos ponernos demasiado exquisitos. Los jugadores tienen una experiencia limitada y no hay mucho tiempo para entrenar.

—No me quejo, solo me gustaría aportar un par de ideas.

—Adelante.

Matteo se retiró como un cirujano orgulloso y Rick le dio las gracias.

—Buen trabajo —dijo, renqueante.

Sly entró dando brincos con unos auriculares en los oídos, una gorra ladeada y de nuevo con la sudadera de los Broncos.

—¡Eh, Sly! ¿Por qué no vienes a darte un masaje? —lo llamó Rick—. Matteo es una maravilla.

Intercambiaron algunos puñetazos amistosos —Broncos contra Browns, etcétera— mientras Sly se desvestía hasta quedarse en calzoncillos y se estiraba en la camilla. Matteo hizo crujir los nudillos y se lanzó a la tarea. Sly hizo una mueca de dolor, pero se mordió la lengua.

Dos horas antes del entrenamiento, Rick, Sly y Trey Colby estaban en el campo con el entrenador Russo repasando las jugadas de ataque. Para alivio de Sam, su nuevo quarterback no parecía interesado en cambiarlo todo. Rick propuso un par de cosas, ajustó algunas de las rutas y ofreció ideas para el juego de carrera. Sly le recordó en más de una ocasión que el juego de carrera de los Panthers era muy sencillo: solo había que pasarle el balón a Sly y salir de en medio.

Fabrizio asomó en la otra punta del campo, solo y decidido a seguir así. Empezó una compleja tabla de estiramientos ideada más para lucirse que para relajar los músculos agarrotados.

—Bueno, el segundo día y sigue aquí —dijo Sly observándolo unos momentos.

—¿Qué quieres decir? —preguntó Rick.

—Que todavía no lo ha dejado —dijo Trey.

—¿Dejarlo?

—Sí, tiene la costumbre de abandonar por cualquier cosa —explicó Sam—, ya sea un entrenamiento malo, un partido malo o nada.

—¿Y por qué lo toleráis?

—Porque es nuestro mejor receptor con diferencia —dijo Sam—. Además de que nos sale muy barato.

—El tipo tiene buenas manos —comentó Trey.

—Y vuela —añadió Sly—, es más rápido que yo.

—Venga ya.

—De verdad. Me saca cuatro zancadas en cuarenta yardas.

Nino también llegó pronto y tras una tanda de *buongiornos* hizo cuatro rápidos estiramientos y se puso a correr alrededor del campo.

—¿Por qué su trasero da esos respingos? —preguntó Rick mientras lo veían correr.

Sly soltó una sonora carcajada. Sam y Trey también se echaron a reír y Sly aprovechó la oportunidad para ofrecerle un rápido resumen de los glúteos hiperactivos de Nino.

—Durante los entrenamientos no pasa nada, cuando lleva pantalones cortos, pero cuando se pone el equipo y estamos golpeando, entonces se le tensa todo, sobre todo los músculos de las nalgas. A Nino le encanta golpear y a veces incluso se olvida de sacar el balón porque está totalmente concentrado en cargar contra el defensa central. Cuando se posiciona, inclinado, los glúteos le empiezan a temblar, y si los tocas, el tipo da un respingo que casi se sale del campo.

—Tal vez podríamos probar con una formación escopeta —dijo Rick, y todos volvieron a reír, con ganas.

—Claro —dijo Trey—, pero Nino no es demasiado certero. Tendrías que ir detrás del balón por todo el campo.

—Lo hemos probado —dijo Sam—. Es un desastre.

—Hay que hacer que sus saques sean más rápidos —comentó Sly—. Hay veces que he llegado al hueco antes de que le haya pasado el balón al quarterback. Él me persigue, yo no hago más que buscar el maldito balón y mientras tanto Nino ya se ha lanzado a gruñirle a algún pobre desgraciado.

Nino estaba de vuelta y traía a Fabrizio consigo. Rick propuso trabajar la formación escopeta, que hicieran algunas rutas. Sus saques no estaban mal, no se desviaban demasiado, pero eran muy lentos. Llegaron más jugadores de los Panthers y los balones pronto empezaron a volar por el campo mientras los italianos practicaban despejes y pases.

—Una hora y media antes del entrenamiento y ya están ansiosos por empezar —dijo Sam, acercándose a Rick—. Esto levanta el ánimo, ¿eh?

—Lo nunca visto.

—Les encanta este juego.

Franco y su pequeña familia vivían en el último piso de un *palazzo* que daba a la piazza della Steccata, en el centro de la ciudad. Todo era antiguo: la gastada escalera de mármol por la que tenían que subir, los suelos de madera, las paredes de yeso bellamente agrietado, los retratos de antiguos miembros de la realeza, los techos abovedados con lámparas de araña de plomo y los descomunales sofás de piel y sillas.

Sin embargo, su esposa parecía sorprendentemente joven. Se llamaba Antonella y era una mujer hermosa de cabello oscuro que atraía las miradas, tanto las disimuladas como las más descaradas. Incluso el inglés que empleaba, con fuerte acento italiano, motivó a Rick a querer seguir oyéndola.

Tenían un hijo llamado Ivano, de seis años, y una niña de tres llamada Susanna, a quienes dejaron corretear por allí durante media hora antes de enviarlos a la cama. Una especie de niñera los vigilaba en un segundo plano.

La mujer de Sam, Anna, también era atractiva, y mientras Rick saboreaba su prosecco, dedicó su atención a ambas. Había tenido una breve relación en Florida después de abandonar Cleveland, pero no le costó nada desaparecer sin dejar señales de vida cuando llegó el momento de viajar a Italia. Había visto mujeres bellas en Parma, pero todas hablaban otro idioma. No había animadoras y ya había perdido la cuenta de las veces que había maldecido a Arnie por eso. Rick echaba de menos la compañía femenina, aunque fuera en un cóctel y con las mujeres de sus amigos, de fuerte acento extranjero. Sin embargo, los maridos no se separaban demasiado de ellas y había veces en que Rick se perdía en un mar de italiano cuando los otros cuatro reían las salidas de Franco. Una mujer diminuta y de cabello cano, ataviada con un delantal, se pasaba de vez en cuando con una bandeja de aperitivos: embutidos, queso parmesano y olivas, y luego desaparecía en la estrecha cocina donde estaban preparando la cena.

La mesa donde cenaron fue la sorpresa de la noche: un bloque de mármol negro apoyado sobre dos urnas gigantescas y dispuesto en el patio, una terraza bordeada de flores que daba al centro de la ciudad. La mesa estaba abarrotada de velas, el servicio de plata, flores, porcelana y litros de vino tinto. Se respiraba un aire limpio y tranquilo, aunque algo frío cuando soplaba una suave brisa. Una ópera casi inaudible sonaba desde algún altavoz escondido.

A Rick le concedieron el mejor asiento, desde el que se tenía una vista espectacular de la cúpula de la catedral. Franco sirvió el vino con generosidad y a continuación propuso un brindis por su nuevo amigo.

—Por una Super Bowl para Parma —dijo, casi lujuriosamente, como broche.

¿Dónde estoy?, se preguntó Rick. Por lo general, en marzo solía encontrarse en Florida, viviendo de gorra en el piso de algún amigo, jugaba al golf, levantaba pesas, corría e intentaba mantenerse en forma mientras Arnie se hartaba a llamadas buscando desesperado un equipo que necesitara a alguien con un buen brazo. Nunca perdía la esperanza. La siguiente llamada podía significar el próximo contrato. El siguiente equipo podía significar el gran despegue. Con la primavera siempre se renovaba el sueño de que finalmente encontraría su sitio: un equipo con una gran ofensiva, un magnífico coordinador, unos receptores fabulosos, etcétera. Sus pases serían certeros, los defensas se desmoronarían, la Super Bowl, la liga profesional, un contrato jugoso, publicidad, fama, montones de animadoras...

En marzo todo parecía posible.

¿Dónde estoy?

El primer plato, o *antipasto*, consistía en gruesas rajas de melón cantalupo cubiertas por finas lonchas de *prosciutto*. Franco sirvió más vino mientras explicaba que aquel plato era muy popular en toda la región de la Emilia-Romagna, algo que Rick había oído más de una vez, aunque, por descontado, el mejor *prosciutto* solo se hace en Parma. Incluso Sam puso los ojos en blanco.

—Rick, ¿te gusta la ópera? —le preguntó Franco, tras varios bocados entusiastas.

Responder con un sincero «Ni en broma» habría sido un insulto para cualquiera a doscientos kilómetros a la redonda, así que Rick prefirió no jugársela.

—No es lo que más se oye en casa.

—Aquí es lo más grande —afirmó Franco. Antonella sonrió a Rick mientras le daba un mordisquito a un trocito de melón—. Te llevaremos algún día, ¿qué te parece? Tenemos el Teatro Regio, el teatro de ópera más bello del mundo —insistió.

—A los parmesanos les vuelve locos la ópera —intervino Anna, sentada junto a Rick.

Tenía a Antonella justo enfrente y Franco, el juez, presidía la mesa.

—¿De dónde eres? —le preguntó Rick a Anna, deseoso de cambiar de tema.

—De Parma. Mi tío fue un gran barítono.

—El Teatro Regio supera en mucho a La Scala de Milán —comentó Franco, aunque no parecía dirigirse a nadie en concreto, así que Sam decidió cuestionarlo.

—Pero ¿qué dices? La Scala es el mejor.

Franco abrió los ojos como si estuviera a punto de lanzarse al ataque. Tuvo que reprenderlo en italiano y por un momento todo el mundo escuchó en un silencio incómodo. Por fin recobró la compostura y dijo, en inglés:

—¿Cuándo has ido a La Scala?

—Nunca —respondió Sam—. Solo la he visto en fotos.

Franco se echó a reír a carcajadas mientras Antonella iba en busca del siguiente plato.

—Te llevo a la ópera —le dijo Franco a Rick, quien se limitó a sonreír intentando imaginar algo peor.

El *primo piatto* consistía en *anolini*, una pasta de forma redonda rellena de parmesano y ternera y cubierta de setas de Burdeos, a las que allí llamaban *porcini*. Antonella explicó que era un plato muy famoso de Parma e hizo una descripción en el inglés con acento italiano más hermoso que Rick hubiera oído jamás. Al quarterback le daba igual cómo supiera la pasta, solo quería que Antonella siguiera hablando.

Franco y Sam se pusieron a discutir sobre ópera, en inglés. Anna y Antonella de los niños, en inglés. Hasta que finalmente Rick dijo:

—Por favor, hablad en italiano, suena mejor.

Y así lo hicieron. Rick disfrutó de la comida, del vino y de la vista. La cúpula de la catedral estaba majestuosamente iluminada y el tráfico y los transeúntes animaban el centro de Parma.

Los *anolini* dieron paso al *secondo piatto*, el plato principal, un capón relleno asado al horno. Franco, quien ya llevaba unas cuantas copas de vino, describió gráficamente que el capón era un pollo al que castraban, ¡zas!, cuando cumplía dos meses.

—Eso realza el sabor —explicó Antonella, dejando la impresión, al menos en Rick, de que las partes desechadas podrían estar en el relleno.

Sin embargo, tras dos mordiscos de prueba, le dio completamente igual. Con o sin testículos, el capón estaba delicioso.

Comió despacio, entretenido por los italianos y su pasión por conversar en la mesa. A veces se centraban en él y le preguntaban sobre su vida, pero luego regresaban poco a poco a su lengua musical y se olvidaban de él. Incluso Sam, de Baltimore and Bucknell, parecía más cómodo charlando con las mujeres en italiano. Por primera vez desde que había llegado a su nuevo hogar, Rick tuvo que admitir que aprender algunas palabras de italiano no estaría tan mal. De hecho, sería una buena idea si quería tener algo que hacer con las chicas.

Tras el capón llegó el queso y otro vino, y luego el postre y el café. Rick se despidió educadamente poco después de medianoche. Fue dando un paseo nocturno de vuelta a casa y cayó redondo en la cama, sin desvestirse.

12

Una bella mañana de sábado de abril, un precioso día de primavera en el valle del Po, los Briganti de Nápoles salieron de casa a las siete en un tren con dirección al norte para jugar el partido que inauguraba la temporada. Llegaron a Parma poco antes de las dos del mediodía. La patada inicial se lanzaría a las tres. El tren de vuelta saldría a las doce menos veinte de la noche y el equipo llegaría a Nápoles sobre las siete de la mañana del domingo, veinticuatro horas después de haber salido de casa.

Una vez en Parma, los Briganti, una treintena en total, subieron a un autobús hasta el Stadio Lanfranchi y arrastraron el equipamiento hasta unos vestuarios donde ya no cabía nada más, en la otra punta del pasillo donde estaban los Panthers. Se cambiaron rápidamente y se distribuyeron por el campo de juego para llevar a cabo los estiramientos y seguir los rituales habituales previos al partido.

Dos horas antes de la patada inicial, los cuarenta y dos Panthers estaban en el vestuario, quemando calorías con tanto nervio y con ganas de golpear a alguien. El *signor* Bruncardo los sorprendió con nuevas camisetas para el equipo: negras con relucientes números plateados y la palabra «Panthers» escrita en el pecho.

Nino fumaba su cigarrillo de antes del partido. Franco charlaba con Sly y Trey. Pietro, el apoyador central, que mejoraba día a día, estaba concentrado con su iPod. Matteo iba de un lado al otro, frotaba músculos, comprobaba tobillos y reparaba el equipamiento.

Una previa al partido típica, pensó Rick. Vestuarios más pequeños, jugadores más pequeños, apuestas más pequeñas, pero ciertas cosas siempre eran las mismas en todas partes. Estaba preparado para jugar. Sam se dirigió al equipo, les hizo varias observaciones y luego los dejó ir.

Cuando Rick salió al campo noventa minutos antes de la patada inicial, las gradas estaban vacías. Sam había pronosticado que ese día habría un buen aforo, «quizá un millar de personas». Hacía un tiempo maravilloso y el día anterior la *Gazzetta di Parma* había publicado un extenso artículo sobre el primer partido de los Panthers y, en especial, sobre el nuevo quarterback de la NFL. El apuesto rostro de Rick, en color, aparecía a media página. Según comentó Sam, el *signor* Bruncardo había tirado de unos cuantos hilos y había hecho valer sus influencias.

Salir a un campo de juego en un estadio de la NFL, o incluso en uno de los Diez Grandes, siempre era una experiencia que ponía a prueba el temple de cualquiera. En el vestuario, todos tenían los nervios tan a flor de piel antes del partido que los jugadores salían en cuanto podían. Fuera, envueltos por enormes gradas de asientos y miles de seguidores, cámaras, bandas de música, animadoras y la increíble cantidad de gente que parecía tener acceso al terreno de juego, los jugadores pasaban los primeros minutos adaptándose a un caos asombrosamente bajo control.

Al salir al césped del Stadio Lanfranchi, Rick no pudo evitar reírse al ver adónde había ido ir a parar. Un universitario calentando para un partido de fútbol flag habría estado más nervioso.

Tras unos minutos de estiramientos dirigidos por Alex Olivetto, Sam reunió al equipo atacante en la línea de cinco yardas y comenzaron las jugadas de carrera. Rick y él habían escogido doce que pondrían en práctica durante el partido, seis terrestres y seis aéreas. Los Briganti eran escandalosamente flojos en la secundaria, donde no tenían ni a un solo estadounidense, y el año anterior el quarterback de los Panthers había lanzado para doscientas yardas.

De las seis jugadas de carrera, cinco eran para Sly. La única de Franco sería un dive de corta distancia, y solo cuando el partido estuviera ganado. Aunque al juez le encantaba golpear, también tenía la costumbre de perder el balón. Las seis jugadas de pase eran para Fabrizio.

Al cabo de una hora de calentamiento, ambos equipos regresaron a los vestuarios. Sam reunió a los Panthers para alentarlos y el segundo entrenador, Olivetto, los mentalizó para un feroz asalto sobre la ciudad de Nápoles.

Rick no entendió ni una palabra, pero los italianos desde luego que sí. Estaban preparados para la guerra.

El pateador de los Briganti era un antiguo jugador de fútbol europeo con una patada potente y su ofensiva inicial avanzó hasta la zona de anotación. Mientras Rick corría para la primera serie, intentó recordar el último partido en el que había jugado de titular. Hacía un siglo, en Toronto.

Las gradas del equipo local estaban a rebosar y los seguidores sabían cómo armar jaleo. Ondeaban enormes pancartas pintadas a mano y gritaban a coro. El bullicio animó a los Panthers, decididos a sacar el hacha de guerra. Nino en particular parecía fuera de sí.

—*Twenty-six smash* —dijo Rick cuando se reunieron.

Nino lo tradujo y se dirigieron a la línea. En una formación en I, con Franco a cuatro yardas detrás de él en la posición de corredor de poder y Sly a siete yardas por detrás, Rick repasó rápidamente la defensa y no vio nada que le preocupara. El «smash» consistía en una entrega de balón profunda hacia la derecha que le daba al corredor de habilidad la opción de controlar el bloqueo y escoger un hueco. Los Briganti tenían cinco líneas y dos apoyadores, ambos más bajos que Rick. A los glúteos de Nino les había entrado el pánico y Rick ya hacía tiempo que se había decidido por un saque rápido, especialmente en la primera ofensiva. El quarterback pronunció un rápido «down». Una leve convulsión. Manos bajo el centro, una fuerte cachetada —porque un roce suave como una pluma habría conllevado que el centro realizara un movimiento ilegal—, a continuación un «set». Un látido. Y luego el «hut».

Todo se movió menos el balón durante una fracción de segundo. La línea se lanzó hacia delante, gruñendo, y Rick esperó. Cuando el balón finalmente llegó a sus manos, hizo una rápida finta para sorprender al profundo a contrapié y luego se volvió para la entrega de balón. Franco se tambaleaba cerca de él, bufándole al apoyador al que había decidido destrozar. Sly recibió el balón por detrás de la línea, hizo un amago hacia la línea y luego dibujó un amplio arco durante seis yardas antes de salir del terreno.

—*Twenty-seven smash* —anunció Rick.

La misma jugada, pero a la izquierda. Avance de once yardas. Los seguidores reaccionaron con silbatos y bocinas. Rick nunca hubiera imaginado que apenas un millar de personas pudieran armar tanto bullicio. Sly corrió hacia la derecha, luego hacia la izquierda, derecha, luego izquierda y la ofensiva cruzó el medio campo. Se instaló en la línea de las cuarenta yardas de los Briganti y con la tercera y cuatro, Rick decidió enviarle un pase a Fabrizio. Sly estaba jadeando y necesitaba un descanso.

—*I right flex Z, sixty-four curl H swing* —anunció Rick en la agrupación.

Nino tradujo casi sin aire. Un gancho para Fabrizio. Sus líneas estaban sudando y parecían felices. Estaban metiendo el balón en medio de la defensa, avanzando a placer. Al cabo de seis jugadas, Rick empezaba a aburrirse y tenía ganas de demostrar de lo que era capaz con su brazo. Después de todo, no le estaban pagando veinte de los grandes por nada.

Los Briganti adivinaron la jugada y avanzaron a todo el mundo menos a los dos profundos. Rick se lo vio venir y estuvo a punto de cambiar la jugada, pero tampoco quería arriesgarse a meter la pata. Los audibles ya eran lo bastante complicados en inglés. Retrocedió tres pasos, no demoró el pase y disparó una bala hacia el lugar donde se suponía que Fabrizio debería estar dirigiéndose, dibujando una ruta de gancho. Un apoyador golpeó a Rick de pleno en la espalda por el lado ciego y ambos cayeron al suelo. El pase fue perfecto, pero iba con demasiada velocidad para cubrir únicamente diez yardas. Fabrizio fue hacia él, estiró ambas manos y lo detuvo con el pecho. El balón salió rebotado hacia arriba y el profundo fuerte napolitano lo interceptó sin problemas.

Ya estamos, pensó Rick mientras se dirigía hacia la línea de banda. Su primer pase en Italia había resultado una réplica perfecta del último que había hecho en Cleveland. El público enmudeció. Los Briganti lo celebraron. Fabrizio se dirigió renqueante al banquillo, respirando con dificultad.

—Demasiado fuerte —dijo Sam, sin dejar lugar a dudas acerca del culpable.

Rick se quitó el casco y se arrodilló en la línea de banda. El quarterback del Nápoles, un jovencito de Bowling Green, completó sus primeros cinco pases, y en menos de tres minutos había colocado a los Briganti en la zona de anotación.

Fabrizio se quedó en el banquillo, haciendo muecas y frotándose el pecho como si tuviera rotas las costillas. El receptor suplente era un bombero llamado Claudio, y Claudio solo había atrapado la mitad de sus pases en el calentamiento previo al partido y aún menos durante los entrenamientos. El segundo ataque de los Panthers empezó en la línea de veintiuna yardas. Con dos entregas de balón para Sly recuperaron quince. Era una gozada verlo jugar desde la seguridad de la línea de golpeo. Era rápido y realizaba recortes perfectos.

—¿Cuándo me vais a pasar el balón? —preguntó Franco en la agrupación.

Segunda y cuatro..., ¿por qué no?

—*Now* —dijo Rick, y añadió—: *Thirty-two dive*.

—*Thirty-two dive?* —repitió Nino, incrédulo.

Franco lo insultó en italiano y Nino le respondió del mismo modo, y mientras se deshacía la agrupación, la mitad del equipo atacante refunfuñaba por algo.

Franco recibió el balón en un rápido dive a la derecha y no solo no lo perdió, sino que demostró una sorprendente habilidad para mantenerse en pie. Un tackle lo golpeó y empezó a girar sin control. Un apoyador intentó detenerlo lanzándose hacia sus rodillas, pero él no dejó de mover las piernas. Un asegurador se acercó como una locomotora y Franco le propinó un manotazo extendiendo todo el brazo que habría impresionado al gran Franco Harris. Siguió avanzando por la mitad del campo mientras más jugadores rebotaban contra él. Un esquinero lo montó como si fuera un toro de rodeo y finalmente un tackle consiguió detener aquella escabechina y le juntó los tobillos a la fuerza. Avance de veinticuatro yardas. Al volver corriendo hacia el agrupamiento, Franco le dijo algo a Nino, quien, por descontado, se colgó todas las medallas del avance porque todo había sido gracias al bloqueo.

Fabrizio también se unió a la reunión en una de sus famosas recuperaciones. Rick decidió encargarse de él de inmediato. Comunicó una jugada de engaño y pase, con Fabrizio en una trayectoria de poste, y funcionó de maravilla. En primer down, la defensa cayó sobre Sly. El profundo fuerte picó el anzuelo y Fabrizio lo alcanzó sin esfuerzo. El pase fue largo, suave y perfectamente dirigido, y cuando Fabrizio lo recibió en plena carrera en la yarda quince, el joven estaba completamente solo.

Más fuegos artificiales. Más cánticos. Rick bebió un vaso de agua y disfrutó del alboroto. Saboreó su primer touchdown en cuatro años, algo que siempre hacía sentir bien a uno, estuviera donde estuviera.

Al final de la media parte habían anotado dos touchdowns más y los Panthers iban ganando por 28 a 14. En los vestuarios, Sam los abroncó por las faltas —el ataque había saltado cuatro veces— y se quejó del marcaje en zona que había permitido 180 yardas en pases. Alex Olivetto le echó un rapapolvo a la defensa porque no habían presionado al pasador y no habían derribado al quarterback ni una sola vez. La gente empezó a gritar y a señalarse con el dedo y a Rick lo que le interesaba era que se relajara todo el mundo. Una derrota ante el Nápoles arruinaría la temporada. Con solo ocho partidos en el calendario y con un Bérgamo decidido a volver a encabezar la tabla, no podían permitirse un mal día.

Tras veinte minutos de insultos dignos de admiración, los Panthers regresaron rápidamente al campo. Rick tenía la sensación de haber pasado por otro descanso de los de la NFL.

Los Briganti empataron el partido a cuatro minutos del final del tercer cuarto y en el banquillo del Parma se seguía el juego con una intensidad que Rick no había visto en años. No dejaba de repetirle a todo el mundo que se tranquilizara, aunque no sabía si lo entendían. Los jugadores tenían depositadas sus esperanzas en él, su nuevo y gran quarterback.

A un solo cuarto del final, tanto Sam como Rick comprendieron que necesitaban más jugadas. La defensa se lanzaba a por Sly en cada saque y marcaba férreamente a Fabrizio. Sam estaba siendo superado por la astucia del jovencísimo entrenador del Nápoles, antiguo asistente del equipo de la Universidad de Ball State. Sin embargo, la ofensiva no tardaría en descubrir una nueva arma. En una tercera y cuatro, Rick retrocedió para pasar, pero vio un esquinero izquierdo que se abalanzaba sobre él a la carga. No había nadie que pudiera bloquearlo, así que amagó un pase y vio al esquinero pasar majestuosamente por su lado. A continuación se le cayó el balón y durante los siguientes tres segundos, una eternidad, intentó recuperarlo, desesperado. Al recogerlo, vio que no le quedaba más remedio que correr. Y eso hizo, igual que en los viejos tiempos en el instituto de Davenport South. Sorteó la pila sin pensárselo dos veces, donde los apoyadores estaban concentrados en su tarea, y se encontró de inmediato en la secundaria. El público rugió y Rick Dockery se lanzó de cabeza. Fintó a un esquinero y se lanzó por el centro igual que Gale Sayers en las películas de antaño, un verdadero as del regateo. La última persona de la que esperaba ayuda era de Fabrizio, pero el chico apareció a su lado y se lanzó a los pies del profundo del lado débil para darle suficiente tiempo a Rick a pasar corriendo de camino hacia la tierra prometida. Cuando el quarterback cruzó la línea de gol, le lanzó el balón al árbitro y no pudo evitar reírse de sí mismo. Acababa de correr setenta y dos yardas para sellar un touchdown, el más largo de su carrera. Ni siquiera en el instituto había marcado desde tan lejos.

En el banquillo, sus compañeros de equipo lo abrazaron y lo colmaron de felicitaciones, de las que no entendió ni la mitad.

—Se me ha hecho eterno —dijo Sly, sonriendo de oreja a oreja.

Cinco minutos después, el quarterback volvió a marcar. Repentinamente deseoso de demostrar su valía, escapó como pudo del pocket y dio la impresión de prepararse para una nueva excursión por el terreno de juego. Toda la secundaria descuidó el marcaje y, en el último segundo, a medio metro de la línea de golpeo, Rick lanzó una bala de treinta yardas hacia el centro del campo en dirección a Fabrizio, quien se dirigió disparado hacia la zona de anotación sin que nadie lo tocara.

Final del partido. Trey Colby interceptó dos pases en los últimos minutos del último cuarto y los Panthers ganaron por 48 a 28.

Se reunieron en el Polipo, donde tenían aseguradas toda la cerveza y la pizza que quisieran a cargo del *signor* Bruncardo. La noche se alargó con chistes verdes y canciones subidas de tono animadas por la bebida. Los estadounidenses —Rick, Sly, Trey y Sam— se sentaron juntos en un extremo de la larga mesa y se rieron con los italianos hasta que empezó a dolerles el estómago.

Rick envió a sus padres un correo electrónico a la una de la madrugada.

> Mamá y papá: Hoy hemos jugado nuestro primer partido, hemos ganado al Nápoles por 3 touchdowns. 18 pases completos de 22, 310 yardas, 4 touchdowns, una intercepción; también he corrido para 98 yardas, un touchdown; en cierta forma me recuerda a los viejos tiempos del instituto. Estoy pasándomelo bien. Os quiero. Rick.

Y otro a Arnie:

> Invicto en Parma; primer partido, 5 touchdowns, 4 aéreos, uno por tierra. Estoy hecho un toro. No, bajo ningún concepto jugaré en la AFL. ¿Has hablado con los Tampa Bay?

13

El *palazzo* de Bruncardo era un majestuoso edificio del siglo XVIII situado en el viale Giovanni Mariotti, a unas cuantas manzanas de la catedral y con vistas al río. Rick se acercó dando un paseo de diez minutos. Había dejado aparcado el coche en una calle lateral después de encontrar un sitio inmejorable al que se resistía a renunciar.

Era la tarde del domingo posterior a la gran victoria contra los Briganti, y aunque no tenía planes para la noche, lo que menos le apetecía era lo que estaba a punto de hacer. Mientras deambulaba arriba y abajo por el viale Giovanni Mariotti intentando estudiar el *palazzo* sin parecer estúpido y buscando desesperadamente la puerta de entrada, volvió a preguntarse cómo había acabado arrinconado en aquella esquina.

Sam. Sam lo había presionado, con la ayuda de Franco.

Por fin dio con el timbre y enseguida apareció un mayordomo entrado en años, muy serio, que lo dejó pasar a regañadientes. El mayordomo, vestido de frac, miró a Rick de arriba abajo y no pareció aprobar su atuendo. Rick creía que iba bastante bien: chaqueta azul marino, pantalones de sport oscuros, calcetines, mocasines negros, camisa blanca y corbata, todo comprado en una de las tiendas que le había sugerido Sam. Casi se sentía italiano. Siguió al carcamal a través de un gran vestíbulo con techos altos decorados con frescos y relucientes suelos de mármol. Se detuvieron en un gran salón y la *signora* Bruncardo, que hablaba un inglés muy seductor, enseguida se adelantó a recibirlo. Se llamaba Silvia. Era atractiva, iba muy pintada, se había hecho algún retoque facial apenas perceptible y estaba muy delgada, una delgadez que acentuaba el vestido negro y centelleante que lucía y que casi parecía una segunda piel. Tendría unos cuarenta y cinco años, veinte menos que su marido, Rodolfo Bruncardo, quien no tardó en aparecer y estrecharle la mano a su quarterback. Rick tuvo la inmediata impresión de que no la dejaba demasiado tiempo a solas, y con razón. Era una mujer imponente.

En un inglés con fuerte acento italiano, Rodolfo le dijo que sentía mucho no haberle conocido antes, pero que los negocios lo habían mantenido alejado de la ciudad, etcétera. Era un hombre muy ocupado y llevaba muchos contratos entre manos. Silvia los observaba con unos ojazos castaños en los que era fácil perderse. Por fortuna, Sam apareció con Anna y la conversación se hizo más fluida. Hablaron sobre la victoria del día anterior y, más importante aún, sobre el artículo del domingo en la página de deportes. La estrella de la NFL, Rick Dockery, había conducido a los Panthers hacia una victoria aplastante en el partido de inicio de temporada en campo propio y la foto a color era la de Rick cruzando la línea de gol con el primer touchdown de carrera que conseguía en una década.

Rick estuvo correcto en todo momento. Dijo que adoraba Parma, que el apartamento y el coche eran perfectos, que el equipo era la bomba y que estaba ansioso por ganar la Super Bowl. Franco y Antonella entraron en la habitación y se llevó a cabo el ritual de los abrazos. Un camarero se detuvo junto a ellos con copas de prosecco muy frío.

Se trataba de una fiesta muy privada: los Bruncardo, Sam y Anna, Franco y Antonella y Rick. Tras las bebidas y los aperitivos, se pusieron en camino. Las mujeres iban de largo, con tacones altos y visones, y los hombres vestían de traje. Todo el mundo hablaba en italiano y a la vez. Rick iba calentándose poco a poco, maldiciendo a Sam, a Franco y al viejo Bruncardo por la absurda velada.

Había encontrado un libro en inglés sobre la región de la Emilia-Romagna, y aunque en gran parte hacía referencia a la gastronomía y el vino, también había una amplia sección dedicada a la ópera, cuya lectura se le hizo pesada.

El Teatro Regio había sido construido a principios del siglo XIX a petición de una de las primeras mujeres de Napoleón, María Luisa, quien prefería vivir en Parma porque así se mantenía alejada del emperador. Cinco pisos de palcos privados daban al patio de butacas, la orquesta y el extenso escenario. Los parmesanos están convencidos de que es el mejor teatro de ópera del mundo y consideran la ópera un derecho inalienable. Tienen muy buen oído y no escatiman críticas. Un cantante que abandona el escenario entre aplausos está preparado para enfrentarse al mundo. Una actuación mediocre o un falsete conducen a una clamorosa desaprobación.

El palco de los Bruncardo estaba en la segunda planta. El escenario quedaba a la izquierda y las butacas eran excelentes. Mientras el grupo se acomodaba, Rick se sintió intimidado por el ornamentado interior y la seriedad de la velada. Desde allí se oía el animado rumor del público, también vestido de gala, del patio de butacas. Alguien los saludó. Era Karl Korberg, el enorme danés que enseñaba en la universidad y que intentaba jugar de tackle izquierdo, aunque había fallado cinco bloqueos limpios como mínimo contra los Briganti. Karl lucía un elegante esmoquin y su mujer italiana estaba deslumbrante. Rick contempló a las señoras desde arriba.

Tenía a Sam al lado, deseoso de ayudar al inexperto en su primera representación.

—A esta gente le chifla la ópera —le susurró el entrenador—. Son unos fanáticos.

—¿Y usted? —preguntó Rick en voz baja.

—En ningún sitio se vive como aquí. Lo creas o no, la ópera es más popular en Parma que el fútbol americano.

—¿Más que los Panthers?

Sam se rió y saludó con un gesto de cabeza a una morena despampanante que pasaba por debajo.

—¿Cuánto dura esto? —preguntó Rick, quedándose embobado.

—Un par de horas.

—¿No podemos escaparnos en el intermedio e ir a cenar?

—Me temo que no, pero la cena será soberbia.

—No lo dudo.

El *signor* Bruncardo les tendió el programa.

—He encontrado uno en inglés —dijo.

—Gracias.

—No iría mal que le echaras un vistazo —le aconsejó Sam—. La ópera a veces es un poco difícil de seguir, al menos en cuanto al argumento.

—Creía que solo era un grupo de gordos cantando a voz en grito.

—¿Cuántas veces fuiste a la ópera en Iowa?

Las luces fueron difuminándose y el público acabó de tomar asiento. Rick y Anna ocupaban las dos pequeñas butacas de terciopelo de la primera línea del palco, muy cerca del antepecho, con excelentes vistas al escenario. Los demás se apretujaban detrás de ellos.

Anna sacó una linterna diminuta y la enfocó al programa de Rick.

—Es una representación de *Otello*, una ópera muy famosa de Giuseppe Verdi, un paisano, de Busseto.

—¿Está aquí?

—No —contestó, con una sonrisa—. Verdi murió hace

siglos. En sus tiempos, fue el mejor compositor del mundo. ¿Has leído a Shakespeare?

—Por supuesto.

—Bien. —Las luces se hicieron más tenues. Anna ojeó el programa y alumbró la página cuatro con la linterna—. Este es el resumen de la historia. Échale un vistazo. La ópera será en italiano y puede que te resulte un poco difícil seguirla.

Rick aceptó la linternita, consultó la hora e hizo lo que le habían dicho. Mientras leía, el público, bastante bullicioso a causa de los nervios, acabó de acomodarse y de encontrar su asiento. Cuando el teatro estuvo completamente a oscuras, apareció el director de orquesta, quien recibió una calurosa ovación. La orquesta se preparó y empezó a tocar.

Se alzó el telón poco a poco ante un público que ahora guardaba completo silencio. El escenario estaba profusamente decorado. La acción se desarrollaba en la isla de Chipre, donde había un grupo de gente a la espera del barco en el que iba Otelo, su gobernador, quien había estado alejado de su hogar luchando en otras tierras y cosechando victorias. De repente, Otelo apareció en el escenario cantando algo como «Celebrémoslo, celebrémoslo» y toda la ciudad se unió al coro.

Rick iba leyendo deprisa, intentando no perderse el espectáculo que se desarrollaba ante él. El vestuario era elaborado, los cantantes iban muy maquillados, lo que les daba un aspecto muy dramático, y las voces eran realmente sensacionales. Intentó recordar la última vez que había asistido a una función de teatro. Hacía unos diez años, cuando iba a Davenport South, tenía una novia que estaba en el grupo de teatro del instituto. Había pasado mucho tiempo.

La joven esposa de Otelo, Desdémona, apareció en la tercera escena y el espectáculo dio un giro. Desdémona era toda una belleza: cabello largo y oscuro, rasgos perfectos y unos ojos castaños que Rick veía con claridad a veinticinco metros de distancia. Era bajita y delgada y por suerte llevaba un vestido muy ajustado que revelaba unas curvas pronunciadas.

Repasó el programa y encontró cómo se llamaba: Gabriella Ballini, soprano.

Como era de esperar, Desdémona pronto atrajo la atención de otro hombre, Rodrigo, y a partir de ahí se desencadenaron todo tipo de traiciones y conspiraciones. Hacia el final del primer acto, Otelo y Desdémona cantaron un dueto, una impresionante réplica y contrarréplica romántica que a Rick y a los ocupantes del palco les sonó perfecta, aunque no todo el mundo parecía estar de acuerdo. En el quinto piso, donde se ubicaban las butacas baratas, varios espectadores los abuchearon.

A Rick lo habían abucheado muchas veces, en muchos lugares, y nunca le había costado abstraerse a las críticas, algo a lo que sin duda había contribuido el tamaño imponente de los estadios de fútbol. Unos cuantos miles de seguidores protestando formaba parte del juego, pero en un teatro abarrotado de solo un millar de localidades, cinco o seis asistentes ruidosos y efusivos parecían un centenar. ¡Qué crueldad! Rick quedó muy sorprendido y, al bajar el telón en el primer acto, vio a Desdémona aguantando estoicamente de pie con la cabeza alta, como si fuera sorda.

—¿Por qué la abuchean? —le preguntó Rick a Anna en un susurro al tiempo que las luces se encendían.

—Aquí la gente es muy crítica. Ha llegado un poco forzada.

—¿Forzada? Pues a mí me ha gustado.

Y ella aún más. ¿Cómo podían abuchear a una mujer tan guapa?

—Consideran que no ha llegado a un par de notas. Son unos maleducados. Vamos. —Se pusieron en pie mientras el público se levantaba para estirar las piernas—. ¿Qué tal hasta ahora? —preguntó.

—Muy bien —contestó Rick, con sinceridad.

La producción era muy elaborada y jamás había escuchado unas voces como aquellas, pero le fastidiaban las críticas del piso superior.

—Solo hay un centenar de butacas disponibles para el público en general —le explicó Anna— y están ahí arriba —dijo, señalando hacia lo alto—. Son incondicionales muy duros. Se toman la ópera muy en serio y no vacilan a la hora de demostrar su entusiasmo, pero también su desagrado. Esta Desdémona ha sido una elección controvertida y no ha conseguido ganarse a la audiencia.

Habían salido del palco, tenían una copa de prosecco en la mano y saludaban a gente que Rick no volvería a ver jamás. El primer acto había durado cuarenta minutos y el descanso duró otros veinte. Rick empezó a preguntarse a qué hora iban a cenar.

En el segundo acto, Otelo empezó a sospechar que su esposa estaba engañándolo con un hombre llamado Casio, lo que causó un gran conflicto que, por supuesto, quedó reflejado en una actuación deslumbrante. Los malos convencieron a Otelo de que Desdémona estaba siéndole infiel y Otelo, de sangre caliente, finalmente juró matar a su esposa.

Telón y otros veinte minutos de descanso entre actos. ¿Es que aquello iba a durar cuatro horas?, se preguntó Rick, aunque lo cierto era que deseaba volver a ver a Desdémona. Un abucheo más y subiría allí arriba a pegar a alguien.

En el tercer acto, Desdémona hizo varias apariciones, las cuales no provocaron ninguna crítica. Había tramas secundarias por todas partes mientras Otelo continuaba haciendo caso a los malos y cada vez estaba más convencido de que debía matar a su esposa. Tras nueve o diez escenas, se acabó el acto y llegó el momento de un nuevo descanso.

El cuarto acto se desarrollaba en la alcoba de Desdémona. Su marido la asesinaba y no tardaba en comprender que, después de todo, su esposa le había sido fiel. Desesperado, fuera de sí, aunque todavía capaz de cantar portentosamente, Otelo extrajo un puñal impresionante y se lo clavó en el estómago. Cayó sobre el cuerpo de su esposa, la besó tres veces y murió de forma dramática. Rick consiguió seguir casi toda la trama, pero sus ojos pocas veces se apartaron de Gabriella Ballini.

Cuatro horas después de ocupar su butaca por primera vez, Rick se levantó junto al público y aplaudió con educación cuando los cantantes salieron a saludar. Cuando apareció Desdémona, los abucheos regresaron con fuerza, lo que provocó respuestas airadas por parte de muchos de los que estaban en el patio de butacas y en los palcos privados. Se alzaron varios puños en señal de protesta, la gente gesticulaba, el público se volvió hacia los seguidores descontentos que ocupaban las butacas baratas del último piso. El griterío aumentó y la pobre Gabriella Ballini se vio obligada a saludar con una inclinación y una sonrisa forzada, como si no oyera nada.

Rick reconoció su valor y admiró su belleza.

Pensó que los seguidores de Filadelfia eran duros.

El comedor del *palazzo* era una estancia más grande que todo el apartamento de Rick. Una media docena de amigos se unieron al festín posterior a la ópera y los invitados seguían visiblemente emocionados después de la representación. Charlaban animadamente, todos al mismo tiempo y en un italiano meteórico. Incluso Sam, el único otro estadounidense, parecía tan excitado como los demás.

Rick intentó sonreír y comportarse como si estuviera tan emocionado como ellos. Un amable camarero no dejaba de llenarle la copa de vino, y antes de terminar el primer plato ya estaba bastante más sosegado. Seguía pensando en Gabriella, la bella soprano a quien no habían sabido valorar.

Debía de sentirse como un guiñapo, frustrada y con ganas de suicidarse. Cantar de aquella manera tan perfecta y emotiva y que no supieran apreciarla... Joder, él se había merecido todos los abucheos que había recibido, pero Gabriella no.

Habría dos funciones más y luego acabaría la temporada. Rick, bastante achispado y sin poder pensar en otra cosa que no fuera ella, decidió lo impensable: compraría una entrada como fuera e iría a ver otra función de *Otello*.

14

El entrenamiento del lunes consistió en un ejercicio muy poco entusiasta de revisión de cintas de partidos mientras corría la cerveza. Sam repasaba la grabación mientras les echaba rapapolvos y los abroncaba, pero nadie estaba por la labor de tomárselo en serio. El siguiente rival, los Rhinos de Milán, había sido machacado el día anterior por los Gladiatori de Roma, un equipo que pocas veces optaba a la Super Bowl. De modo que, al contrario de lo que el entrenador Russo quería, el ambiente parecía prever una semana relajada y una victoria fácil. Se avecinaba el desastre. Sam los envió a casa a las nueve y media.

Rick aparcó lejos de su apartamento y fue dando un paseo por el centro de la ciudad hasta una *trattoria* llamada Il Tribunale, que estaba frente a la strada Farini y muy cerca de esos tribunales a los que tanto le gustaba llevarlo la policía. Pietro lo esperaba allí con su mujer, Ivana, quien estaba muy embarazada.

Los jugadores italianos no habían tardado en adoptar a sus compañeros estadounidenses. Sly había dicho que ocurría todos los años. Se sentían honrados de tener jugadores profesionales en el equipo y querían asegurarse de que Parma les resultaba hospitalaria. La gastronomía y el vino eran las llaves de la ciudad por lo que, uno tras otro, los Panthers invitaban a los estadounidenses a cenar. Algunas eran largas cenas en bonitos apartamentos, como el de Franco, mientras que otras consistían en comidas familiares con padres, tías y tíos. Silvio, un joven campechano y algo violento que jugaba de apoyador y que solía utilizar los puños cuando placaba, vivía en una granja a diez kilómetros de la ciudad. Su turno de cena, un viernes por la noche, en las ruinas restauradas de un antiguo castillo, duró cuatro horas, amenizadas por veintiún familiares directos, ninguno de los cuales hablaba ni una palabra de inglés. Rick acabó despatarrado en una litera de un frío desván. Lo despertó un gallo.

Más tarde se enteró de que a Sly y a Trey los había llevado uno de los tíos, borracho, que no era capaz de encontrar Parma.

Había llegado el turno de la cena de Pietro. El joven le había explicado que Ivana y él estaban esperando que les concedieran un apartamento más nuevo y más grande y que en el que ahora vivían era muy sencillo y no estaba acondicionado para recibir a nadie. Se disculpó, pero también le confesó que era muy aficionado a Il Tribunale, su restaurante parmesano favorito. Trabajaba para una empresa que vendía fertilizantes y semillas, y su jefe quería que él expandiera el negocio por Alemania y Francia, por lo que se había puesto a estudiar inglés con gran ahínco y practicaba con Rick a diario.

Ivana no estaba estudiando inglés, no lo había estudiado nunca y no parecía tener interés alguno en empezar a hacerlo. No destacaba demasiado y estaba regordeta, pero también era cierto que estaba encinta. Sonreía mucho y se dirigía en susurros a su marido cuando era necesario.

Al cabo de diez minutos, Sly y Trey entraron tranquilamente y atrajeron las típicas miradas disimuladas de los demás clientes. Todavía era muy poco corriente ver a alguien negro en Parma. Se sentaron alrededor de la mesa diminuta y prestaron atención mientras Pietro practicaba su inglés. Llegó una buena porción de parmesano para ir haciendo boca y poco después les pusieron delante los platos de *antipasti*. Pidieron lasaña al horno, raviolis rellenos de hierbas y calabaza, raviolis bañados de crema, fetuchinis con champiñones y fetuchinis con salsa de conejo y *anolini*.

Tras una copa de vino tinto, Rick paseó la mirada por el local y se detuvo en una bella mujer que se sentada a unos seis metros. Estaba en una mesa acompañada de un hombre elegantemente vestido y, por lo que parecía, la conversación que mantenían no era demasiado agradable. Como la mayoría de las italianas, era morena, aunque, tal como Sly le había explicado muchas veces, en el norte de Italia abundaban las rubias. Tenía unos bellos ojos oscuros, y aunque parecían traviesos, en esos momentos no transmitían demasiada alegría. Era delgada y no muy alta, vestía con gusto y...

—¿Qué estás mirando? —preguntó Sly.

—Aquella chica de allí —contestó Rick, sin pensárselo dos veces.

Los cinco se volvieron a mirar, pero la joven no se dio cuenta. Estaba enfrascada en una espinosa conversación con el hombre.

—La he visto antes —añadió Rick.

—¿Dónde? —preguntó Trey.

—En la ópera, anoche.

—¿Fuiste a la ópera? —dijo Sly, que no dejaba pasar una.

—Pues claro que fui a la ópera. A vosotros no os vi.

—¿Has ido a la ópera? —preguntó Pietro, admirado.

—Sí, fui a ver *Otello*. Fue espectacular. Esa mujer interpretaba el papel de Desdémona. Se llama Gabriella Ballini.

Ivana comprendió lo suficiente para echar un segundo vistazo. A continuación se dirigió a su marido, quien hizo una breve traducción.

—Sí, es ella.

Pietro estaba muy orgulloso de su quarterback.

—¿Es famosa? —se interesó Rick.

—No mucho —contestó Pietro—. Es soprano, buena, pero no sublime. —Se lo repitió a su mujer en italiano, quien añadió varios comentarios más que Pietro procedió a traducir—: Ivana dice que está pasando por una mala racha.

Llegaron las pequeñas ensaladas con tomate y la conversación se volcó en el fútbol y en cómo era jugar en Estados Unidos. Rick se las ingenió para intervenir sin quitarle el ojo de encima a Gabriella. La joven no llevaba ni alianza ni anillo de compromiso y no parecía disfrutar de la compañía de su cita, pero ambos se conocían muy bien porque la conversación era seria. No se tocaron en ningún momento, en realidad se trataban con bastante frialdad.

A mitad de un monstruoso plato de fetuchini y champiñones, Rick vio que una lágrima asomaba a los ojos de Gabriella y le corría por la mejilla. Su compañero no se la secó, no parecía conmoverle lo más mínimo. Ella apenas había tocado su cena.

Pobre Gabriella. Su vida era un desastre, el domingo la abuchean aquellos bestias del Teatro Regio y esa noche tiene una discusión desagradable con su pareja.

Rick no podía apartar la mirada de ella.

Estaba aprendiendo. Los mejores lugares para aparcar se encontraban entre las cinco y las siete de la tarde, cuando los que trabajaban en el centro de la ciudad volvían a casa. Rick solía conducir por las calles a esas horas con la esperanza de abalanzarse sobre uno de aquellos sitios libres. Aparcar era un entretenimiento bastante pesado y estaba a un paso de comprarse o de alquilar una moto.

Después de las diez era imposible encontrar un sitio cerca de su apartamento y muchas veces tenía que dejarlo a un par de manzanas de casa.

Aunque la grúa no solía llevárselo muy a menudo, de vez en cuando ocurría. El juez Franco y el *signor* Bruncardo podían tirar de los hilos necesarios, pero Rick prefería evitar que tuvieran que tomarse tantas molestias. Después del entrenamiento del lunes, se había visto obligado a aparcar un poco alejado del centro, a unos buenos quince minutos a pie de su apartamento, y había aparcado en una zona reservada para carga y descarga. Después de cenar en Il Tribunale, fue corriendo en busca de su coche, lo encontró incólume y en su sitio y empezó la frustrante odisea de encontrar otra plaza libre un poco más cerca de casa.

Ya era casi medianoche cuando cruzó la piazza Garibaldi y empezó a buscar aparcamiento entre los coches. Nada. La pasta empezaba a asentarse en su estómago, igual que el vino, y no tardaría en sobrevenirle el sueño. Recorrió las estrechas calles arriba y abajo, pero todas parecían flanqueadas por coches diminutos aparcados con los parachoques pegados. Cerca de la piazza Santafiora encontró un antiguo pasaje que no había visto antes. Había un sitio libre a la derecha, aunque muy justo, pero ¿por qué no? Se detuvo a la altura del coche de delante y vio a una pareja que caminaba con prisas por la acera. Puso la marcha atrás, soltó el embrague, giró el volante a la derecha y retrocedió poco a poco hasta que tocó el bordillo con la rueda trasera. Por poco, tendría que hacer una pequeña maniobra. Vio los faros de otro coche que se acercaba por la calle, pero no se preocupó. Los italianos, sobre todo los que vivían en el centro, eran sorprendentemente pacientes. Aparcar era un suplicio para todos.

Cuando Rick salió para volver a intentarlo, estuvo tentado de seguir adelante. El espacio era muy pequeño y necesitaría bastante tiempo y maniobras para aparcarlo allí. Lo probó una vez más. Cambió de marcha, giró el volante e intentó olvidar los faros que ahora casi tenía en el cogote, pero el pie se le escurrió del embrague. El coche dio una sacudida y el motor se caló. El otro conductor apretó el claxon y no lo soltó, un escandaloso y estridente bocinazo que salía del capó de un reluciente y caro automóvil europeo de color burdeos. El coche de un tipo duro. Un hombre con prisas. Un bravucón que no temía esconderse detrás de unas puertas cerradas y pitar a alguien que estaba pasándolo mal. Rick no sabía qué hacer y por una fracción de segundo volvió a considerar la posibilidad de seguir adelante en busca de otro sitio. Pero entonces explotó. Abrió la puerta de golpe, le enseñó el dedo corazón al de atrás y se dirigió hacia él. El otro siguió apretando el claxon. Rick se acercó a la ventanilla del conductor y le gritó que saliera. El otro siguió apretando el claxon. Detrás del volante iba un gilipollas de unos cuarenta años, trajeado, con un abrigo oscuro y guantes de piel para conducir. No se volvió hacia Rick, sino que se limitó a seguir apretando el claxon y a mirar hacia delante.

—¡Sal del coche! —aulló Rick.

El otro siguió apretando el claxon. Ahora había otro coche detrás y se acercaba otro más. No había modo de sortear el de Rick y este no tenía intención de subir al coche. El otro seguía apretando el claxon.

—¡Sal del coche! —volvió a gritar Rick.

Pensó en el juez Franco. Menos mal que conocía a un juez.

El coche que había detrás del vehículo color burdeos también se puso a tocar el claxon y, por si acaso, Rick también le enseñó el dedo corazón.

¿Cómo iba a acabar aquello?

El conductor del segundo coche, una mujer, bajó la ventanilla y le gritó algo desagradable. Rick le respondió en el mismo tono. Más cláxones, más gritos, más coches acercándose por una calle que minutos antes había estado en completo silencio.

Rick oyó un portazo y al volverse vio que una joven encendía el coche de Bruncardo, ponía la marcha atrás sin perder tiempo y lo encajaba a la perfección en el diminuto espacio libre. Así de fácil, sin golpes ni rasguños y a la primera. Parecía físicamente imposible. Apagó el motor a medio metro del coche de delante y a la misma distancia del de atrás.

El coche color burdeos pasó junto a él pisando a fondo, igual que los de detrás. Cuando ya no quedaba ninguno, se abrió la puerta del conductor y la joven se apeó —zapatos de salón abiertos por delante y piernas bonitas— y echó a andar en la otra dirección. Rick la miró unos instantes con el corazón todavía acelerado por el incidente, sintiendo el pulso en las sienes y con los puños cerrados.

—¡Eh! —gritó Rick.

La mujer ni se inmutó.

—¡Eh, gracias!

Ella siguió caminando hasta que desapareció en la oscuridad. Rick la observó sin moverse, maravillado por el milagro que acababa de presenciar. Sin embargo, había algo que le resultaba familiar en la figura, la elegancia, el pelo de aquella mujer, hasta que cayó en la cuenta.

—¡Gabriella! —gritó.

¿Qué perdía? Si no era ella, la mujer no se detendría y listos.

Pero se detuvo.

Se acercó a ella y se encontraron bajo la luz de una farola. Rick no sabía qué decir, lo único que se le ocurría era un «*Grazie*» o algo igual de simplón, pero ella se le adelantó.

—¿Lo conozco?

En inglés. En un perfecto inglés.

—Me llamo Rick. Soy estadounidense. Gracias por... todo —dijo, señalando con torpeza hacia el coche.

Gabriella tenía unos ojos grandes de mirada tierna, pero triste.

—¿Cómo sabe mi nombre? —preguntó ella.

—Te vi anoche en el escenario. Estuviste magnífica.

Superada la sorpresa, ella le sonrió. La sonrisa fue el factor decisivo: dientes perfectos, hoyuelos y mirada alegre.

—Gracias.

Sin embargo, Rick tuvo la impresión de que no solía sonreír demasiado a menudo.

—Bueno, de todos modos, quería... saludarte.

—Hola.

—¿Vives por aquí cerca? —preguntó.

—Más o menos.

—¿Te apetecería ir a tomar algo?

Otra sonrisa.

—Claro.

El pub lo regentaba un hombre galés y atraía a los hablantes de lengua inglesa que se aventuraban por Parma. Por suerte era lunes y no había demasiado jaleo. Ocuparon una mesa cerca del ventanal del establecimiento. Rick pidió una cerveza y Gabriella un Campari con hielo, una bebida de la que el estadounidense no había oído hablar jamás.

—Hablas muy bien el inglés —dijo. En esos momentos, todo lo relacionado con ella estaba muy bien.

—Viví seis años en Londres después de la universidad —dijo.

Rick le había calculado unos veinticinco años, pero tal vez se acercaba más a la treintena.

—¿Qué hacías en Londres?

—Estudiaba en el London College of Music y luego trabajé en la Royal Opera.

—¿Eres de Parma?

—No, de Florencia. Y usted, ¿señor...?

—Dockery. Es un nombre irlandés.

—¿Eres de Parma?

Ambos se echaron a reír para distender el ambiente.

—No, soy de Iowa, del Medio Oeste. ¿Has estado alguna vez en Estados Unidos?

—Dos, de gira. He visto casi todas las grandes ciudades.

—Igual que yo. También he hecho mi propia gira.

Rick había escogido a propósito una mesa redonda que fuera pequeña. Estaban sentados muy juntos, con las bebidas delante y las rodillas no demasiado apartadas, intentando parecer relajados.

—¿Qué tipo de gira?

—Juego al fútbol americano profesional. Mi carrera no va demasiado bien y esta temporada estoy en Parma, con los Panthers.

Rick tenía el pálpito de que la carrera de ella tampoco iba demasiado bien encaminada, por lo que se sintió cómodo siendo completamente sincero. La mirada de Gabriella lo animaba a ser franco.

—¿Con los Panthers?

—Sí, existe una liga de fútbol americano profesional en Italia. Muy poca gente la conoce y la mayoría de los equipos son de aquí, del norte: Bolonia, Milán, Bérgamo y otros.

—No lo sabía.

—El fútbol americano no es demasiado popular por estos lugares. Se lleva más el otro.

—Ya lo creo. —No parecía atraerle demasiado el fútbol de ningún tipo. Dio un sorbo al líquido rojizo que había en su vaso—. ¿Cuánto llevas aquí?

—Tres semanas, ¿y tú?

—Desde diciembre. La temporada acaba la semana que viene y luego volveré a Florencia.

Desvió la mirada, entristecida, como si Florencia fuera el último sitio al que deseara regresar. Rick dio un trago a su cerveza y se quedó mirando una vieja diana de dardos que había en la pared.

—Te he visto esta noche, cenando en Il Tribunale —dijo Rick—. Estabas con alguien.

—Sí, con Carletto, mi novio —contestó Gabriella después de una breve y fingida sonrisa.

Se hizo un nuevo silencio y Rick decidió no seguir indagando por ese lado. De ella dependía si quería seguir hablando o no de su novio.

—También vive en Florencia —añadió—. Llevamos juntos siete años.

—Eso es mucho tiempo.

—Sí. ¿Sales con alguien?

—No. Nunca he tenido una relación estable. He conocido a muchas chicas, pero nada serio.

—¿Por qué no?

—Pues no lo sé. Me gusta ser soltero. Es lo más práctico cuando eres atleta profesional.

—¿Dónde has aprendido a conducir? —preguntó de repente, y ambos se echaron a reír.

—Nunca había conducido un coche con embrague —admitió Rick—, aunque es evidente que tú sí.

—Aquí se conduce y se aparca de otra manera.

—Ya he visto que no hay quien te supere ni aparcando ni cantando.

—Gracias. —Gabriella esbozó una bonita sonrisa, hizo una pausa y bebió un trago—. ¿Te gusta la ópera?

Ahora sí, estuvo a punto de contestar Rick.

—Anoche fue la primera vez que veía una y me gustó mucho, sobre todo cuando tú estabas en el escenario, que tendría que ser más a menudo.

—Tienes que repetir.

—¿Cuándo?

—Actuamos el miércoles, y el domingo es la última representación de la temporada.

—El domingo jugamos en Milán.

—Puedo conseguirte una entrada para el miércoles.

—Trato hecho.

El pub cerró a las dos de la madrugada. Rick se ofreció a acompañarla a casa a pie y ella aceptó sin necesidad de insistir. La compañía de ópera corría con los gastos de la suite del hotel donde se alojaba, cerca del río, a unas cuantas manzanas del Teatro Regio.

Se despidieron con una inclinación de cabeza, una sonrisa y la promesa de verse al día siguiente.

Quedaron para comer y estuvieron charlando un par de horas, mientras daban cuenta de unas ensaladas enormes y unas crepes. El horario de Gabriella no se diferenciaba demasiado del de Rick: un largo sueño reparador, un café y un desayuno tardío. Una o dos horas en el gimnasio y luego otro par de horas de trabajo. Cuando no actuaban, se suponía que el reparto debía reunirse y ensayar. Lo mismo que en el fútbol. Rick estaba convencido de que una soprano con problemas ganaba más que un quarterback itinerante con problemas, pero no mucho más.

Gabriella no mencionó a Carletto ni una sola vez.

Hablaron de sus carreras. Ella había empezado siendo adolescente, en Florencia, donde su madre seguía viviendo. Su padre había muerto. Empezó a ganar premios y a recibir audiciones con diecisiete años. Su voz se desarrolló precozmente y albergaron grandes esperanzas. Trabajó duro en Londres y fue ganando un papel tras otro, pero entonces la naturaleza hizo acto de presencia, la genética se impuso y estaba costándole concienciarse de que su carrera, de que su voz, había tocado techo.

A Rick lo habían abucheado tantas veces que ya ni se inmutaba, pero ser criticado de aquella manera sobre un escenario le parecía algo muy cruel. Le habría gustado comentarlo con ella, pero no quería sacar el tema, por lo que decidió preguntarle por *Otello*. Si iba a volver a verlo a la noche siguiente, quería comprenderlo todo. Gabriella diseccionó *Otello* durante largo rato mientras comían. No había prisa

Después del café, fueron a dar una vuelta y encontraron un puesto de helados. Cuando se despidieron, Rick se dirigió directo al gimnasio, donde sudó la gota gorda durante dos horas sin pensar en otra cosa que no fuera Gabriella.

15

Debido a un conflicto con el rugby, el entrenamiento del miércoles empezó a las seis de la tarde y fue mucho peor que el del lunes. Bajo una fina y fría lluvia, los Panthers sudaron la camiseta durante treinta minutos de ejercicios y carreras poco entusiastas, pero cuando acabaron, el suelo estaba demasiado húmedo para poder seguir haciendo nada más. El equipo volvió rápidamente a los vestuarios, donde Alex preparó el vídeo y el entrenador Russo intentó ponerse serio con el tema de los Rhinos de Milán, un equipo en expansión que el año anterior había jugado en la categoría inferior. Solo por esa razón los Panthers decidieron no tomarlos en consideración como verdaderos oponentes. Mientras Sam pasaba el vídeo, entre los jugadores corrían los chistes, los golpes bajos y las risas. Al final, cambió la cinta y puso el partido contra el Nápoles. Empezó con una secuencia de bloqueos fallidos por parte de la línea ofensiva y Nino y Franco no tardaron en enzarzarse en una discusión. Paolo, el Aggie de Texas y tackle izquierdo, se ofendió por algo que dijo Silvio, un apoyador, y el ambiente se enrareció. Los golpes bajos se lanzaban con más mala saña y se extendieron por todo el vestuario. Las palabras subieron de tono. Alex, pasando al italiano, no dejó títere con cabeza tras su repaso de todo aquel que llevaba una camiseta negra.

Rick se sentó junto a su taquilla, tranquilo, disfrutando de la bronca generalizada, pero consciente de lo que estaba haciendo Sam. Sam quería problemas, luchas internas, emoción. A menudo, un entrenamiento fastidioso o una sesión de vídeo aburrida pueden ser productivos. El equipo había perdido gas y estaba demasiado seguro de sí mismo.

Cuando encendieron las luces, Sam los envió a todos a casa. Casi nadie abrió la boca mientras se duchaban y se cambiaban. Rick salió a hurtadillas del estadio y se dirigió a toda prisa a su apartamento, se puso sus mejores ropas italianas y a las ocho en punto de la tarde estaba sentado en la quinta fila, a contar desde la orquesta del Teatro Regio. Ahora se sabía *Otello* al dedillo. Gabriella se lo había explicado todo.

Soportó el primer acto hasta que Desdémona apareció en la tercera escena, cuando entró en el escenario y se postró a los pies de su marido, el loco Otelo. Rick la observó con detenimiento y, con una sincronización perfecta, mientras Otelo se lamentaba de algo, Gabriella echó un rápido vistazo a la quinta fila para comprobar si él estaba allí. A continuación, empezó a cantar la réplica y contrarréplica con Otelo hasta que terminó el primer acto.

Rick esperó un segundo, tal vez dos, y luego empezó a aplaudir. La corpulenta *signora* de su derecha al principio se sorprendió, pero luego juntó las manos lentamente y acabó imitándolo. Su marido hizo lo mismo y el tímido aplauso se contagió al resto de asistentes. Se habían adelantado a quienes podrían haberse sentido tentados de abuchearla y de repente el público en conjunto decidió que Desdémona merecía un trato mejor del que se le había concedido hasta el momento. Envalentonado, y sabiendo que, de todos modos, a los demás también iba a darles igual, Rick lanzó un estentóreo «¡Bravo!». Dos filas más atrás, un caballero lo imitó, sin duda tan deslumbrado por la belleza de Desdémona como Rick. Unos cuantos sabios más coincidieron con ellos y, al tiempo que caía el telón,

Gabriella esperó en el centro del escenario, con los ojos cerrados y una sonrisa apenas perceptible.

A la una de la noche volvían a estar en el pub galés tomando unas copas y hablando de ópera y fútbol americano. La última representación de *Otello* se llevaría a cabo el domingo, cuando los Panthers estuvieran en Milán dándose de tortas con los Rhinos. Gabriella quería asistir a un partido y Rick la convenció para que se quedara en Parma otra semana.

Los tres estadounidenses tomaron el tren nocturno de las 10.05 del viernes a Milán, poco después del último entrenamiento de la semana, con la ayuda de Paolo el Aggie, quien les hacía de guía. El resto de los Panthers estaba en el Polipo atracándose de la pizza semanal.

El carrito de las bebidas se detuvo en sus asientos y Rick compró cuatro cervezas, la primera ronda, la primera de muchas. Sly dijo que apenas bebía, que su mujer no lo veía con buenos ojos, pero que en ese momento ella estaba en Denver, muy, muy lejos. Y aún le parecería más remota cuanto más avanzara la noche. Trey dijo que él prefería el whisky, pero que se conformaría con una cerveza. Paolo parecía dispuesto a vaciar un barril.

Una hora después se encontraban a la entrada de la iluminada periferia de Milán y Paolo les aseguró que se conocía la ciudad al dedillo. El chico de campo parecía visiblemente animado por pasar un fin de semana en la ciudad.

El tren se detuvo en la cavernosa Milano Centrale, la mayor estación de trenes europea, un lugar que había intimidado por completo a Rick un mes antes, al pasar por allí. Se apretujaron en un taxi y se dirigieron al hotel. Paolo se ocupó de todo. Habían escogido un hotel pasable, no demasiado caro, en una zona de la ciudad conocida por su vida nocturna. No hubo visitas culturales a la parte vieja de Milán, no les interesaban ni la historia ni el arte. Sobre todo a Sly, quien ya estaba harto de tantas catedrales, iglesias y calles adoquinadas. Se registraron en el hotel Johnny, al norte de Milán. Era un *albergo* dirigido por una familia, con cierto encanto y pequeñas habitaciones dobles. Una la ocuparían Sly y Trey y la otra Rick y Paolo. Las camas estrechas no estaban demasiado separadas y, mientras deshacía la maleta a toda prisa, Rick se preguntó hasta qué punto resultaría cómoda aquella distribución si ambos compañeros de habitación tenían suerte con las chicas.

La cena era una prioridad, al menos para Paolo, aunque los estadounidenses podrían haber pasado con un bocadillo por el camino. El italiano escogió un lugar llamado Quattro Mori por el pescado que preparaban; según él necesitaba descansar de tanta pasta y tanta carne parmesana. Comieron lucio recién pescado en el lago Garda y perca a la brasa del lago Como, pero el plato fuerte fue una tenca al horno rellena de miga de pan, queso parmesano y perejil. Paolo, por descontado, prefería una cena como está mandado, calmada, acompañada de vino y seguida del postre y el café. Los estadounidenses estaban listos para salir de marcha.

El primer bar fue un establecimiento al que llamaban disco-pub, un pub genuinamente irlandés con una larga happy hour tras la que todo el mundo se ponía a bailar sin que quedara un centímetro cuadrado libre. Llegaron sobre las dos de la noche y el pub trepidaba con un estridente grupo de punk británico y cientos de jóvenes que se convulsionaban como poseídos por la música. Apuraron unas cuantas cervezas y se acercaron a unas cuantas chicas. El idioma acabó siendo una barrera.

El segundo local resultó un lugar más tranquilo en el que cobraban diez euros por entrar, pero Paolo conocía a alguien que conocía a alguien más y pasaron gratis. Encontraron una mesa en el piso superior con vistas al escenario y a la pista de baile. Llegó una botella de vodka danés con cuatro vasos con hielo y la velada dio un giro distinto. Rick sacó una tarjeta de crédito y pagó las bebidas. Sly y Trey iban justos de dinero, igual que Paolo, aunque él intentaba disimularlo. Rick, el quarterback, con sus veinte mil al año, estaba encantado en su papel de pez gordo. Paolo desapareció y volvió con tres chicas, tres italianas muy atractivas dispuestas a conocer a los estadounidenses. Una chapurreaba el inglés, pero al cabo de unos minutos de conversación dificultosa, volvieron al italiano con Paolo, y los estadounidenses quedaron educadamente relegados a un segundo plano.

—¿Cómo vas a ligar si no hablan inglés? —le preguntó Rick a Sly.

—Mi mujer habla inglés.

Trey acompañó a una de las chicas a la pista de baile.

—Estas chicas europeas siempre queriendo ver qué tal se les da a los tipos negros —dijo Sly.

—Qué tragedia.

Al cabo de una hora, las italianas se fueron y el vodka se acabó.

La fiesta empezó pasadas las cuatro, cuando entraron en un abarrotado bar bávaro con un grupo de música reggae en el escenario. Casi todo el mundo hablaba inglés gracias a la cantidad de estudiantes estadounidenses y veinteañeros que por allí proliferaban. Cuando se alejaba de la barra con cuatro jarras de cerveza, Rick se encontró arrinconado por un grupo de señoritas que, a juzgar por el acento, debían de ser del sur.

—De Dallas —dijo una.

Eran agentes de viajes, treintañeras y seguramente casadas, aunque no se veían las alianzas por ninguna parte. Rick dejó las cervezas en la mesa de las chicas y se las ofreció. Al cuerno con sus colegas y el compañerismo. Al cabo de pocos segundos estaba bailando con Beverly, una pelirroja algo entradita en carnes y de piel muy suave. Cuando Beverly bailaba el contacto era total. La pista estaba abarrotada, todos chocaban contra todos y, para mantenerse cerca, Beverly no le sacaba las manos de encima. Lo abrazaba, se abalanzaba sobre él, lo manoseaba, hasta que entre canción y canción propuso al quarterback que se retirasen a un rincón para estar solos, lejos de la competencia. Era una lapa y una lapa muy decidida.

No había señal de los demás Panthers.

Sin embargo, Rick la acompañó de vuelta a la mesa, donde sus amigas agentes de viajes asaltaban a todo tipo de hombres. Bailó con una llamada Lisa, de Houston, cuyo ex marido se había fugado con su socia de bufete, etcétera. Era un aburrimiento; si tenía que elegir, prefería a Beverly.

Paolo apareció por allí para comprobar la integridad de su quarterback, y con su inglés de marcado acento italiano emocionó a las damas con una sarta increíble de mentiras. Rick y él eran jugadores de rugby famosos de Roma que viajaban por todo el mundo con su equipo, ganaban millones y vivían a lo grande. Rick no acostumbraba mentir para ligar porque no solía necesitarlo, pero le divertía ver cómo el italiano se ganaba a su público.

Según le dijo Paolo mientras se trasladaban a otra mesa, Sly y Trey se habían ido con dos rubias que hablaban inglés, aunque con acento extraño. Rick pensó que seguramente serían irlandesas.

Al tercer baile, o tal vez fuera el cuarto, Beverly lo convenció al fin para escabullirse con ella por una puerta lateral y así despistar a sus amigas. Caminaron unas cuantas manzanas sin tener ni la más remota idea de dónde estaban y finalmente llamaron a un taxi. Se manosearon durante diez minutos en el asiento trasero, hasta que el coche se detuvo en el Regency. La habitación de Beverly estaba en la quinta planta. Cuando Rick corrió las cortinas, vio que empezaba a amanecer.

Consiguió abrir un ojo a primera hora de la tarde, con el que vio una uña de pie pintada de rojo y comprendió que Bev seguía durmiendo. Lo cerró y volvió a dormirse. Se sintió todavía más aturdido la segunda vez que se despertó. Ella no estaba en la cama, sino en la ducha, momento que Rick aprovechó para pensar en cómo salir de allí.

Aunque no solía tardar en despedirse y quitárselas de encima, no por eso lo odiaba menos. Siempre era igual. ¿El sexo fácil valía las mentiras precipitadas? «Eh, estuviste genial, pero tengo que irme.» «Claro, te llamaré.»

¿Cuántas veces había abierto los ojos intentando recordar el nombre de la chica, intentando decidir dónde la había conocido, intentando recuperar los detalles del hecho en cuestión o por lo menos el momento trascendental en que se las llevaba a la cama?

El grifo de la ducha seguía abierto. Rick tenía la ropa amontonada junto a la puerta.

De repente se sintió mayor, no necesariamente más maduro, pero desde luego sí cansado del papel del soltero con el brazo de oro que va de cama en cama. Todas las mujeres habían sido de usar y tirar, desde las guapas animadoras de la universidad hasta aquella extraña en una ciudad extranjera.

El número del futbolista semental se había acabado y lo había hecho con el último partido en Cleveland.

Pensó en Gabriella, aunque enseguida intentó borrarla de su mente. Era extraño sentirse culpable tumbado bajo unas sábanas finas oyendo caer el agua de la ducha sobre el cuerpo de una mujer cuyo apellido desconocía.

Se vistió rápidamente y esperó. Cerraron el grifo y Bev salió envuelta en un albornoz.

—Ah, estás despierto —dijo, con una sonrisa forzada.

—Por fin —contestó él, levantándose y con ganas de terminar con aquello lo más rápido posible. Esperaba que ella no intentara retenerlo y quisiera ir a tomar algo, salir a cenar y otra noche de lo mismo—. Tengo que irme.

—Hasta la vista —contestó ella, volviendo sin más al baño y cerrando la puerta.

Rick oyó que corría el pasador.

Fantástico. Ya en el pasillo Rick pensó que Beverly seguramente estaba casada y que se sentía bastante más culpable que él.

Los cuatro amigos intentaron sobrellevar sus resacas mientras daban cuenta de una pizza y unas cervezas e intercambiaban sus historias. Para su sorpresa, Rick encontró absurda aquella conversación de adolescentes.

—¿Habéis oído hablar alguna vez de la regla de las cuarenta y ocho horas? —preguntó, aunque se apresuró a contestar antes de que ninguno tuviera tiempo de responder—: Es bastante conocida en el fútbol profesional: nada de alcohol cuarenta y ocho horas antes de la patada inicial.

—La patada inicial es de aquí a veinticuatro horas —dijo Trey.

—Al cuerno con esa norma —dijo Sly, apurando su jarra.

—Solo digo que esta noche nos lo tomemos con calma —se explicó Rick.

Los demás asintieron con un gesto de cabeza, pero no se comprometieron a nada. Encontraron un disco-pub medio vacío y estuvieron lanzando dardos durante una hora mientras el local se llenaba y el grupo de música se preparaba en un rincón. De repente, el pub se atestó de estudiantes alemanes, la mayoría chicas, con ganas de pasárselo bien. Los dardos quedaron olvidados cuando empezó la música.

Y los dardos no fueron lo único.

El fútbol americano era menos popular en Milán que en Parma. Se decía que había unos cien mil yanquis viviendo en Milán y era evidente que la mayoría odiaba ese deporte, ya que apenas unos doscientos acudieron a la patada inicial.

El campo de los Rhinos era un viejo estadio de fútbol europeo con varias gradas, todas descubiertas. El equipo había jugado muchos años en la liga inferior antes de subir aquella temporada. No eran rivales para los magníficos Panthers, lo que complicaba el encontrar una explicación para los veinte puntos de ventaja que los Rhinos les sacaban en el descanso.

El primer tiempo fue la peor pesadilla de Sam. Tal como había temido, el equipo estaba apagado y apático y no había gritos que consiguieran motivarlos. Tras cuatro carreras, Sly estaba en la línea de banda sin aliento. Franco perdió el balón en su primera y última carrera. Su fantástico quarterback parecía un poco lento y no había manera de que completara un pase. En dos de ellos vaciló el tiempo suficiente para que el asegurador de los Rhinos se hiciera con ellos. Rick perdió una entrega de balón y se negó a correr con él. Parecía que llevara botas de cemento.

Mientras abandonaban el campo en el descanso, Sam fue tras su quarterback.

—¿Estás resacoso? —le preguntó en voz bastante alta, o al menos lo suficiente para que el resto del equipo lo oyera—. ¿Cuánto llevas en Milán? ¿Todo el fin de semana? ¿Has estado borracho todo el fin de semana? ¡Tienes un aspecto que da pena y así es como juegas, y lo sabes!

—Gracias, entrenador —contestó Rick, sin detenerse.

Sam lo siguió, sin separarse de él, y los italianos les abrieron paso.

—Se supone que eres el capitán, ¿de acuerdo?

—Gracias, entrenador.

—Y te presentas con los ojos enrojecidos, resacoso y encima eres incapaz de dar pie con bola. Eres una vergüenza, ¿lo sabes?

—Gracias, entrenador.

En el vestuario, Alex Olivetto lo relevó en italiano y no fue nada agradable. Muchos Panthers lanzaban miradas asesinas a Rick y a Sly, quien apretaba los dientes intentando detener las náuseas. Trey no había cometido errores garrafales en la primera parte, pero desde luego tampoco se había lucido. Hasta el momento, Paolo había conseguido sobrevivir ocultándose entre la masa de humanidad en la línea de golpeo.

Rick tuvo un flashback: volvía a estar en la habitación de hospital de Cleveland, viendo las noticias destacadas de la ESPN y con ganas de alcanzar la bolsa de intravenoso y girar la válvula para que la vicodina entrara libremente en su riego sanguíneo y lo sacara de su miseria.

¿Dónde estaban las drogas cuando las necesitaba? ¿Y se podía saber por qué le gustaba aquel juego?

Cuando Alex se cansó, Franco pidió a los entrenadores que salieran del vestuario, lo que hicieron encantados. A continuación, el juez se dirigió a sus compañeros y, sin levantar la voz, les pidió que se esforzaran más. Todavía tenían tiempo. Los Rhinos eran inferiores.

Lo hizo en italiano, pero Rick captó el mensaje.

El regreso de los Panthers empezó de manera espectacular, aunque terminó casi antes de empezar. En la segunda jugada del tercer cuarto, Sly atravesó la línea como una bala y corrió sesenta y cinco yardas para completar un sencillo touchdown, pero cuando llegó a la zona de anotación, ya no podía más. Apenas le dio tiempo de volver a la línea de banda antes de agacharse detrás del banquillo y vomitar los restos de la juerga del fin de semana. Rick lo oyó, pero prefirió no mirar.

Voló un pañuelo, y al cabo de una pequeña discusión, la jugada fue anulada. Nino había tirado de la máscara de un apoyador y luego había metido una rodilla en su ingle. Fue expulsado y aunque la acción infundió ánimos a los Panthers, también enfureció a los Rhinos. Los insultos y las provocaciones alcanzaron cotas desagradables y Rick escogió el peor momento para amagar una entrega y salir corriendo con el balón. Avanzó quince yardas y, para demostrar su determinación, agachó la cabeza en vez de salir del campo. Acabó masacrado por la mitad de la defensa de los Rhinos. Regresó tambaleante a la agrupación y comunicó una jugada de pase para Fabrizio. El nuevo centro, un hombre de cuarenta años llamado Sandro, hizo un saque defectuoso desde la línea, el balón acabó en pelota suelta y Rick cayó sobre él. Un enorme y enojado tackle lo clavó al suelo, para asegurarse. En tercera y catorce, Rick le lanzó un pase a Fabrizio. La bala iba con demasiada fuerza y alcanzó al joven en el casco, quien se lo quitó de inmediato y se lo lanzó enfadado a Rick en cuanto dejaron el terreno de juego.

Fabrizio también abandonó el campo. La última vez que se le vio iba corriendo en dirección al vestuario.

Sin juego de carrera ni aéreo, al equipo atacante de Rick le quedaban muy pocas opciones. Franco intentaba meter el balón en medio de la pila de jugadores una y otra vez, toda una heroicidad.

Al final del último cuarto, arrastrando un 34-0, Rick se sentó solo en el banquillo y vio cómo la defensa luchaba con valentía para salvar su orgullo. Pietro y Silvio, los dos apoyadores psicópatas, golpeaban como poseídos y gritaban a la defensa que matara a quien tuviera el balón.

Rick no recordaba haberse sentido peor en ningún otro partido de fútbol. Lo enviaron al banquillo en la última posesión.

—Descansa —le dijo Sam entre dientes, y Alberto salió al campo para unirse a la agrupación.

El avance necesitó de diez jugadas, todas por tierra, y consumió cuatro minutos. Franco machacaba por el centro, y Andreo, que había sustituido a Sly, barrió a izquierda y derecha, un poco lento y sin apenas moverse, pero con absoluta determinación. Jugando únicamente para salvar el orgullo, los Panthers por fin anotaron a diez segundos del final, cuando

Franco se abrió camino dando bandazos hasta la zona de anotación. El punto adicional fue bloqueado.

El viaje en autocar de vuelta a casa resultó largo e incómodo. Nadie se sentó con Rick, quien sufrió solo. Los entrenadores se sentaron al principio, indignados. Alguien se enteró por el móvil que el Bérgamo había ganado fuera de casa al Nápoles por 42-7, lo que empeoró un día ya malo de por sí.

16

Por fortuna, la *Gazzetta di Parma* no mencionó el partido. Sam leyó la página de deportes a primera hora del lunes y por una vez se alegró de estar justo en medio de la tierra del fútbol europeo. Pasó las hojas del periódico mientras esperaba a Hank y a Claudelle Withers, de Topeka, aparcado en la acera del hotel Palace Maria Luigia. Se había pasado el sábado anterior enseñándoles los lugares más destacadas del valle del Po y habían pedido otro día entero de visitas.

Sam se lamentaba de no haber pasado el domingo también con ellos y haberse saltado Milán.

En ese momento sonó su teléfono móvil.

—¿Sí?

—Sam, soy Rick.

Sam dio un pequeño respingo, tuvo un mal presentimiento y al final dijo:

—¿Qué ocurre?

—¿Dónde está?

—Hoy hago de guía. ¿Por qué?

—¿Tiene un momento?

—No, como ya te he dicho, estoy trabajando.

—¿Dónde está?

—En la entrada del hotel Palace Maria Luigia.

—Llegaré en cinco minutos.

Poco después Rick dobló la esquina, corriendo y sudando como si llevara haciéndolo una hora. Sam bajó lentamente del coche y se apoyó contra el guardabarros.

Rick se acercó, se detuvo en la acera y respiró hondo un par de veces antes de hablar.

—Bonito coche —dijo, fingiendo que admiraba el caro automóvil negro.

—Es de alquiler —contestó Sam, quien no tenía ganas de hablar.

Rick hizo otra honda inspiración y a continuación se adelantó un paso más.

—Siento lo de ayer —se disculpó, mirando a su entrenador directamente a los ojos.

—Puede que para ti sea un pasatiempo —protestó Sam—, pero para mí es trabajo.

—Tiene derecho a estar cabreado.

—Vaya, gracias.

—No volverá a suceder.

—Ya lo creo que no. Si vuelves a aparecer en ese estado, te aseguro que chuparás banquillo. Prefiero perder con Alberto y un poco de dignidad que perder con una diva con resaca. Fue vergonzoso.

—Adelante, desahóguese. Me lo merezco.

—Ayer perdiste mucho más que un partido. Perdiste a tu equipo.

—No estaban precisamente en forma.

—Cierto, pero no les cuelgues a ellos el muerto. Tú eres la clave, te guste o no. Se nutren de ti, o al menos lo hacían.

Rick se quedó mirando al vacío, viendo pasar varios coches.

—Lo siento, Sam. No volverá a suceder.

—Eso ya lo veremos. —Hank y Claudelle salieron del hotel y saludaron a su guía—. Ya hablaremos —le dijo entre dientes, y subió al coche.

El domingo de Gabriella había sido tan desastroso como el de Rick. En la última representación de *Otello*, la soprano había estado apagada y poco inspirada según su opinión y, evidentemente, también la del público. Se lo explicó con desgana mientras comían, y aunque Rick quería saber si habían vuelto a abuchearla, no se lo preguntó. Gabriella estaba triste y preocupada, y Rick intentó animarla describiéndole el lamentable partido de Milán. Mal de muchos, consuelo de tontos, y estaba seguro de que su actuación había sido mucho peor que la de ella.

No funcionó. A mitad de la comida Gabriella le informó, con pesar, de que se iba a Florencia en unas horas. Necesitaba ir a casa y alejarse de Parma y de la presión del escenario.

—Prometiste quedarte otra semana —protestó Rick, intentando no parecer desesperado.

—No, tengo que irme.

—Creía que querías ver un partido de fútbol.

—Quería, pero ahora ya no. Lo siento, Rick.

Rick dejó de comer e intentó fingir que no le afectaba la decisión de Gabriella y que la apoyaba, pero se le notaba la frustración en la cara.

—Lo siento —insistió Gabriella, aunque Rick dudó de su sinceridad.

—¿Es por Carletto?

—No.

—Pues yo creo que sí.

—Carletto siempre está ahí, en algún lugar. No va a irse a ningún sitio. Llevamos juntos demasiado tiempo.

Exacto, demasiado tiempo. Deja al gilipollas ese y pasémonoslo bien. Rick se mordió la lengua y decidió no suplicarle. Llevaban juntos siete años y tenían una relación muy complicada. Si se metía en medio, o si tan solo revoloteaba alrededor, podía salir escaldado. Rick apartó el plato unos centímetros y juntó las manos. Gabriella tenía los ojos húmedos, pero no lloraba.

Estaba hecha un guiñapo. Había llegado a un punto sobre el escenario en que su carrera se tambaleaba. Rick sospechaba que Carletto le había lanzado más amenazas que prestado apoyo, aunque ¿cómo iba él a saberlo?

De modo que acabó así, como la mayoría de los breves idilios que había echado a perder a lo largo del camino. Un abrazo en la acera, un beso incómodo, un par de lagrimillas por parte de ella, despedidas, promesas de volver a llamarse y, finalmente, un saludo final con la mano. Sin embargo, al verla alejarse por la calle, deseó echar a correr detrás de ella y suplicarle como un tonto. Rezó para que se detuviera, se diera la vuelta y volviera corriendo con él.

Rick caminó varias manzanas intentando sacudirse el aturdimiento de encima, pero al ver que no lo conseguía, se puso la ropa de correr y se fue al Stadio Lanfranchi.

No había nadie en los vestuarios salvo Matteo, el preparador físico, quien no se ofreció a darle un masaje. Se mostró educado con él, pero había perdido parte de su habitual jovialidad. Matteo quería estudiar medicina deportiva en Estados Unidos y por esa razón dedicaba a Rick toneladas de atención que este no deseaba. Sin embargo, ese día el joven parecía contrariado y no tardó en desaparecer.

Rick se estiró en la mesa de masaje, cerró los ojos y pensó en la chica. Luego pensó en Sam y en su plan de pescarlo antes del entrenamiento de ese día y, con el rabo entre las piernas, volver a intentar reparar el daño. Pensó en los italianos y casi temió el vacío que pudieran hacerle. Sin embargo, siendo de la casta que eran, no parecía muy probable que reprimieran sus sentimientos e imaginó que tras unos cuantos encontronazos y algunas palabras duras todos volverían a abrazarse y a ser amigos de nuevo.

—Eh, amigo —dijo alguien, sacándolo de su ensimismamiento con un respingo.

Era Sly, vestido con tejanos y chaqueta, con aspecto de ir a algún sitio. Rick se incorporó y los pies le quedaron colgando por el borde de la camilla.

—¿Qué hay?

—¿Has visto a Sam?

—Todavía no ha llegado. ¿Adónde vas?

Sly se apoyó en la otra mesa de masaje, dobló los brazos y frunció el ceño.

—A casa, Ricky, me voy a casa —dijo, en voz baja.

—¿Lo dejas?

—Llámalo como quieras. Todos lo dejamos en algún momento.

—No puedes largarte ahora, Sly, después de solo dos partidos. ¡Venga ya!

—He hecho las maletas y el tren sale de aquí a una hora. Mi amada esposa estará esperándome en el aeropuerto de Denver cuando llegué allí mañana. Tengo que irme, Ricky, se acabó. Estoy cansado de perseguir un sueño que no alcanzaré jamás.

—Te entiendo, Sly, pero te vas en mitad de la temporada. Me dejas con una línea ofensiva en que nadie corre las cuarenta yardas en menos de cinco segundos, salvo yo, y se supone que yo no soy de los que tienen que correr.

Sly asentía con la cabeza y miraba a su alrededor. Era obvio que había pensado entrar sin que le vieran, hablar con Sam y salir del mismo modo. Rick tenía ganas de estrangularlo; la idea de entregar el balón al juez Franco veinte veces por partido no le seducía en absoluto.

—No tengo elección, Rick —se justificó Sly, bajando aún más la voz, con mayor tristeza—. Mi mujer me ha llamado esta mañana, embarazada y muy sorprendida de estar embarazada. Está harta. Quiere tener un marido de verdad, en casa. Además, ¿qué hago yo aquí? Ligar con jovencitas en Milán como si todavía estuviera en la universidad. Estamos engañándonos.

—Te has comprometido a jugar toda la temporada. Nos dejas sin juego por tierra. No es justo.

—Nada es justo.

Sly había tomado una decisión y, por mucho que Rick protestara, no iba a cambiar de idea. Siendo ambos estadounidenses, se habían visto obligados a jugar juntos en una tierra extranjera, habían sobrevivido juntos y se lo habían pasado bien, pero nunca llegarían a ser amigos íntimos.

—Encontrarán a otro —dijo Sly, poniéndose derecho y preparándose para irse—. Es el pan de cada día.

—¿A media temporada?

—Sí. Espera y verás. El domingo Sam ya tendrá un corredor de habilidad. —Rick se relajó un poco—. ¿Vuelves a casa en julio?

—Sí.

—¿Lo intentarás en algún otro sitio?

—No lo sé.

—Si vas a Denver, llámame, ¿vale?

—Claro.

Tras un breve y masculino apretón de manos, Sly se fue. Rick lo siguió con la mirada mientras este escapaba con prisa por la puerta lateral y supo que no volvería a verlo nunca más. Y Sly no volvería a ver ni a Rick, ni a Sam, ni a ninguno de los italianos. Desaparecería de Italia y no volvería jamás.

Una hora después, Rick informó a Sam, a quien el día se le había hecho eterno junto a Hank y a Claudelle. Sam lanzó una revista contra la pared mientras profería la esperada retahíla de improperios.

—¿Conoces a algún corredor? —le preguntó a Rick, cuando consiguió calmarse un poco.

—Sí, a uno muy bueno: a Franco.

—Muy gracioso. Estadounidenses, preferiblemente jugadores universitarios que corran que se las pelen.

—Ahora mismo no.

—¿No podrías llamar a tu agente?

—Podría, pero no parece tener mucha prisa en devolverme las llamadas. Creo que se ha deshecho de mí extraoficialmente.

—Estás en buena racha.

—Estoy teniendo un día magnífico, Sam.

17

Los Panthers empezaron a llegar al campo a las ocho de la tarde del lunes. Se respiraba un ambiente callado y sombrío. Estaban avergonzados por la derrota y la noticia de que la mitad de la ofensiva había huido de la ciudad no ayudaba a levantar la moral. Rick estaba sentado en un taburete, delante de su taquilla, dándoles la espalda y con la cabeza enterrada en el libro de jugadas. Sentía las miradas y el resentimiento y sabía que había metido la pata hasta el fondo. Tal vez no fuera más que un equipo amateur, pero ganar era importante y el compromiso mucho más.

Fue pasando las hojas despacio, mirando las equis y los circulitos sin verlos. Quien las hubiera ideado, había dado por supuesto que el equipo atacante contaba con un corredor de habilidad que sabía correr y con un receptor que sabía recibir. Rick podía pasar el balón, pero si no había alguien en el otro extremo, las estadísticas recogerían otro pase fallido.

Nadie había visto a Fabrizio. Su taquilla estaba vacía.

Sam reclamó su atención y dedicó unas palabras comedidas al equipo. No tenía intención de gritar, sus jugadores ya se sentían suficientemente mal. El partido del día anterior había terminado y en seis días tenían otro. Les informó de la noticia sobre Sly, aunque el rumor ya había corrido entre ellos.

El rival siguiente era el Bolonia, un equipo fuerte que solía jugar la Super Bowl. Sam habló de los Warriors y por lo que dijo parecían bastante duros. Habían ganado con facilidad los dos primeros partidos con una extenuante ofensiva terrestre dirigida por un corredor de habilidad llamado Montrose, quien había jugado anteriormente en Rutgers. Montrose acababa de llegar al equipo y su leyenda crecía semana tras semana. El día anterior, contra los Gladiatori de Roma, había corrido con el balón veintiocho veces, había hecho más de trescientas yardas y cuatro touchdowns.

Pietro juró en voz alta que le partiría las piernas, declaración que fue bien recibida por el resto de sus compañeros.

Tras una charla poco entusiasta para levantarles el ánimo, el equipo salió de los vestuarios y pisó el campo de juego. La mayoría de los jugadores solían estar entumecidos y doloridos el día posterior al partido, por lo que Alex les hizo trabajar sin llevarlos al límite. Hicieron varios ejercicios y estiramientos suaves y luego los dividió en atacantes y defensores.

La propuesta de Rick para la nueva disposición del equipo atacante era que Trey, profundo libre, pasara a ser receptor abierto y así lanzarle balones treinta veces por partido. Trey era veloz, tenía buenas manos, sus reflejos eran rápidos y había jugado de receptor abierto en el instituto. A Sam no le entusiasmaba la idea, principalmente porque procedía de Rick y en esos momentos apenas se hablaba con su quarterback. Sin embargo, a mitad del entrenamiento, Sam lanzó un llamamiento a quien quisiera jugar de receptor. Rick y Alberto lanzaron varios pases fáciles a un puñado de candidatos durante media hora, tras la cual Sam llamó a Trey y efectuó el cambio. La presencia del profundo libre en el equipo atacante dejaba un gran hueco en la defensa.

—Si no podemos pararlos, tal vez podamos ganarles a puntos —musitó Sam entre dientes, mientras se rascaba la gorra—. Vamos a ver una cinta —dijo, y tocó el silbato.

El pase de vídeo del lunes por la noche se transformó en

una cerveza fría y unas cuantas risas, justo lo que el equipo necesitaba. Botellines de la marca nacional favorita corrieron de mano en mano y el ambiente se animó considerablemente. Sam decidió olvidar la cinta de los Rhinos y se concentró en la del Bolonia. En defensa, los Warriors tenían un buen frente y también un profundo fuerte que había jugado dos años en la AFL y que golpeaba con bastante dureza. Un cazador de cabezas.

Justo lo que necesitaba: otra conmoción cerebral, pensó Rick mientras engullía un largo trago de cerveza. Montrose parecía un poco lento, los defensas del Roma todavía más y Pietro y Silvio pronto los descartaron como amenaza.

—Los aplastaremos —dijo Pietro en inglés.

La cerveza corrió hasta después de las once, cuando Sam apagó el proyector y envió a todo el mundo a casa con la advertencia habitual de que el entrenamiento del miércoles sería duro. Rick y Trey se quedaron y abrieron otro botellín con Sam cuando todos los italianos se hubieron ido.

—El señor Bruncardo es contrario a traer otro corredor —anunció Sam.

—¿Por qué? —preguntó Trey.

—No estoy seguro, pero creo que es por dinero. La derrota de ayer lo tiene bastante preocupado. Si no podemos optar a la Super Bowl, ¿para qué malgastar más dinero? De todas maneras, esto no es precisamente un negocio demasiado lucrativo para él.

—¿Por qué lo hace? —preguntó Rick.

—Excelente pregunta. En Italia tienen leyes tributarias bastante curiosas según las cuales ser dueño de un equipo cancela gran parte de la deuda. Si no, no tendría sentido.

—La solución es Fabrizio —dijo Rick.

—Olvídalo.

—Lo digo en serio. Con Trey y Fabrizio tenemos dos grandes receptores. Ningún equipo de la liga puede permitirse dos estadounidenses en la secundaria, así que no pueden cubrirnos. No necesitamos un corredor de habilidad. Franco puede hacer cincuenta yardas por partido, resoplando, y tener a la defensa pendiente de él. Con Trey y Fabrizio, podemos jugar a pases cortos y recepciones para cuatrocientas yardas.

—Estoy harto de ese crío —dijo Sam, y no volvió a hablarse de Fabrizio.

Un rato después, en un pub, Rick y Trey brindaron por Sly y lo maldijeron al mismo tiempo. Aunque ninguno quería admitirlo, añoraban estar en casa y envidiaban a Sly por haberse ido.

El martes por la tarde, Rick y Trey, junto con Alberto, el abnegado suplente, se encontraron con Sam en el campo y estuvieron estudiando rutas de precisión, sincronizaciones, señales gestuales e hicieron una revisión general de la defensa durante tres horas. Nino llegó tarde a la fiesta. Sam le informó de que estaban cambiando a una formación de escopeta para lo que quedaba de temporada y él se puso a practicar sus saques como un poseso. Con el tiempo, mejoraron hasta tal punto que Rick no tenía que salir a buscarlos detrás de la línea de golpeo.

El miércoles por la noche, vestidos con toda la parafernalia, Rick distribuyó a los receptores, Trey y Claudio, y empezó a lanzar pases a todas partes. Slants, postes, ganchos... todas las rutas funcionaron. Le lanzaba a Claudio con la frecuencia necesaria para que no se durmiera la defensa y cada diez jugadas encajaba el balón en el estómago de Franco para ver un poco de movimiento más duro en la línea. Trey era imparable. Al cabo de una hora de corretear arriba y abajo por el campo, necesitó un descanso. El equipo atacante, que tres días antes estaba al borde de la aniquilación por un equipo milanés inferior, ahora parecía capaz de marcar a placer. El equipo salió de su sopor y pareció revivir. Nino empezó a insultar a la defensa y Pietro y él no tardaron en devolverle las puyas. A alguien se le escapó un puñetazo que inició de inmediato una riña, y cuando Sam consiguió que las aguas volvieran a su cauce, era el tipo más feliz de Parma. Estaba viendo lo que quería todo entrenador: ¡emoción, el ánimo encendido y rabia!

Dejó que se fueran a las diez y media. El vestuario era un caos: por el aire volaban calcetines sucios, chistes verdes, insultos y amenazas de robar novias; las cosas volvían a la normalidad. Los Panthers estaban preparados para la guerra.

Sam recibió la llamada en su móvil. El hombre dijo que era abogado y se ponía en contacto con él por algo relacionado con el deporte y el marketing. Hablaba muy rápido en italiano, y por teléfono aún lo parecía más. A veces Sam se ayudaba leyendo los labios y los gestos de su interlocutor.

El abogado por fin fue al grano: representaba a Fabrizio. Lo primero que pensó Sam fue que el crío se había metido en problemas. Nada más lejos. El abogado también era agente deportivo y contaba con muchos jugadores de fútbol europeo y de baloncesto en su cartera. Quería negociar un contrato para su cliente.

Sam se quedó boquiabierto. ¿Agentes? ¿En Italia?

Adiós al juego.

—Ese hijo de puta se fue del campo en medio de un partido —dijo Sam en el brusco equivalente italiano.

—Estaba alterado y lo siente. Es obvio que no podéis ganar sin él.

Sam se mordió la lengua y contó hasta cinco. Calma, se dijo. Un contrato significaba dinero, algo que ningún Panther italiano había pedido nunca. Corrían rumores de que los italianos del Bérgamo cobraban una nómina, pero era el único caso de toda la liga.

Síguele el juego, pensó Sam.

—¿En qué tipo de contrato está pensando? —preguntó, muy serio.

—Es un gran jugador, eso ya lo sabe. Seguramente el mejor jugador italiano de todos los tiempos, ¿no cree? Yo diría que unos dos mil euros al mes.

—Dos mil —repitió Sam, antes de oír la típica réplica de los agentes.

—Y estamos en tratos con otros equipos.

—Bien, pues sigan tratando. No nos interesa.

—Podría conformarse con menos, pero no demasiado.

—La respuesta es no, amigo. Y dígale al chaval que no se acerque por el campo a no ser que quiera salir con una pierna rota.

Charley Cray, del *Cleveland Post*, se presentó en Parma ya entrada la tarde del sábado. Uno de sus muchos lectores había topado con la página web de los Panthers y le había llamado la atención la noticia de que el Mayor Asno de la lista de Cray se escondiera en Italia.

La historia era demasiado suculenta para desaprovecharla.

El domingo, Cray cogió un taxi en el hotel e intentó explicarle al conductor adónde quería ir. El taxista no estaba familiarizado con el *football americano* y no sabía dónde se encontraba el campo. Genial, pensó Cray, los taxistas ni siquiera son capaces de encontrar el campo. La historia mejoraba por momentos.

Al final llegó al Stadio Lanfranchi treinta minutos antes de la patada inicial. Contó 145 personas en las gradas, 40 Panthers de negro y plata, 36 Warriors de blanco y azul y un jugador negro en cada equipo. Calculó que habría unas 850 personas al inicio del partido.

Esa noche, ya tarde, acabó el artículo y lo comprimió para

enviarlo a Cleveland con tiempo más que suficiente para que apareciera publicado en el especial deportivo de los lunes por la mañana. No recordaba la última vez que se lo había pasado tan bien. El artículo decía:

UN PEZ GORDO EN LA LIGA DE LA PIZZA

Parma, Italia. En su desastrosa carrera en la NFL, Rick Dockery completó 16 pases para 241 yardas, y eso en seis equipos diferentes a lo largo de cuatro años. Hoy, jugando con los Panthers de Parma en la versión italiana de la NFL, Dockery ha superado esas cifras. ¡En la primera parte!

21 pases completos, 275 yardas, 4 touchdowns y, lo más increíble de todo, ni una sola intercepción.

¿Es este el mismo quarterback que, sin ayuda de nadie, echó a perder el título de la AFC? ¿El mismo desconocido que fichó la pasada temporada por los Browns por motivos todavía desconocidos y quien ahora está considerado como el Mayor Asno del fútbol americano profesional?

Sí, es el *signor* Dockery. Y en este maravilloso día de primavera en el valle del Po ha estado simplemente magistral: ha lanzado bellas espirales, ha aguantado como un valiente en la bolsa, ha adivinado la intención de la defensa —por llamarla de alguna manera— y, lo crean o no, se ha escabullido para yardas cuando ha sido necesario. Rick Dockery por fin ha encontrado su sitio. Es el hombre, con mayúsculas, jugando entre un montón de niños demasiado grandes.

Ante un ruidoso público que no llegaba al millar de espectadores y en un campo de rugby de 90 yardas, los Panthers de Parma han recibido a los Warriors de Bolonia. Hasta la Universidad de Slippery Rock les sacaría veinte puntos de ventaja, pero ¿eso qué más da? Según el reglamento italiano, todos los equipos pueden tener hasta un máximo de tres estadounidenses. Hoy, el receptor favorito de Dockery ha sido Trey Colby, un hombre esquelético, antiguo jugador de la Universidad de Mississippi, que no ha podido ser marcado por la línea secundaria del Bolonia bajo ningún esquema defensivo.

Colby corría como si lo persiguiera el diablo. ¡Ha anotado tres touchdowns en los primeros diez minutos!

Los demás Panthers son jóvenes alborotadores que han escogido este deporte como un pasatiempo. Ni uno solo podría ser titular en el equipo de tercera regional de un instituto de Ohio. Son blancos, lentos, bajos y juegan al fútbol americano porque no saben jugar al europeo o al rugby.

(Por cierto, el rugby, el baloncesto, el voleibol, la natación, las motos y el ciclismo están mucho mejor considerados que el *football americano* en esta parte del mundo.)

Sin embargo, los Warriors no han sido pan comido. Su quarterback jugó en la Universidad de Rhodes (¿dónde?, en Memphis, tercera división) y su corredor de habilidad hizo una carrera con el balón en una ocasión (58 veces en tres años) para la de Rutgers. Se llama Ray Montrose y hoy ha conseguido doscientas yardas y tres touchdowns, incluido el punto ganador del partido a un minuto del final.

Exacto, ni siquiera aquí, en Parma, Dockery consigue deshacerse de los fantasmas del pasado. Con una ventaja de 27 a 7 en la media parte, una vez más se las ha arreglado para arrancarle la derrota a la victoria. Sin embargo, para ser justos, él no ha tenido toda la culpa. En la primera jugada de la segunda parte, Trey Colby tomó altura para intentar atrapar un pase errado (menuda sorpresa) y aterrizó mal. Lo sacaron del campo con una fractura expuesta en la pierna izquierda. El equipo atacante hirvió de indignación y el señor Montrose empezó a campar a sus anchas por el campo. Los Warriors consiguieron un avance espectacular cuando el tiempo se agotaba y ganaron por 35 a 34.

Rick Dockery y sus Panthers han perdido los dos últimos partidos y, a falta de cinco encuentros, sus posibilidades de llegar a los play-offs parecen escasas. Se disputa una Super Bowl italiana en julio y es evidente que los Panthers creían que Dockery podía llevarlos a ella.

Deberían haberle preguntado a los seguidores de los

Browns. Les habríamos dicho que se deshicieran de ese paquete y que se buscaran un quarterback de verdad, uno de una escuela universitaria. Y rápido, antes de que Dockery empiece a lanzar pases al otro equipo.

Nosotros sabemos lo que este pistolero es capaz de hacer. Pobres Panthers de Parma.

18

Rick y Sam esperaban como futuros padres al final del pasillo de la segunda planta del hospital. Eran las once y media de la noche del domingo y Trey llevaba en el quirófano desde poco después de las ocho de la tarde. La jugada había consistido en un pase de treinta yardas al medio campo, cerca del banquillo de los Panthers. Sam había oído el chasquido del peroné. Rick no, aunque había visto la sangre y el fragmento de hueso que asomaba a través del calcetín.

Apenas dijeron nada mientras mataban el tiempo leyendo revistas. Sam opinaba que todavía podían clasificarse para los play-offs si ganaban los cinco partidos restantes, una gesta nada fácil puesto que todavía tenían que enfrentarse al Bérgamo. Y Bolzano volvía a estar en forma: acababan de perder ante el Bérgamo por solo dos puntos. Sin embargo, ganar parecía muy poco probable con los pocos atacantes que les quedaban y sin un solo estadounidense en la secundaria para neutralizar las jugadas de pase.

Reconfortaba más olvidarse del fútbol y hojear revistas.

Una enfermera los llamó y los acompañó a la tercera planta, a una habitación semiprivada donde estaban acomodando a Trey para pasar allí la noche. Tenía la pierna izquierda cubierta con una gigantesca escayola y le salían tubos de la nariz y el brazo.

—Dormirá toda la noche —les informó otra enfermera.

También les explicó que el médico había dicho que todo había ido bien, sin complicaciones, que se trataba de una fractura expuesta bastante común. Rick buscó una manta y una almohada y se instaló en una silla de vinilo que había junto a la cama. Sam prometió volver el lunes por la mañana a primera hora para ver cómo evolucionaba Trey.

Corrieron la cortina y Rick se quedó a solas con el último Panther negro, un chico de campo muy agradable del Mississippi rural a quien ahora enviarían a casa con su madre como mercancía estropeada. No le habían tapado la pierna derecha y Rick se la quedó mirando. Tenía un tobillo muy fino, demasiado para soportar la violencia del fútbol de la Southeastern Conference. Estaba demasiado delgado y le costaba coger peso, aunque había sido elegido integrante del Tercer Equipo ideal de la temporada en su último año en la Universidad de Mississippi.

¿Qué iba a hacer ahora? ¿Qué estaría haciendo Sly? ¿Qué harían todos ellos cuando por fin se enfrentaran a la realidad de que se había acabado?

La enfermera apareció cerca de la una de la madrugada y encendió las luces.

—Para dormir —le dijo a Rick, tendiéndole una pastillita azul.

Veinte minutos después estaba tan grogui como Trey.

Sam trajo café y cruasanes. Encontraron dos sillas en el pasillo y se lanzaron sobre el desayuno. Trey había armado un poco de jaleo una hora antes, lo bastante para despertar a las enfermeras.

—Acabo de ver al señor Bruncardo —dijo Sam—. Le gusta empezar la semana echando broncas a las siete de la mañana del lunes.

—Y hoy le ha tocado a usted.

—Evidentemente. Los Panthers no le reportan beneficios, pero tampoco le gusta perder dinero. O partidos. Tiene un ego bastante grande.

—Qué raro para ser el dueño de un equipo...

—Tenía un mal día. Su equipo de fútbol europeo de la liga menor ha perdido. El equipo de voleibol también. Y sus amados Panthers, con un quarterback de la NFL, han pinchado por segunda vez consecutiva. Creo que pierde dinero con todos los equipos.

—Tal vez sería mejor que se dedicara únicamente a la construcción o a lo que sea que se dedique.

—No le di ningún consejo. Quiere saber qué va a ocurrir el resto de la temporada y dice que no piensa gastarse ni un euro más.

—Es muy sencillo, Sam —contestó Rick, dejando la taza de café en el suelo—. En la primera parte de ayer marcamos cuatro touchdowns sin sudar. ¿Por qué? Porque tenía un receptor. Con mi brazo y un buen par de manos somos imparables y no volveremos a perder. Le garantizo que podemos marcar cuarenta puntos en cada partido, mierda, en cada parte.

—Tu receptor está ahí dentro con una pierna rota.

—Cierto. Que venga Fabrizio, ese chaval vale: es más rápido que Trey y tiene mejores manos.

—Quiere dinero. Tiene agente.

—¿Qué?

—Lo que oyes. La semana pasada recibí una llamada de un abogado excesivamente obsequioso que decía representar al fabuloso Fabrizio, pidiendo un contrato.

—¿Hay agentes de fútbol americano en Italia?

—Me temo que sí.

Rick se rascó la cara sin afeitar y consideró aquellas noticias tan desalentadoras.

—¿Algún italiano ha cobrado alguna vez?

—Se rumorea que los chicos del Bérgamo cobran una paga, pero no estoy seguro.

—¿Cuánto quiere?

—Dos mil euros al mes.

—¿Cuánto aceptaría?

—No lo sé. No llegamos tan lejos.

—Negociemos, Sam. Sin él estamos perdidos.

—Rick, escúchame, Bruncardo no piensa gastarse un euro más. Le propuse meter otro jugador estadounidense y se puso como una fiera.

—Sáquelo de mi sueldo.

—No seas tonto.

—Lo digo en serio. Contribuiré con mil euros al mes durante cuatro meses por Fabrizio.

Sam le dio un trago al café, frunciendo el ceño, con la vista clavada en el suelo.

—Abandonó el campo en Milán.

—Sí, lo hizo. Es un crío, de acuerdo, eso lo sabemos todos, pero usted y yo vamos a abandonar el campo cinco veces más con el rabo entre las piernas si no encontramos a alguien que sepa atrapar un balón. Además, Sam, no puede abandonar si tiene un contrato.

—Yo no pondría la mano en el fuego.

—Páguele y me juego lo que quiera a que se comportará como un profesional. Le dedicaré todas las horas que haga falta y estaremos tan compenetrados que nadie podrá detenernos. Traiga a Fabrizio de vuelta y no volveremos a perder. Se lo garantizo.

Una enfermera les hizo un gesto con la cabeza y se apresuraron a entrar para ver a Trey. Estaba despierto y bastante incómodo. Intentó sonreír y contar un chiste, pero necesitaba medicación.

Arnie llamó el lunes por la tarde. Tras una breve discusión sobre lo meritorio de jugar en la AFL, pasó a tratar la verdadera razón de la llamada. Le aseguró que odiaba dar malas noticias, pero Rick tenía que saberlo. Mira el *Cleveland Post* en internet, la sección de deportes del lunes. Muy desagradable.

Rick lo leyó, soltó los improperios pertinentes y salió a dar una vuelta por el centro de la parte vieja de Parma, una ciudad que de repente apreciaba como nunca antes.

¿Cuántas veces podía tocar fondo la carrera de un hombre? Habían pasado tres meses desde que se había ido de Cleveland y todavía seguían hurgando en la herida.

El juez Franco se encargó del asunto en nombre del equipo. Las negociaciones tuvieron lugar en la terraza de una cafetería de la piazza Garibaldi mientras Rick y Sam esperaban sentados cerca, tomando una cerveza y muertos de curiosidad. El juez y el agente de Fabrizio pidieron un café.

Franco conocía al agente y no le gustaba. Le explicó que dos mil euros era una cifra inaceptable, que muchos de los estadounidenses ni siquiera ganaban esa cantidad y que empezar a pagar a los italianos sería establecer un precedente peligroso porque, como era obvio, el equipo apenas ganaba para recuperar los gastos. Si a eso se le añadían unas nóminas, tendrían que cerrar el chiringuito.

Franco le ofreció quinientos euros durante tres meses: abril, mayo y junio. Si el equipo llegaba a la Super Bowl en julio, entonces tendría una prima de mil euros.

El agente sonrió con educación mientras rechazaba la oferta, le parecía demasiado baja. Fabrizio es un gran jugador, etcétera. Sam y Rick tenían sus cervezas en la mano, pero no oían nada. Los italianos regateaban en animada conversación. Ambos parecían sorprenderse por las propuestas del otro y a continuación se burlaban de alguna minucia. Las negociaciones parecían llevarse a cabo con educación, pero no estaban faltas de tensión, aunque de repente hubo un encaje de manos y Franco chascó los dedos para llamar al camarero. Trae dos copas de champán.

Fabrizio jugaría por ochocientos euros al mes.

El *signor* Bruncardo agradeció la oferta de Rick de aportar parte del salario, pero la rechazó. Era un hombre de palabra y no iba a reducir la paga de un jugador.

En los entrenamientos del miércoles por la noche, el equipo entero conocía los pormenores de la vuelta de Fabrizio. Sam le pidió a Nino, a Franco y a Pietro que se encontraran antes con la estrella receptora y que le explicaran cuatro cosas, con la intención de mitigar el resentimiento. Nino llevó la voz cantante en la discusión y prometió, con todo lujo de detalles, ponerse a romper huesos si Fabrizio volvía a hacer de las suyas y abandonaba el equipo. Fabrizio accedió de buen grado a todo, incluso a lo de los huesos rotos. No habría problemas. Tenía muchas ganas de volver a jugar y haría lo que fuera por sus amados Panthers.

A continuación, Franco se dirigió al equipo en los vestidores antes del entrenamiento y les confirmó los rumores. En efecto, Fabrizio iba a cobrar una paga. La mayoría de los Panthers no se lo tomó demasiado bien, aunque nadie dijo nada. A unos cuantos les dio completamente igual, si el crío se sacaba algo de dinero, mejor para él, ¿no?

Llevará tiempo, le dijo Sam a Rick, las victorias lo cambian todo. Si ganamos la Super Bowl, adorarán a Fabrizio.

Por el vestuario corrían unas hojas de papel de manera disimulada. Rick había rezado para que el veneno de Charley Cray no saliera de Estados Unidos, pero se equivocaba, gracias a internet. Alguien había visto el artículo, lo había impreso y ahora estaban leyéndolo sus compañeros.

A petición de Rick, Sam habló del tema y le pidió al equipo que no le diera importancia, solo se trataba del trabajo chapucero de un sórdido periodista estadounidense en busca de un titular. Sin embargo, produjo desasosiego entre los jugadores. Amaban el fútbol y jugaban por diversión, ¿por qué los ridiculizaban?

No obstante, la mayoría estaban más preocupados por su quarterback. Era injusto hacerle abandonar la liga y el país, pero seguirlo hasta Parma superaba cualquier crueldad.

—Lo siento, Rick —dijo Pietro mientras desfilaban hacia el campo.

De los dos equipos romanos, los Lazio Marines solían ser los más flojos. Habían perdido los tres primeros partidos por una media de veinte puntos y habían demostrado tener muy pocas agallas. Los Panthers estaban ávidos de victoria, por lo que el viaje de cinco horas en autocar hacia el sur fue muy entretenido. Era el último domingo de abril, un día nublado y fresco, perfecto para un partido de fútbol.

El campo, cerca de la extensa periferia de la histórica ciudad, a kilómetros y siglos del Coliseo y otras ruinas magníficas, daba la impresión de utilizarse únicamente para entrenar cuando llovía. El césped era ralo e irregular, y se veía la dura tierra gris entre las clapas de hierba. Las líneas de las yardas las había dibujado alguien que o bien iba borracho o era cojo, y dos secciones de gradas torcidas acogían a unos doscientos seguidores.

Fabrizio se ganó el sueldo de abril en el primer cuarto. El Lazio no lo había visto en las grabaciones, no sabía quién era y para cuando hubieron organizado como pudieron su línea secundaria, el joven había atrapado tres pases largos y los Panthers iban por delante 21 a 0. Con una ventaja así, Sam empezó a cargar en cada jugada y el equipo atacante de los Marines se derrumbó. Su quarterback, un italiano, sentía la presión antes de cada saque.

Manteniendo la formación escopeta y con una protección soberbia, Rick adivinaba el marcaje, comunicaba la ruta de Fabrizio con un gesto de la mano, se posicionaba cómodamente en el pocket y esperaba a que el joven se moviera, se desmarcara y avanzara con rapidez. Era una jugada estudiada. En la media parte, los Panthers iban 38 a 0 por delante y la vida volvía a sonreírles. Rieron y jugaron en los diminutos vestuarios, e hicieron caso omiso de Sam cuando este intentó reprenderlos por algo. En el último cuarto, Alberto dirigió la ofensiva y Franco atravesó el campo con un rugido. Los cuarenta jugadores acabaron con los uniformes embarrados.

En el autocar de vuelta a casa retomaron los insultos hacia los Lions de Bérgamo. A medida que la cerveza corría y los cánticos subían de volumen, los prodigiosos Panthers se sentían más envalentonados que nunca prediciendo la victoria de su primera Super Bowl.

Charley Cray estaba en las gradas, sentado entre los incondicionales del Lazio, viendo su segundo partido de *football americano*. Su artículo sobre el partido de la semana anterior contra el Bolonia había recibido tan buena acogida en Cleveland que su editor le había pedido que se quedara una semana más. Era un trabajo duro, pero alguien tenía que hacerlo. Había pasado cinco maravillosos días en Roma a expensas del periódico y ahora tenía que justificar sus pequeñas vacaciones con otro vapuleo de su asno preferido.

En su artículo decía:

MÁS RUINAS ROMANAS

Roma, Italia. Detrás del sorprendentemente certero brazo de Rick Dockery, los feroces Panthers de Parma se han recuperado de una racha de dos derrotas consecutivas y hoy les han dado una paliza a los Marines Lazio, quienes todavía no han conseguido ni una sola victoria, en otro partido crucial en la versión italiana de la NFL. El marcador final: 62 a 12.

Jugando en lo que antes debía de ser una gravera y ante 261 seguidores que no pagan entrada, los Panthers y Dockery han acumulado casi cuatrocientas yardas en pases solo en la primera parte. Tras la acertada elección de una línea secundaria defensiva lenta, despistada y con temor a golpear, el señor Dockery lució su mercancía con su potente brazo y los maravillosos avances de un receptor nato, Fabrizio Bonozzi. El señor Bonozzi ha fintado con tanta destreza al menos en un par de ocasiones, que el profundo libre perdió una bota. Este es el nivel al que se juega aquí, en la NFL de Italia.

En el tercer cuarto, el señor Bonozzi parecía exhausto después de haber anotado tantos touchdowns y tan largos. Seis, para ser exactos. Y parecía que el gran Dockery tenía el brazo dolorido de tanto lanzar.

Los seguidores de los Browns quedarían sorprendidos al saber que, por segunda semana consecutiva, Dockery no le ha lanzado el balón al equipo contrario. Increíble, ¿no creen? Pero juro que ha sido así, yo lo he visto.

Gracias a esta victoria, los Panthers vuelven a estar en la carrera hacia la copa italiana. Aunque aquí en Italia no le importe a nadie.

Los seguidores de los Browns ya pueden dar gracias a Dios de que exista una liga como esta, que permite que chusma como Rick Dockery juegue lejos del lugar donde se lo toman realmente en serio.

¿Por qué, Señor, por qué Dockery no descubriría esta liga hace un año? Casi se me saltan las lágrimas al plantearme una pregunta tan dolorosa. *Ciao*.

19

El autocar entró en el aparcamiento del Stadio Lanfranchi pocos minutos después de las tres de la madrugada del lunes. La mayoría de los jugadores tenían que presentarse en su trabajo pocas horas después. Sam empezó a gritar para despertarlos y a continuación los despidió hasta la semana siguiente, ya que esa era de descanso. Bajaron tambaleantes del autocar, sacaron el equipo y se fueron a casa. Rick llevó a Alberto y luego atravesó el centro de Parma sin encontrarse con ningún otro coche. Aparcó junto a un bordillo a tres manzanas de su apartamento.

Doce horas después lo despertó el zumbido del móvil. Era Arnie, tan brusco como siempre.

—*Déjà vu*, compañero. ¿Has visto el *Cleveland Post*?

—No, gracias a Dios que aquí no llega.

—Pues consúltalo en internet. Ese gusano estuvo ayer en Roma.

—No.

—Me temo que sí.

—¿Otro artículo?

—Ya lo creo, e igual de desagradable.

Rick se pasó la mano por el pelo e intentó recordar al público que había asistido al partido del Lazio. Muy poca gente y desperdigada por las viejas gradas. No, no se había tomado la molestia de estudiar sus caras aunque, de todos modos, no sabía qué pinta tenía Charley Cray.

—Vale, lo leeré.

—Lo siento, Rick. No te lo mereces. Si creyera que iba a servir de algo, llamaría al periódico y los pondría a parir, pero se lo están pasando muy bien. Lo mejor es no hacerles caso.

—Como vuelva a aparecer por Parma, le rompo el cuello. Tengo buena amistad con un juez.

—¡Adelante! Hasta luego.

Rick cogió un refresco bajo en calorías, se dio una ducha de agua fría y encendió el ordenador. Veinte minutos después conducía su coche a toda velocidad entre el tráfico, cambiando de marcha sin problemas, con suavidad, como un verdadero italiano. El apartamento de Trey estaba al sur del centro, en la segunda planta de un edificio semimoderno diseñado para apretujar en él a mucha gente en los mínimos metros cuadrados posibles.

Trey estaba en el sofá, con la pierna apoyada en unos cojines. El pequeño cuarto de estar parecía un vertedero: platos sucios, cajas de pizza vacías y varias latas de cerveza y refrescos. En la tele estaban dando el viejo concurso de *Wheel of Fortune* y en el equipo de música del dormitorio se oía música de la vieja Motown.

—Te he traído un sándwich —dijo Rick, dejando una bolsa en la abarrotada mesita de café.

Trey cogió el mando a distancia y bajó el sonido del televisor.

—Gracias.

—¿Qué tal va esa pierna?

—Genial —contestó, frunciendo el ceño. Una enfermera pasaba a visitarlo tres veces al día para atender sus necesidades y llevarle calmantes. Había estado muy incómodo y se quejaba del dolor—. ¿Cómo nos ha ido?

—Un partido fácil, les ganamos por cincuenta puntos.

Rick se instaló en una silla e intentó olvidar la basura que lo rodeaba.

—Así que no me echáis de menos.

—El Lazio no era muy bueno.

La sonrisa fácil y la actitud despreocupada habían desaparecido y habían sido sustituidas por un humor avinagrado y una tonelada de autocompasión. Era lo que una fractura expuesta conseguía hacerle a un atleta joven. La carrera de Trey, la entendiera como la entendiera, se había acabado y debía comenzar una nueva etapa. Como muchos atletas jóvenes, Trey apenas había pensado en el mañana. Con veintiséis años, uno cree que jugará toda la vida.

—¿La enfermera te cuida bien? —preguntó Rick.

—No está mal. El miércoles me cambiarán la escayola y me iré el jueves. Necesito volver a casa. Aquí voy a volverme loco.

Contemplaron la pantalla muda de la televisión largo rato. Rick había ido a visitar a Trey a diario desde que este había salido del hospital y el diminuto apartamento parecía cada vez más pequeño. Tal vez fueran los montones de basura o la ropa sucia tirada por todas partes o las ventanas cerradas a cal y canto y las cortinas corridas. Tal vez fuera que Trey se dejaba arrastrar cada vez más por el pesimismo. Rick se alegró de oír que pronto volvería a casa.

—No me lesioné ni una sola vez cuando jugaba en la defensa —dijo Trey, mirando fijamente el televisor—. Soy un corredor defensivo, no me he lesionado nunca. Pero me ponen en el equipo atacante y aquí me tienes.

Le dio unos golpecitos a la escayola para darle más efecto.

—¿Estás echándome la culpa de tu lesión?

—Nunca me lesioné en la defensa.

—No digas gilipolleces. ¿Según tú solo los jugadores de la línea de ataque se lesionan?

—No sé los demás, yo solo hablo de mí.

Rick sintió deseos de responderle, pero respiró hondo, tragó saliva, miró la escayola y lo dejó correr.

—¿Vamos esta noche al Polipo a comer una pizza? —preguntó al cabo de unos minutos.

—No.

—¿Quieres que te traiga una?

—No.

—¿Un sándwich, un bistec, cualquier cosa?

—No.

Dicho lo cual, Trey alzó el mando a distancia, apretó un botón y un ama de casa feliz compró una vocal.

Rick se levantó de la silla y salió del apartamento sin decir nada.

Se sentó a contemplar el atardecer en una mesa de una terraza, con una jarra helada de cerveza italiana en la mano. Le dio una calada a un habano y observó a las mujeres pasar. Se sentía muy solo y se preguntó qué narices iba a hacer toda una semana para mantenerse ocupado.

Arnie volvió a llamar, esta vez detectó cierta animación en su voz.

—Rat ha vuelto —anunció triunfante—. Los Saskatchewan lo contrataron ayer de primer entrenador y lo primero que ha hecho ha sido llamarme. Te quiere, Rick, ahora mismo.

—¿Saskatchewan?

—Lo que has oído. Ochenta de los grandes.

—Creía que Rat lo había dejado hacía años.

—Lo había hecho, se fue a una granja de Kentucky, estuvo amontonando boñigas de caballo durante unos años y se cansó. Saskatchewan despidió a todo el mundo la semana pasada y han convencido a Rat para que se olvide de la jubilación.

Rat Mullins había sido contratado por más equipos profesionales que Rick. Veinte años atrás había ideado una estrambótica línea de ataque que no daba respiro: pasaba en todas las jugadas y enviaba miles de receptores a correr en todas direcciones. Se hizo famoso, durante un tiempo, pero al cabo de los años cayó en desgracia cuando sus equipos dejaron de ganar. Había sido el coordinador de ataque en Toronto cuando Rick jugaba allí, y habían intimado. Si Rat hubiera sido el primer entrenador, Rick habría jugado de titular en todos los partidos y habría lanzado cincuenta veces.

—Saskatchewan —musitó Rick, mientras pensaba en la ciudad de Regina y en los vastos campos de trigo de los alrededores—. ¿A cuánto queda Cleveland de allí?

—A un millón de kilómetros. Te compraré un atlas. Mira, se sacan cincuenta mil por partido, Rick. Es fútbol de verdad y ofrecen ochenta de los grandes. Ahora mismo.

—No sé —dijo Rick.

—No seas tonto, hijo. Te habré conseguido cien para cuando estés aquí.

—Vamos, Arnie, no puedo irme sin más.

—Claro que puedes.

—No.

—Sí. No hay nada que pensar. Es tu vuelta. No hay que esperar más.

—Tengo un contrato, Arnie.

—Escúchame, hijo, piensa en tu carrera. Tienes veintiocho años y una oportunidad así no volverá a presentarse. Rat te quiere en el pocket con ese brazo tuyo, disparando balas por todo Canadá. Es fantástico.

Rick apuró la cerveza y se limpió la boca. Arnie estaba animado.

—Haz las maletas, ve a la estación de tren, aparca el coche, deja las llaves en el asiento y di adiós. ¿Qué van a hacer? ¿Demandarte?

—No está bien.

—Piensa en ti, Rick.

—Es lo que estoy haciendo.

—Te llamaré de aquí a un par de horas.

Rick estaba viendo la televisión cuando Arnie volvió a llamar.

—Ofrecen noventa de los grandes, hijo, y necesitan una respuesta.

—¿Ha dejado de nevar en Saskatchewan?

—Claro, está precioso. El primer partido es de aquí a seis semanas, contra los prodigiosos Roughriders, jugaron la Grey Cup el año pasado, ¿recuerdas? Es un gran equipo y están dispuestos a arrollar con todo, amigo. Rat se está dejando la piel para que vayas.

—Deja que lo consulte con la almohada.

—Te lo estás pensando demasiado, hijo. No es tan difícil.

—Deja que lo consulte con la almohada.

20

Sin embargo, le fue imposible dormir. Estuvo dando vueltas toda la noche, vio la televisión, intentó leer y sacudirse de encima el machacón sentimiento de culpabilidad que impregnaba la idea de irse. Sería muy fácil y podía hacerlo de tal modo que jamás se vería obligado a enfrentarse ni a Sam, ni a Franco, ni a Nino, ni a ningún otro. Podía huir de madrugada, sin mirar atrás. Al menos eso era lo que se decía.

A las ocho de la mañana, fue en coche hasta la estación, aparcó y entró. Esperó una hora a que llegara su tren.

Tres horas después aterrizaba en Florencia. Un taxi lo llevó al hotel Savoy, que daba a la piazza della Repubblica. Se registró, dejó la maleta en la habitación y buscó sitio en una mesa en una terraza de las muchas cafeterías que había alrededor de la bulliciosa plaza. Marcó el número de Gabriella y oyó una grabación en italiano, pero decidió no dejar ningún mensaje.

A mitad de la comida, volvió a llamarla. Parecía casi complacida de oír su voz, aunque tal vez algo sorprendida. Rick oyó algún que otro tartamudeo, pero la joven fue animándose considerablemente a medida que charlaban. Gabriella estaba trabajando, aunque no le explicó qué hacía. Rick le propuso quedar para ir a tomar algo en el Gilli, una cafetería muy famosa enfrente del hotel y, según la guía de viajes, un lugar ideal para ir a tomar una copa al final de la tarde. Gabriella acabó aceptando y quedaron a las cinco.

Rick deambuló por las calles aledañas a la plaza, confundiéndose con los transeúntes y admirando los edificios antiguos. Casi fue arrollado en la catedral por una turba de turistas japoneses. Oyó mucho inglés, sobre todo procedente de grupos de lo que parecían estudiantes universitarios estadounidenses, casi todos formados por mujeres. Visitó las tiendas del Ponte Vecchio, el histórico puente sobre el río Arno. Más inglés. Más universitarias.

Cuando llamó Arnie, estaba tomando un *espresso* y repasando la guía de viajes en una cafetería de la piazza della Signoria, cerca del Uffizi, donde turbas de turistas esperaban para visitar la mejor colección de pinturas del mundo. Había decidido no decirle a Arnie dónde estaba.

—¿Has dormido bien? —preguntó Arnie.

—Como un bebé. No va a funcionar, Arnie. No voy a irme en medio de la temporada. Tal vez el año que viene.

—No habrá año que viene, hijo. Es ahora o nunca.

—Siempre hay un año que viene.

—No para ti. Rat encontrará otro quarterback, ¿no lo entiendes?

—Lo entiendo mejor que tú, Arnie. Me he recorrido todo el circuito.

—No seas tonto, Rick. Confía en mí.

—¿Y qué me dices de la fidelidad?

—¿Fidelidad? ¿Cuándo fue la última vez que un equipo fue leal contigo, hijo? Te han echado tantas veces...

—Cuidado, Arnie...

Se hizo un breve silencio.

—Rick, si no aceptas el trato, ya puedes buscarte otro agente.

—Lo suponía.

—Vamos, hijo, hazme caso.

Rick estaba durmiendo la siesta en su habitación cuando su agente volvió a llamar. Un «no» solo era un contratiempo temporal para Arnie.

—Te he conseguido cien de los grandes, ¿de acuerdo? Estoy dejándome la piel en esto, Rick, y no obtengo nada por tu parte. Nada.

—Gracias.

—De nada. Este es el trato: el equipo te paga el billete de avión para que vengas a ver a Rat. Hoy, mañana, pronto, ¿de acuerdo? Sin más demoras. Por favor, hazlo por mí.

—No sé...

—Tienes una semana libre. Por favor, Rick, hazme ese favor. Dios sabe que me lo merezco.

—Deja que lo piense.

Cerró el teléfono lentamente mientras Arnie seguía hablando al otro lado.

Unos minutos antes de las cinco encontró una mesa libre en la terraza del Gilli, pidió un Campari con hielo e intentó no mirar a toda mujer que cruzara la *piazza*. Sí, tuvo que admitirlo, estaba bastante nervioso, pero también emocionado. No había visto a Gabriella desde hacía dos semanas y tampoco había hablado con ella por teléfono. No se habían intercambiado ningún mensaje de correo electrónico y no habían tenido contacto de ningún tipo. Aquel pequeño encuentro determinaría el futuro de la relación, si es que tenía algún futuro. Podía ser una reunión agradable en que una copa llevara a otra o podía ser incómoda y el encontronazo definitivo con la realidad.

Un pequeño grupo de universitarias ocupó una mesa colindante. Todas hablaban a la vez, la mitad con el móvil y la otra parloteaba sin parar a todo volumen. Estadounidenses.

Acentos del sur. Ocho en total, seis rubias. Casi todas llevaban tejanos, aunque un par lucían unas faldas muy cortas. Piernas bronceadas. Ni un solo libro de texto o libreta entre todas ellas. Juntaron dos mesas, arrastraron las sillas, colocaron los bolsos, colgaron las chaquetas y durante todo el jaleo que provocó la instalación, las ocho se las apañaron para no dejar de hablar.

Rick se planteó trasladarse a otra mesa, pero luego cambió de opinión. La mayoría de las chicas eran monas y oír inglés le reconfortaba, aunque fuera en aluvión. En algún lugar de las entrañas del Gilli un camarero sacó la pajita corta y se arriesgó a tomar nota: casi todas querían vino y ni una sola lo pidió en italiano.

Una de las chicas se fijó en Rick y a continuación tres más se volvieron para echar un vistazo. Dos se encendieron un cigarrillo. Por el momento, los móviles descansaban. Pasaban diez minutos de las cinco.

Diez minutos después llamó a Gabriella al móvil y escuchó la grabación. Las bellezas sureñas discutían, entre otras cosas, si Rick era italiano o estadounidense, aunque abandonaron el tema de repente cuando alguien mencionó que en la zapatería Ferragamo hacían rebajas.

Las cinco y media y Rick empezó a preocuparse. Seguro que Gabriella lo llamaría si fuera a retrasarse, aunque tal vez no lo hiciera si al final decidía no ir.

Una de las morenas con minifalda apareció en su mesa y se sentó en la silla que había enfrente de Rick sin pensárselo dos veces.

—Hola —dijo, con una sonrisa flanqueada por unos hoyuelos—. ¿Podrías resolver una apuesta? —Miró a sus amigas y Rick la imitó. Los estaban mirando con curiosidad. Antes de que él pudiera decir nada, ella continuó—. ¿Esperas a un hombre o a una mujer? Nuestra mesa está dividida a partes iguales y las que pierdan pagan la consumición.

—¿Y te llamas…?

—Livvy. ¿Y tú?

—Rick. —Por una fracción de segundo le aterró utilizar el apellido. Estaba tratando con estadounidenses. ¿Reconocerían el nombre del Mayor Asno de la historia de la NFL?—. ¿Qué os hace pensar que estoy esperando a alguien? —preguntó.

—Es obvio: miras el reloj, marcas un número, no dices nada, miras entre la gente, vuelves a consultar la hora. Es una apuesta tonta. Escoge: hombre o mujer.

—¿De Texas?

—Cerca, de Georgia.

Era muy guapa: ojos azules, pómulos pronunciados, cabello oscuro y sedoso que casi le llegaba a los hombros. A Rick le apetecía hablar.

—¿Estás aquí por turismo?

—Soy estudiante de intercambio. ¿Y tú?

Pregunta interesante con respuesta complicada.

—Por negocios —contestó.

Aburridas, la mayoría de sus amigas volvieron a ponerse a hablar, comentando algo sobre una discoteca nueva por donde solían pasarse los franceses.

—¿Tú qué crees: hombre o mujer? —preguntó Rick.

—¿Tal vez tu esposa?

La joven tenía los codos apoyados en la mesa y se acercaba cada vez más, disfrutando de la conversación.

—No estoy casado.

—Ya me lo figuraba. Yo diría que estás esperando a una mujer que acaba de salir de trabajar. No pareces un empresario y definitivamente no eres gay.

—Eso es obvio, ¿no?

—Sí, mucho.

Si admitía que estaba esperando a una mujer, entonces podría parecer un pringado al que le estaban dando plantón. Si decía que estaba esperando a un hombre, podría parecer un idiota cuando Gabriella se presentara, si es que lo hacía.

—No espero a nadie —dijo al fin.

La chica sonrió porque sabía la verdad.

—Lo dudo.

—¿Adónde van a divertirse las universitarias estadounidenses en Florencia?

—Tenemos nuestros sitios.

—Puede que luego me aburra.

—¿Quieres venir con nosotras?

—Por supuesto.

—Hay un bar llamado... —se interrumpió y miró a sus amigas, quienes estaban discutiendo el tema crucial de si pedir otra consumición o no. Instintivamente, Livvy decidió no compartir su lugar de recreo—. Dame tu móvil y te llamo luego, cuando sepamos qué vamos a hacer.

Se intercambiaron los teléfonos. Livvy dijo «*Ciao*» y regresó a su mesa, donde anunció al grupo que no había ni ganadoras ni perdedoras. Aquel tal Rick no estaba esperando a nadie.

Tras hacer tiempo durante cuarenta y cinco minutos, pagó su consumición, le guiñó un ojo a Livvy y se perdió entre la gente. Realizó una llamada más al móvil de Gabriella, un último intento, y al oír la grabación, soltó un taco y cerró el teléfono de golpe.

Una hora después estaba viendo la tele en su habitación cuando sonó el teléfono. No era Arnie. No era Gabriella.

—La chica no se presentó, ¿verdad? —dijo Livvy, alegremente.

—No, no vino.

—Así que estás solo.

—Muy solo.

—Qué lástima. Estoy pensando en ir a cenar. ¿Te apetecería quedar?

—Ya lo creo.

Se encontraron en el Paoli, a un corto paseo del hotel. Es un lugar antiguo, con un largo salón bajo un techo abovedado cubierto de frescos medievales. Estaba abarrotado y Livvy le confesó satisfecha que había tirado de algunos hilos para conseguir una mesa. Era pequeña y se sentaron muy juntos.

Bebieron vino blanco mientras se dedicaban a los preliminares. Livvy cursaba el penúltimo año de universidad en Georgia, estaba acabando el último semestre en el extranjero, se especializaba en historia del arte, no estudiaba demasiado y no añoraba su casa.

Tenía novio en Georgia, pero era temporal, de usar y tirar.

Rick le prometió que ni estaba casado, ni prometido, ni tenía una relación estable con nadie. La chica que no se había presentado era cantante de ópera, lo cual evidentemente cambió el rumbo de la conversación por completo. Pidieron ensaladas, *pappardelle* con conejo y una botella de chianti.

Tras un buen trago de vino, Rick apretó los dientes y encaró de frente el tema del fútbol. El bueno (universitario), el feo (su breve aparición el pasado enero con los Browns de Cleveland) y el malo (la carrera nómada del profesional).

—No he echado de menos el fútbol —dijo Livvy, y Rick sintió deseos de abrazarla.

Livvy le explicó que llevaba en Florencia desde septiembre. No sabía quién había ganado la Southeastern Conference o el título nacional y no le importaba lo más mínimo. Tampoco sentía el más mínimo interés por el fútbol americano profesional. Había sido animadora en el instituto y había quedado harta de fútbol para el resto de su vida.

Por fin, una animadora en Italia.

Rick le describió brevemente Parma, los Panthers y la liga italiana y luego le devolvió la pelota para que siguiera hablando de ella.

—Parece que hay muchos estadounidenses en Florencia —comentó Rick.

Livvy puso los ojos en blanco como si estuviera hasta las narices de ellos.

—Me moría por irme a estudiar al extranjero, llevaba años soñando con ello, y ahora vivo con tres de mis compañeras de hermandad de Georgia y ninguna está interesada en aprender el idioma o asimilar la cultura. Solo les gusta ir de compras y las discotecas. Aquí hay miles de estadounidenses y van juntos a todas partes, como un rebaño.

Para el caso, ya podría estar en Atlanta. Solía viajar sola para ver el país y para alejarse de sus amigas.

Su padre era un prestigioso cirujano cuya aventura extramatrimonial era la causa de un divorcio prolongado. El ambiente en casa se había enrarecido y no le apetecía irse de Florencia cuando el semestre acabara, para lo que quedaban tres semanas.

—Lo siento —se disculpó, cuando concluyó el resumen familiar.

—No tienes que disculparte.

—Me gustaría pasar el verano viajando por Italia, lejos de mis compañeras de hermandad de una vez por todas, lejos de los universitarios que se emborrachan cada noche y muy lejos de mi familia.

—¿Y por qué no lo haces?

—Mi padre paga las facturas y mi padre dice que hay que volver a casa.

Rick no había hecho planes para cuando se acabara la temporada, la cual podía alargarse hasta julio. No sabía por qué, pero le mencionó Canadá, tal vez para impresionarla. Si jugaba allí, la temporada se alargaría hasta noviembre. No le impresionó.

El camarero les sirvió unos platos con una montaña de *pappardelle* y conejo cubiertos por una deliciosa salsa de carne que tenía un aspecto espectacular y olía de muerte. Hablaron de la cocina y el vino italianos, de los italianos en general, de los lugares que ella había visitado y de los que le gustaría visitar.

Comieron despacio, como todos los clientes del Paoli, y cuando acabaron con el queso y el oporto, ya eran más de las once.

—No me apetece ir a un bar —dijo Livvy—. No me importaría enseñarte un par, pero no estoy de humor. Salimos demasiado.

—¿Qué te apetece?

—Un *gelato*.

Pasearon por el Ponte Vecchio y encontraron una heladería que ofrecía cincuenta sabores distintos. Luego la acompañó hasta su apartamento y se despidió con un beso de buenas noches.

21

—Aquí son las cinco de la mañana —dijo Rat, en tono amistoso—. ¿Por qué narices estoy completamente despierto y llamándote a las cinco de la mañana? ¿Por qué? Contéstame a eso, cabeza de chorlito.

—Hola, Rat —dijo Rick mientras estrangulaba mentalmente a Arnie por darle su número de teléfono.

—Eres un imbécil, ¿lo sabes? Un idiota de marca mayor, aunque eso ya lo sabíamos hacía cinco años, ¿no? ¿Cómo estás, Ricky?

—Estoy bien, Rat, ¿qué tal tú?

—Genial, mejor que nunca, poniéndole las pilas a esta gente, y la temporada todavía no ha empezado. —Rat Mullins hablaba en un tono muy agudo y a toda velocidad, y casi nunca esperaba a que le contestaran antes de lanzar su siguiente asalto verbal. Rick no pudo evitar sonreír. No había oído aquella voz desde hacía años y le trajo recuerdos gratos de uno de los pocos entrenadores que habían creído en él—. Vamos a ganar, pequeño, vamos a marcar cincuenta puntos por partido. Que los demás anoten cuarenta, no me importa, porque no van a cogernos. Ayer le dije al jefe que necesitamos un nuevo marcador, el viejo es muy lento y no sube los puntos lo bastante rápido para mí, mis atacantes y mi gran quarterback, Cabeza de chorlito Dockery. ¿Estás ahí, hijo?

—Te escucho, Rat, como siempre.

—Este es el trato: el jefe ya ha comprado un billete de ida y vuelta, en primera clase, cabroncete. Conmigo no se tomó tantas molestias, me tocó en tercera. Sale de Roma a las ocho de la mañana y vuela directo a Toronto. Luego a Regina, otra vez en primera clase, con Air Canada, una gran aerolínea, por cierto. Habrá un coche esperándote en el aeropuerto cuando aterrices y mañana por la noche iremos a cenar y a idear rutas nuevecitas de las que nadie habrá oído hablar.

—No tan rápido, Rat.

—Lo sé, lo sé. Puedes llegar a ser muy lento. Lo recuerdo muy bien, pero...

—Mira, Rat, ahora mismo no puedo dejar a mi equipo en la estacada.

—¿Equipo? ¿Has dicho equipo? He leído acerca de tu equipo. Ese tipo de Cleveland, ¿cómo se llama?, Cray, está haciéndote la vida imposible. Mil espectadores para un partido en casa. ¿A qué estás jugando? ¿A fútbol touch?

—He firmado un contrato, Rat.

—Y yo tengo otro preparado para que lo firmes. Uno más suculento, con un equipo de verdad en una liga de verdad y en estadios con capacidad para seguidores de verdad. Televisión, publicidad, contratos con marcas deportivas, bandas de música y animadoras.

—Aquí estoy bien, Rat.

Se hizo un breve silencio mientras Rat cogía aire. Rick lo imaginaba en los vestuarios, durante el descanso, paseando nervioso arriba y abajo, hablando y gesticulando con ambas manos en el aire, deteniéndose de repente para coger aire, dando una poderosa inspiración y luego lanzándose a la siguiente diatriba.

—Venga, Rick, no me hagas esto —dijo, una octava por debajo e intentando sonar apenado—. Estoy jugándomela. Después de lo que pasó en Cleveland, bueno...

—Déjalo, Rat.

—Vale, vale, lo siento, pero al menos ven a verme. ¿Por qué no me haces una visita y hablamos cara a cara? ¿No vas a hacer eso por tu viejo entrenador? Sin compromiso. El billete ya está pagado y no devuelven el dinero. Por favor, Ricky.

Rick cerró los ojos y se frotó la frente.

—De acuerdo, entrenador —aceptó al final, a regañadientes—. Solo una visita, sin compromiso.

—No eres tan tonto como creía. Te quiero, Ricky. No te arrepentirás.

—¿Quién eligió el aeropuerto de Roma?

—Estás en Italia, ¿no?

—Sí, pero...

—Pues la última vez que lo miré ahí era donde estaba Roma. Ve a buscar el maldito aeropuerto y ven a verme.

Se tomó dos rápidos Bloody Mary antes de despegar y consiguió dormir durante la mayor parte de las ocho horas que duraba el vuelo hasta Toronto. Aterrizar en cualquier parte de Norteamérica lo ponía nervioso, por ridícula que pudiera parecer la idea. Mientras mataba el tiempo esperando el vuelo a Regina, llamó a Arnie y le informó de su paradero. Arnie estaba muy orgulloso. Rick le mandó un correo electrónico a su madre, pero no le dijo dónde estaba. También le envió otro, más breve, a Livvy, para saludarla, y consultó el *Cleveland Post* para comprobar si Charley Cray había cambiado de objetivo. Tenía un mensaje de Gabriella: «Rick, lo siento, pero no es aconsejable que nos veamos. Perdóname, por favor».

Se quedó mirando el suelo fijamente y decidió no contestarle. Llamó al móvil de Trey, pero este no respondió.

Los dos años que había pasado en Toronto no habían estado mal. Ahora le parecían muy lejanos y se recordaba mucho más joven. Recién salido de la universidad, con grandes sueños y una larga carrera por delante, se creía invencible. Era una gema en bruto, un novato con todo lo que había que tener; solo necesitaba que lo pulieran un poquito por aquí y otro poquito por allá y no tardaría en jugar como titular en la NFL.

Rick no sabía si seguía soñando con jugar en la gran liga.

Anunciaron el vuelo a Regina por los altavoces, pero al consultarlo en un monitor comprobó que lo habían retrasado. Preguntó en la puerta de embarque y le dijeron que el retraso se debía a las condiciones atmosféricas.

—Está nevando en Regina —le informó quien le atendió en el mostrador.

Buscó una cafetería y pidió un refresco bajo en calorías. Miró el tiempo que hacía en Regina y sí, nevaba, con fuerza.

—Una de esas raras tormentas de nieve primaverales.

Le echó una ojeada al diario de Regina para matar el tiempo, el *Leader-Post*. Había noticias de fútbol americano. Rat estaba anunciándose a bombo y platillo, había contratado a un coordinador de defensa, evidentemente uno con muy poca experiencia. Había echado a un corredor de habilidad, lo que había dado pie a especular que el juego de carrera no sería necesario. Las ventas de las entradas para la temporada habían alcanzado un récord, ya iban por las treinta y cinco mil. Un columnista, de los que pasan treinta años arrastrándose hasta la máquina de escribir para teclear seiscientas palabras cuatro veces a la semana por muy muerto que esté el mundo del deporte en Saskatchewan o donde sea, había publicado una recopilación de chismes sobre lo que «se dice en la calle». Un jugador de hockey había dicho que no se operaría hasta que terminara la temporada. Otro se había separado de su mujer, quien sospechosamente tenía la nariz rota.

Y, según el último párrafo, Rat Mullins había confirmado que los Roughriders estaban en conversaciones con Marcus Moon, un quarterback de los que solían embestir y con un brazo potente. Moon había pasado dos temporadas con los Packers y tenía «ganas de jugar todos los días». Además, Rat Mullins se negaba a confirmar o a negar que el equipo también estuviera en conversaciones con Rick Dockery, quien «la última vez que se le vio lanzaba prodigiosas intercepciones para los Browns de Cleveland».

Según el artículo, Rat había contestado con un áspero «Sin comentarios» al rumor acerca de Dockery.

A continuación, en un guiño al lector, el periodista deportivo ofrecía una pequeña golosina, demasiado suculenta para pasarla por alto. El uso de los paréntesis le procuraba cierto distanciamiento de sus propios chismorreos: (Si desea saber más sobre Dockery, diríjase a charleycray@clevelandpost.com.).

¿Sin comentarios? ¿A Rat le preocupaba o le avergonzaba demasiado hacer comentarios? Rick respondió en alto a aquella pregunta y un par de personas se volvieron hacia él. Cerró el portátil lentamente y fue a dar un largo paseo por la explanada.

Cuando dos horas después subió a uno de los aviones de Air Canada, no lo hizo para dirigirse a Regina, sino a Cleveland, y una vez allí tomó un taxi al centro. La sede del *Cleveland Post* era un edificio moderno y anodino en Slate Avenue que, curiosamente, estaba a cuatro manzanas de la comunidad de Parma.

Rick pagó al taxista y le dijo que le esperara en la siguiente manzana, en la esquina. Se detuvo unos segundos en la acera para hacerse a la idea de que volvía a estar en Cleveland, Ohio. Podría haber hecho las paces con la ciudad, pero la ciudad estaba decidida a atormentarlo.

Si en algún momento tuvo alguna duda acerca de lo que estaba a punto de hacer, más tarde no lo recordó.

En el vestíbulo había una estatua de bronce de alguien

irreconocible con una cita pretenciosa sobre la verdad y la libertad, detrás de la cual estaba la garita de seguridad. Todos los visitantes estaban obligados a registrarse. Rick llevaba una gorra de béisbol de los Indians de Cleveland comprada poco antes en el aeropuerto por treinta y dos dólares. Cuando el guardia le preguntó a quién había ido a ver, Rick no vaciló y respondió: «Charley Cray».

—¿Su nombre?

—Roy Grady. Juego con los Indians.

Aquello pareció complacer al guardia, quien le tendió la tablilla para que firmara. Según la página web de los Indians, Roy Grady era el miembro más reciente de la plantilla de lanzadores del equipo, un jovencito a quien acababan de rescatar de la liga inferior de béisbol y que hasta el momento había lanzado tres entradas con resultado desigual. Seguramente a la gente le sonaría el nombre, pero no la cara.

—Segunda planta —dijo el guardia con una amplia sonrisa.

Rick subió por la escalera, que era por donde tenía pensado salir. La redacción de la segunda planta era como había esperado: una zona muy amplia llena de cubículos, ordenadores y papeles apilados por todas partes. En los laterales se encontraban los pequeños despachos y Rick empezó a caminar mientras iba mirando los nombres que había en las puertas. Tenía el corazón desbocado y le estaba costando aparentar naturalidad.

—Roy —lo llamó alguien desde uno de los lados, y Rick se dirigió a él.

Tenía unos cuarenta y cinco años, medio calvo, con apenas unas cuantas hebras largas de pelo grasiento que le asomaban por encima de las orejas, sin afeitar, unas gafas de lectura baratas que se le aguantaban a media nariz y con sobrepeso: el típico que jamás había ganado una distinción deportiva en el instituto, un uniforme o una animadora. Un cretino desgreñado negado para el deporte que se ganaba la vida criticando a quienes estaban capacitados para practicarlo. Cray estaba junto a la puerta de su pequeño y abarrotado despacho, mirando a Roy Grady con el ceño fruncido, desconfiado.

—¿El señor Cray? —preguntó Rick a metro y medio de distancia y acercándose rápidamente.

—Sí —contestó el otro con expresión desdeñosa, seguida por una mirada sorprendida.

Rick no dudó en empujarlo al interior del despacho y cerró de un portazo. Se quitó la gorra con una mano mientras agarraba a Cray por el cuello con la otra.

—Soy yo, gilipollas, Rick Dockery, tu asno preferido.

Cray lo miró con ojos desorbitados; se le habían caído las gafas al suelo.

Tras pensarlo con mucha calma, Rick había decidido que se limitaría a darle un solo puñetazo. Un derechazo directo a la cara, para que Cray lo viera venir. Nada de golpes bajos, ni patadas en la ingle, no. Cara a cara, de hombre a hombre, sin armas de por medio y, con un poco de suerte, sin sangre ni huesos rotos.

No fue un corto ni un gancho, sino un sencillo derechazo que había empezado meses atrás y que ahora le propinaba desde el otro lado del Atlántico. Sin resistencia alguna, pues Cray era demasiado flojo, estaba demasiado asustado y pasaba demasiado tiempo escondiéndose detrás de su teclado, el puñetazo alcanzó en el pómulo izquierdo del periodista a la perfección, con un sonoro crujido que Rick recordaría muchas veces con deleite en las semanas posteriores. Cray cayó al suelo como un saco de patatas y por un instante Rick sintió la tentación de patearle las costillas.

Había pensado en qué le diría, pero no le gustaba nada. Las amenazas no se las tomaría en serio: Rick había sido lo bastante imbécil para aparecer por Cleveland y seguro que no volvería a hacerlo. Insultarlo solo conseguiría contentarlo y lo que dijera no tardaría en aparecer publicado. Así que lo dejó allí tirado, hecho un ovillo en el suelo, boqueando aterrorizado y semiinconsciente por el golpe. Sin embargo, en ningún momento Rick había sentido ni la más mínima lástima por aquel desgraciado.

Salió del despacho tranquilamente, saludó con un gesto de cabeza a un par de periodistas que se parecían mucho al señor Cray y se dirigió a las escaleras. Bajó hasta el sótano a toda prisa y tras unos momentos de desorientación, encontró una puerta que daba a un muelle de carga. Cinco minutos después del puñetazo volvía a estar en el taxi.

El vuelo de regreso a Toronto también lo hizo en un avión de Air Canada. Rick empezó a relajarse en cuanto pisó suelo canadiense. Unas tres horas después se dirigía de vuelta a Roma.

22

Una fuerte tormenta descargó sobre Parma hacia el mediodía del domingo. Caían chuzos de punta y daba la impresión de que las nubes no iban a moverse en toda la semana. Los truenos por fin consiguieron despertar a Rick y lo primero que captaron los ojos hinchados del futbolista fueron las uñas de unos pies pintadas de rojo, aunque no eran las uñas rojas de la última chica de Milán, ni las rosa, las naranja o las marrones de muchas otras que ni siquiera tenían nombre. No, señor. Eran las uñas pintadas (Chanel Midnight Red) y de perfecta manicura (no realizada por su dueña) de la elegante, sensual y bastante desnuda señorita Livvy Galloway de Savannah, Georgia, pasando por la hermandad Alpha Chi Omega de Athens y, en los últimos tiempos, un apartamento abarrotado en Florencia. Ahora estaba en un apartamento un poco más despejado, en Parma, en la tercera planta de un edificio viejo de una calle tranquila, lejos de sus agobiantes compañeras de cuarto y lejos, muy lejos, de su familia enfrentada.

Rick cerró los ojos y la acercó a él por debajo de las sábanas.

Livvy había llegado la noche del jueves en tren desde Florencia y tras una cena agradable se habían retirado a la habitación de Rick para una larga sesión amorosa. La primera, y aunque Rick había estado esperándola con ansia, Livvy no parecía menos ansiosa. En un principio, el plan de Rick para el viernes era pasar el día en la cama o no muy lejos de esta. Ella, en cambio, tenía pensado algo completamente distinto. En el tren había leído un libro sobre Parma y era hora de estudiar la historia de la ciudad.

Con una cámara de fotos y sus anotaciones, emprendieron una visita por el centro de la localidad y fueron examinando minuciosamente el interior de edificios en los que Rick ni se había fijado al pasar. El primero fue la catedral —Rick le había echado un ojo una vez, por curiosidad— adonde Livvy entró en estado zen de meditación mientras lo arrastraba por todos los rincones. Rick no estaba seguro de qué le pasaba a Livvy por la cabeza, pero de vez en cuando ella le ofrecía frases muy útiles tipo: «Es uno de los mejores ejemplos de arquitectura románica del valle del Po».

—¿Cuándo se construyó? —preguntaba Rick invariablemente.

—La consagró el papa Pasquale en 1106, pero luego quedó destruida por un terremoto en 1117. Retomaron la construcción en 1130 y, como era habitual, trabajaron en su restauración durante trescientos años. Es magnífica, ¿no crees?

—Mucho.

Rick hacía todo lo que podía por parecer interesado, pero era consciente del poco tiempo que él necesitaba para examinar una catedral. Livvy, sin embargo, estaba en otro mundo. Él la seguía pisándole los talones sin dejar de pensar en la primera noche que habían pasado juntos, echando de vez en cuando una mirada a aquel magnífico trasero e imaginando el segundo round de la tarde.

—Los frescos de la cúpula son de Correggio, quien los pintó en la década de 1520 —comentó Livvy en el pasillo central, mirando directamente hacia arriba—. Representan la Ascensión de la Virgen. Impresionantes.

Muy por encima de ellos, en el techo abovedado, el viejo

Correggio se las había ingeniado para plasmar una escena extravagante de María rodeada de ángeles. Livvy parecía a punto de que la embargara la emoción. Rick los miró con el cuello dolorido.

Pasearon sin prisas por la nave central, la cripta, las numerosas crujías y examinaron las tumbas de los santos. Al cabo de una hora, Rick necesitaba ver la luz del sol desesperadamente.

A continuación vino el baptisterio, un bonito edificio octogonal cerca de la catedral. Se quedaron un buen rato delante de la puerta septentrional, el Portal de la Virgen, sin moverse. Las elaboradas esculturas sobre la puerta representaban pasajes de la vida de María. Livvy consultó sus notas, aunque daba la impresión de sabérselo de memoria.

—¿Te has parado aquí alguna vez? —le preguntó.

Si Rick contestaba la verdad y le decía que no, entonces ella lo consideraría un ignorante, aunque daba lo mismo si le mentía y le decía que sí porque Livvy ya estaba lista para ir a visitar otro edificio. En realidad, Rick había pasado por allí delante cientos de veces y sabía que era un baptisterio. No estaba seguro de qué uso le daban en la actualidad, pero aun así fingió saberlo.

Livvy hablaba en voz baja, como si solo lo hiciera para ella, y para el caso así era.

—Cuatro hileras en mármol veronés rojo. Se empezó en mil ciento noventa y seis, una transición entre el románico y el gótico. —Sacó varias fotos del exterior y luego condujo a Rick al interior, donde contemplaron una nueva cúpula—. Bizantina, del siglo doce —le informó—. El rey David, el éxodo de Egipto, los Diez Mandamientos.

Rick iba asintiendo, con dolor de cuello.

—Rick, ¿eres católico? —le preguntó.

—Luterano, ¿y tú?

—En realidad, nada. Mi familia se decanta más hacia el

protestantismo. Aunque me chifla el tema, la historia del cristianismo y los orígenes de la primera Iglesia. Me encanta el arte.

—Aquí hay muchas iglesias —dijo Rick—. Todas son católicas.

—Lo sé.

Lo sabía. Antes de ir a comer, visitaron la iglesia renacentista de San Giovanni Evangelista, que también se encontraba en el centro religioso de la ciudad, así como la iglesia de San Francesco del Prato. Según Livvy, era uno de los «más notables ejemplos de la arquitectura gótica franciscana de la Emilia». Para Rick, el único detalle interesante era el hecho de que la bella iglesia había sido utilizada en una ocasión como prisión.

A la una, Rick insistió en ir a comer. Encontraron una mesa en el Sorelle Picchi, en la strada Farini, y mientras él estudiaba el menú, Livvy tomó más notas. Charlaron sobre Italia y los lugares en los que Livvy había estado mientras daban cuenta de los *anolini*, los mejores de la ciudad en opinión de Rick, y una botella de vino. En los ocho meses que llevaba en Florencia, Livvy había visitado once de las veinte regiones del país, teniendo a menudo que viajar sola los fines de semana porque a sus compañeras de cuarto no les apetecía salir o tenían resaca. Su objetivo era visitar todas las regiones, pero ya no le quedaba tiempo. Faltaban dos semanas para los exámenes, y después se le acabarían las vacaciones.

En vez de echar una siesta, visitaron las iglesias de San Pietro Apostolo y San Rocco y luego pasearon por el Parco Ducale. Livvy sacó fotos, tomó notas y se empapó de la historia y el arte de la ciudad mientras Rick la seguía como podía, medio zombi, con el mejor de los ánimos. El joven se estiró bajo el sol de la tarde y sobre la cálida hierba del parque, con la cabeza apoyada en el regazo de Livvy, mientras ella estudiaba el mapa de Parma. Cuando Rick se despertó, consiguió convencerla por fin de volver al apartamento para dormir una siesta en condiciones.

El viernes por la noche, en el Polipo y después del entrenamiento, Livvy fue la atracción de la velada. Su quarterback había encontrado una adorable jovencita estadounidense, antigua animadora, y los chicos italianos querían impresionarla. Cantaron canciones subidas de tono y apuraron jarras de cerveza.

La historia del viaje relámpago de Rick a Cleveland para escarmentar a Charley Cray había alcanzado cotas legendarias. La interpretación favorable de la hazaña, iniciada por Sam y ayudada involuntariamente por Rick al negarse a hablar del asunto, se había mantenido bastante fiel a los hechos. Lo que obviamente se había omitido era que Rick había salido de Parma para considerar un contrato que le obligaría a abandonar a los Panthers en mitad de la temporada, pero nadie en Italia sabía aquello, ni lo sabría jamás.

El malvado Charley Cray había viajado hasta aquella Italia suya para escribir cosas desagradables de su equipo y de su quarterback. Los había insultado y Rick lo había seguido, por lo visto desembolsando una gran cantidad, lo había tumbado y luego había vuelto a Parma, donde estaba a salvo. Y vaya si estaba a salvo: aquel que fuera tras Riick en el césped saldría malparado.

El hecho de que Rick se hubiera convertido en un fugitivo añadía a la historia un tinte de osadía y romanticismo irresistible para los italianos. En un país donde se desprecian las leyes y aquellos que las desdeñan a menudo son idealizados, la persecución de la policía era el tema dominante cada vez que dos o más Panthers se juntaban. En un local lleno hasta arriba, la historia era el centro de todas las conversaciones, que ellos solían aderezar con detalles de su propia cosecha.

En realidad, nadie perseguía a Rick. Existía una orden de arresto por agresión, un delito menor y, según su nuevo abogado de Cleveland, nadie iba a ir detrás de él para ponerle las esposas. Las autoridades sabían quién era y si alguna vez volvía a Cleveland, sería procesado.

Sin embargo, para ellos, Rick era un fugitivo y los Panthers tenían que protegerlo, tanto fuera como dentro del campo.

El sábado acabó siendo tan educativo como el viernes. Livvy lo llevó al Teatro Regio, un lugar que Rick estaba orgulloso de haber visto, luego al Museo Diocesano, a la iglesia de San Marcellino y a la capilla de San Tommaso Apostolo. Al mediodía comieron una pizza en los jardines del Palazzo della Pilotta.

—No pienso pisar ni una sola iglesia más —anunció Rick, derrotado. Estaba estirado en la hierba, embriagándose de sol.

—Me gustaría ver la Galería Nacional —contestó Livvy, acurrucándose junto a él, con sus piernas bronceadas por todas partes.

—¿Qué hay allí?

—Muchos cuadros, de toda Italia.

—No.

—Sí, y luego el museo arqueológico.

—Y luego ¿qué?

—Luego estaré cansada, nos iremos a dormir, echaremos una siesta y pensaremos adónde ir a cenar.

—Mañana tengo partido. ¿Es que quieres matarme?

—Sí.

Después de dos días de diligente turismo, Rick estaba ansioso por salir a jugar, con lluvia o sin ella. No veía el momento de dejar atrás las viejas iglesias al volante de su coche, llegar al campo, ponerse el uniforme y ensuciarlo de barro o incluso golpear a alguien.

—Pero si está lloviendo —protestó Livvy ronroneando bajo las sábanas.

—Pues habrá que aguantarse, animadora. El espectáculo debe continuar. —Livvy se dio la vuelta y puso una pierna sobre el estómago de Rick—. No —dijo este, con convicción—, antes de un partido, no. De todas maneras, ya me flaquean las piernas.

—Creía que eras el típico quarterback semental.

—Por ahora solo quarterback.

Livvy retiró la pierna y se volvió para levantarse de la cama.

—¿Con quién juegan hoy los Panthers? —preguntó, incorporándose y dándose la vuelta, zalamera.

—Con los Gladiatori de Roma.

—Qué nombre. ¿Juegan bien?

—Son bastante buenos. Tenemos que irnos.

Rick la dejó bajo la cubierta de las gradas locales, una entre los menos de diez seguidores que se habían reunido allí una hora antes del partido. Livvy llevaba un chubasquero y se acurrucaba bajo un paraguas, más o menos a resguardo de la lluvia. Rick casi sintió lástima por ella. Veinte minutos después, el quarterback estaba en el campo con el uniforme haciendo estiramientos y bromeando con sus compañeros, pero sin perder de vista a Livvy. Era como volver a estar en la universidad, o tal vez en el instituto, y tener ganas de jugar por el placer de jugar, por la gloria que acompañaba a la victoria, pero también por una chica bonita de las gradas.

El campo se convirtió en un lodazal, no dejó de llover durante todo el encuentro. Franco perdió el balón dos veces en el primer cuarto y a Fabrizio se le cayeron dos pases escurridizos. Los Gladiatori también quedaron embarrados hasta las orejas. A un minuto del descanso, Rick salió de la bolsa y corrió treinta yardas para anotar el primer tanto del partido. Fabrizio hizo un saque defectuoso y el marcador quedó 6 a 0 en el descanso. Sam, quien no había tenido la oportunidad de abroncarlos ni de gritarles en dos semanas, se desquitó en el vestuario y todo el mundo se sintió mejor.

En el último cuarto, había grandes charcos por todas partes y el partido fue todo un festival de resbalones en la línea de golpeo. En segunda y dos, Rick hizo un amago a Franco, otro a Giancarlo, el corredor de habilidad suplente, y lanzó por lo alto un pase largo a Fabrizio, quien salió disparado en una ruta de poste. Fabrizio lo perdió, luego lo atrapó y corrió veinte yardas sin que nadie lo tocara. Con dos touchdowns de ventaja, Sam empezó a cargar en cada jugada y los Gladiatori no consiguieron un primer down. Anotaron cinco puntos en todo el partido.

Rick se despidió de Livvy en la estación de tren el domingo por la noche y vio alejarse el Eurostar con tristeza y alivio. No se había dado cuenta de hasta qué punto se sentía solo. Estaba casi seguro de que echaba de menos la compañía de una mujer, pero Livvy había conseguido que volviera a sentirse como un universitario, aunque, por otro lado, la joven exigía muchísima atención. Consumía todo su tiempo y era bastante hiperactiva. Rick necesitaba descansar.

Un correo electrónico de su madre, del domingo a última hora:

> Querido Ricky: Al final tu padre ha decidido no viajar a Italia. Está muy enfadado contigo y con esa bromita de Cleveland. Si con lo del partido no fue suficiente, ahora los periodistas no dejan de llamar preguntando por la agresión. Esa gente me repugna. Estoy empezando a comprender por qué te liaste a guantazos con ese pobre hombre de Cleveland, pero podrías haberte pasado a saludar ya que estabas por aquí. No te hemos visto desde Navidad. Intentaré ir yo, pero puede que mis divertículos empeoren. Lo mejor sería que no me alejara demasiado. Por favor, dime que volverás a casa en un par de meses. ¿De verdad que van a arrestarte? Te quiero. Mamá.

Su madre siempre hablaba de sus divertículos como si fueran un volcán en activo: estaban allí abajo, en el colon, a punto de entrar en erupción siempre que se esperaba que hiciera algo que ella no quería hacer. Hacía cinco años, Randall y ella habían cometido el error de viajar a España con un grupo de jubilados y todavía seguían quejándose del precio, del viaje en avión, de la grosería de los europeos y de la sorprendente ignorancia de la gente, que no hablaba inglés.

A Rick no le apetecía tenerlos en Italia.

Correo electrónico de vuelta a su madre:

> Querida mamá: Siento que no podáis venir. De todos modos, ha estado haciendo un tiempo espantoso. No van a arrestarme. Tengo a mis abogados trabajando en ello, solo se trata de un malentendido. Dile a papá que esté tranquilo, que todo saldrá bien. Aquí se vive bien, pero añoro estar en casa. Os quiero. Rick.

Correo electrónico de Arnie, a última hora del domingo:

> Querido Imbécil: El abogado de Cleveland ha llegado a un acuerdo por el cual tú te declaras culpable, pagas una multa y recibes un tirón de orejas. Sin embargo, si te declaras culpable, Cray podría utilizarlo contra ti en una demanda civil. Dice que le partiste la mandíbula y está armando jaleo sobre lo de llevarte a juicio. Estoy convencido de que todo Cleveland está azuzándolo. ¿Cómo crees que acabaría la cosa si tuvieras que enfrentarte a un jurado en Cleveland? Te condenarían a pena de muerte solo por la agresión y le concederían a Cray un millón de pavos en un juicio civil. Estoy trabajando en ello, aunque no sé para qué.
>
> Rat me insultó ayer por última vez, espero. Tiffany dio a luz antes de tiempo y parece ser que el niño es mestizo, así que supongo que eso te saca del atolladero.
>
> Estoy perdiendo dinero siendo tu agente, pensé que te gustaría saberlo.

Correo electrónico de respuesta a Arnie:

Te quiero, tío. Eres el mejor, Arn. Sigue manteniendo a los buitres a raya. Los prodigiosos Panthers hoy han arrasado, se han llevado a los Gladiatori de Roma por delante. Mi menda estuvo magnífico.

Si Cray tiene la mandíbula rota, entonces necesita dos. Dile que me demande y me declararé insolvente... ¡en Italia! Que vayan pensando en eso sus abogados.

La comida y las mujeres siguen siendo impresionantes. Muchas gracias por enviarme a Parma con tanto acierto. RD.

Correo electrónico a Gabriella:

Gracias por tu amable mensaje de hace unos días. No te preocupes por lo de Florencia. Mujeres mucho mejores me han dado plantón. No es necesario que te preocupes por un posible contacto futuro.

23

La bonita ciudad de Bolzano se encuentra en la parte montañosa del nordeste del país, en la región del Trentino-Alto Adige, una anexión reciente a Italia, arrancada a Austria en 1919 por los aliados, que se la entregaron a los italianos a modo de recompensa por haber luchado contra los alemanes. Su historia es compleja y sus fronteras han sido redibujadas y redistribuidas injustamente por quien poseyera en ese momento el mayor ejército. Muchos de sus habitantes se consideran de origen germánico y ciertamente lo parecen. Para muchos su lengua materna es el alemán y a menudo hablan el italiano a regañadientes. Se oye gente que comenta: «Esa gente no es italiana de verdad». Se han llevado a cabo intentos por italianizar, germanizar y homogeneizar a la población, pero todos han fracasado estrepitosamente; sin embargo, con el paso del tiempo se ha fraguado una tregua pacífica y se vive bien. La cultura es puramente alpina. La gente es conservadora, hospitalaria y próspera, y adora su tierra.

El paisaje es espectacular: cordilleras escarpadas, viñedos y olivares a orillas de lagos, valles cubiertos por manzanales y miles de kilómetros cuadrados de bosques protegidos.

Rick sacó todo aquello de su guía de viajes. Livvy, sin embargo, aportó el resto de detalles. Había planeado hacer aquel viaje puesto que todavía no había visitado la región, pero los exámenes se habían interpuesto, a lo que había que añadir que Bolzano se encontraba al menos a seis horas en tren de Florencia. Livvy había ido enviando sus averiguaciones a Rick en una serie de intrincados correos electrónicos. Rick les había ido echando un vistazo a medida que habían ido llegando a lo largo de la semana, pero había acabado olvidándolos en la mesa de la cocina. Le interesaba más el fútbol que cómo Mussolini había oprimido a la región entre guerras.

El fútbol era suficiente preocupación. Los Giants de Bolzano solo habían perdido una vez, contra el Bérgamo, y únicamente por dos puntos. Sam y él habían visto las cintas del partido dos veces y habían llegado a la misma conclusión: que Bolzano habría merecido ganar. Un mal saque en un gol de campo sencillo había sido lo que había decidido el partido.

El Bérgamo. El Bérgamo. Seguían invictos y contaban ya con sesenta y seis victorias consecutivas. Todo lo que los Panthers hacían estaba relacionado con el Bérgamo. Incluso el plan de juego contra el Bolzano estaba condicionado por el siguiente partido que tendrían que jugar contra el Bérgamo.

El viaje en autocar duró tres horas y a mitad de camino el paisaje empezó a cambiar. Los Alpes aparecieron al norte. Rick iba sentado delante, con Sam, y cuando no estaban dormitando, charlaban acerca de la naturaleza: de excursiones por las Dolomitas, de esquiar y acampar en la región de los lagos... Como no tenían hijos, Sam y Anna se iban de viaje todos los otoños por el norte de Italia y el sur de Austria.

Jugar contra los Giants.

Si Rick Dockery recordaba un partido en su corta y triste carrera en la NFL, era el partido contra los Giants una noche brumosa de domingo en el Meadowlands ante ochenta mil bulliciosos seguidores y retransmitido por la televisión nacional. Él estaba en Seattle, en su acostumbrado papel de tercer quarterback. El titular acabó inconsciente en el primer tiempo y los pases del suplente acababan interceptados, cuando no perdía el balón. Viendo que perdían por veinte puntos al final del tercer cuarto, los Seahawks se dieron por vencidos y sacaron a Dockery. Completó siete pases, todos a sus compañeros de equipo, para noventa y cinco yardas. Dos semanas después estaba en venta.

Todavía oía el rugido ensordecedor del estadio de los Giants.

El estadio del Bolzano era mucho más pequeño y tranquilo, pero también más bonito. Con los Alpes cerniéndose al fondo, los equipos se alinearon para la patada inicial ante dos mil espectadores, rodeados de pancartas, una mascota, cánticos y bengalas.

La pesadilla empezó en la segunda jugada desde la línea de golpeo. Se llamaba Quincy Shoal y era un grueso corredor de habilidad que había jugado en la Universidad de Indiana State. Tras el período habitual en Canadá y en la AFL, Quincy había llegado a Italia hacía diez años y allí había encontrado su hogar. Se había casado con una italiana, tenía hijos italianos y ostentaba casi todos los récords italianos relacionados con el manejo del balón.

Quincy se dio un paseo para setenta y ocho yardas y anotó un touchdown. Si alguien lo había tocado, desde luego la grabación del partido no había recogido nada. El público se volvió loco y se duplicaron las bengalas y las bombas de humo. Rick intentó imaginar bombas de humo en el Meadowlands.

Teniendo en cuenta que el Bérgamo era el siguiente equipo al que habrían de enfrentarse y que Sam sabía que estarían allí estudiando el partido en busca de algún punto débil, Rick y él habían decidido correr el balón e intentar que Fabrizio pasara desapercibido. Era una estrategia arriesgada, el tipo de apuestas con las que Sam disfrutaba. Ambos estaban convencidos de que el equipo atacante podría hacer pases a placer, pero preferían guardarse algo para el Bérgamo.

Consciente de que Franco solía perder su primera entrega de balón en todos los partidos, Rick comunicó un pase lateral a Giancarlo, un joven corredor de habilidad que había empezado la temporada como suplente del suplente, pero que mejoraba por semanas. A Rick le gustaba básicamente porque tenía debilidad por jugadores del tercer equipo. Giancarlo poseía un estilo de carrera único. No era muy alto, pesaba alrededor de ochenta kilos, no estaba demasiado musculado y desde luego no le gustaba que le golpearan. De adolescente se había dedicado a la natación y el buceo y tenía unos pies ligeros y veloces. Cuando presentía un contacto inminente, Giancarlo solía saltar hacia delante todo lo alto que podía, con lo que ganaba alguna yarda adicional con cada pirueta. Sus carreras eran cada vez más espectaculares, sobre todo los barridos y los pases laterales que le permitían adquirir velocidad antes de saltar por encima de los bloqueadores.

Sam le había ofrecido el consejo que todos los corredores jóvenes reciben en el instituto: ¡No olvides tus pies! ¡Agacha la cabeza, protege el balón y las rodillas por encima de todo, pero no olvides tus pies! Miles de carreras universitarias se habían truncado bruscamente por saltos espectaculares sobre la pila. Cientos de corredores profesionales habían quedado lesionados de por vida.

Giancarlo hacía oídos sordos a aquellos consejos. Le encantaba volar por los aires y no temía las caídas duras. Corrió ocho yardas por la derecha y planeó en las tres siguientes. Doce a la izquierda, incluidas cuatro gracias a un mortal hacia atrás. Rick amagó una entrega, salió corriendo con el balón para quince yardas y luego comunicó un dive para Franco.

—¡No lo pierdas! —le rugió, agarrando la barra del casco de Franco cuando rompieron el agrupamiento.

Franco, con ojos de loco y medio fuera de sí, agarró a Rick y le dijo algo desagradable en italiano. ¿Quién le coge la barra del casco al quarterback?

No solo no lo perdió, sino que avanzó pesadamente diez yardas hasta que la mitad de la defensa lo enterró en la línea de las cuarenta yardas de los Giants. Seis jugadas después, Giancarlo planeó sobre la zona de anotación y empataron el partido.

Quincy necesitó cuatro jugadas para volver a anotar.

—Que corra —le dijo Rick a Sam en la línea de banda—. Tiene treinta y cuatro años.

—Ya sé cuántos años tiene —replicó Sam de mal humor—, pero preferiría que no superara las quinientas yardas en la primera mitad.

La defensa del Bolzano se había preparado para un pase, por lo que la carrera los cogió desprevenidos. Fabrizio no tocó el balón hasta casi el medio tiempo. En una segunda y gol desde la línea de seis, Rick amagó hacia Franco, salió corriendo con el balón y lo pasó a su receptor para anotar fácilmente. Un partido limpio e inmaculado, cada equipo había anotado dos touchdowns en cada cuarto. El bullicioso público estaba muy entretenido.

Durante el descanso, los primeros cinco minutos en el vestidor son los peligrosos. Los ánimos están encendidos, los jugadores están sudorosos y algunos sangran. Lanzan sus cascos, insultan, critican, gritan y les exigen a los demás que espabilen y hagan lo que tienen que hacer. A medida que baja la adrenalina, empiezan a tranquilizarse. Beben agua. Tal vez se quitan las hombreras. Se frotan alguna magulladura.

Lo mismo ocurría tanto en Italia como en Iowa. Rick nunca había sido un jugador que se dejara llevar por sus emociones y prefería quedar relegado a un segundo plano y dejar que los exaltados levantaran los ánimos del equipo. Estando empatados con Bolzano como estaban, nada le preocupaba. Quincy Shoal iba con la lengua fuera y Fabrizio y Rick todavía tenían que poner en práctica sus pases cortos.

Sam sabía cuándo debía hacer acto de presencia y al cabo de cinco minutos entró en los vestuarios y cogió el testigo de las broncas. Quincy estaba zampándoseles la merienda: ciento sesenta yardas y cuatro touchdowns.

—¡Qué gran estrategia! —protestó Sam—. ¡Que corra hasta que caiga rendido! ¡La primera vez que la oigo! ¡Sois unos genios, chicos!

Etcétera.

A medida que avanzaba la temporada, Rick estaba cada vez más impresionado por las broncas de Sam. A Rick lo habían reprendido muchos expertos y aunque Sam solía dejarlo en paz, mostraba un verdadero talento cuando se metía con los demás. Además, el hecho de que supiera hacerlo en dos idiomas lo impresionaba.

Sin embargo, las críticas del vestuario surtieron muy poco efecto. Quincy, tras un descanso de veinte minutos y unas rápidas friegas, retomó el partido donde lo había dejado. El quinto touchdown llegó con el primer ataque de los Giants de la segunda parte, y el sexto fue una carrera de cincuenta yardas unos minutos después.

Un esfuerzo heroico, aunque insuficiente. Ya fuera la edad (treinta y cuatro años), el haberse hartado de pasta o el simple agotamiento, Quincy estaba acabado. No abandonó el campo hasta el final del partido, pero estaba demasiado cansado para salvar al equipo. En el último cuarto, la defensa de los Panthers advirtió su debilitamiento y volvió a la vida. Cuando Pietro lo bloqueó en una tercera y dos y lo tiró al suelo, el partido se acabó.

Con Franco dando botes en medio del campo y Giancarlo saltando como un conejo en las bandas, los Panthers empataron a diez minutos del final. Un minuto después volvieron a anotar cuando Karl el danés atrapó un balón perdido y avanzó tambaleante durante treinta yardas para completar el que tal vez fuera el touchdown menos elegante de toda la historia italiana. Dos diminutos Giants se le colgaron de la espalda como si fueran insectos en las últimas diez yardas.

Por si acaso y para no ser menos, Rick y Fabrizio conectaron una ruta de poste larga a tres minutos del final. El marcador acabó 56 a 41.

En el vestuario se respiraba un ambiente muy distinto después del partido. Hubo abrazos y celebraciones, algunos incluso parecían al borde de las lágrimas. Para un equipo que apenas unas semanas antes parecía desmotivado y acabado, encontrarse de repente a las puertas de una gran temporada era toda una hazaña. El prodigioso Bérgamo era el siguiente, pero los Lions tendrían que viajar a Parma.

Sam felicitó a sus jugadores y les dio exactamente una hora para refocilarse en la victoria.

—Luego todo el mundo callado y a pensar en el Bérgamo —dijo—. Sesenta y siete victorias consecutivas, ocho títulos de la Super Bowl de un tirón y un equipo al que no hemos vencido en diez años.

Rick estaba sentado en el suelo, en un rincón, con la espalda apoyada contra la pared, jugando con los cordones de las botas y escuchando a Sam hablar en italiano. Aunque no lo entendía, sabía muy bien qué estaba diciendo su entrenador. Que si el Bérgamo esto, que si el Bérgamo aquello otro. Sus compañeros estaban pendientes de sus palabras mientras empezaba a aumentar la tensión ante el siguiente partido. Una pequeña inyección de energía y excitación recorrió el cuerpo de Rick, quien se vio obligado a sonreír.

Había dejado de ser un pistolero a sueldo, un sucedáneo traído del Lejano Oeste para dirigir la ofensiva y ganar partidos. Había dejado de soñar con la gloria y el dinero que proporcionaba la NFL. Aquellos sueños habían quedado atrás y se desvanecían con rapidez. Él era quien era, un Panther, y al mirar a su alrededor, viendo aquel vestuario abarrotado y sudoroso, se sintió completamente satisfecho consigo mismo.

24

Durante la sesión del pase de vídeo del lunes por la noche se consumió mucha menos cerveza de lo habitual. Hubo menos bromas, insultos y risas. No se respiraba pesimismo, seguían estando muy orgullosos de la victoria arrolladora del día anterior, pero tampoco se trataba del típico visionado de la noche de lunes. Sam repasó los puntos fuertes del Bolzano y luego pasó a una recopilación de cortes del Bérgamo en los que Rick y él habían trabajado el día anterior.

Coincidían en lo que era evidente: en Bérgamo estaban bien entrenados, bien financiados, bien organizados y tenían jugadores algo más preparados que los del resto de la liga en algunas posiciones, pero desde luego no en todas. Sus estadounidenses eran: un quarterback lento de la Universidad de San Diego State, un profundo libre que golpeaba duro y que intentaría cargarse a Fabrizio en cuanto empezara el partido y un esquinero que podía cortar el juego de carrera largo, pero del que se rumoreaba que tenía un tirón en el ligamento de la corva. El Bérgamo era el único equipo de la liga con dos de sus tres estadounidenses en la defensa. No obstante, el jugador clave no era estadounidense. El apoyador central era un italiano llamado Maschi, un extravagante bufón de pelo largo, botas blancas y actitud egocéntrica copiada de la NFL, en la que por lo visto creía que merecía jugar. Rápido y fuerte, Maschi era muy intuitivo, le encantaba golpear, cuanto más tarde mejor, y solía encontrársele debajo de todas las pilas. Con sus cien kilos de peso, era lo bastante voluminoso para infundir pánico en Italia. Podría haber jugado en la mayoría de las universidades estadounidenses de la primera división. Llevaba el número 56 e insistía en que lo llamaran L.T., igual que su ídolo, Lawrence Taylor.

El Bérgamo era fuerte en defensa, pero no acostumbraba hacer virguerías con el balón. Contra el Bolonia y el Bolzano —huesos duros de roer— fueron a la zaga hasta el último cuarto y podrían haber perdido ambos partidos fácilmente. Rick estaba convencido de que los Panthers eran mejores, pero Sam había sufrido tantas derrotas a manos del Bérgamo en tantas ocasiones que se negaba a confiarse, al menos interiormente. Después de ocho títulos de la Super Bowl consecutivos, los Lions de Bérgamo se habían hecho con una aureola de imbatibilidad con la que ya tenían ganados diez puntos en cada partido.

Sam volvió a poner la cinta e insistió machaconamente en los puntos débiles de la ofensiva del Bérgamo. El corredor de habilidad era rápido, pero se resistía a agachar la cabeza y a arriesgarse. Casi nunca pasaban hasta que no les quedaba más remedio, siempre en el tercer intento, y sobre todo porque carecían de un receptor fiable. La línea de ataque estaba compuesta por hombres grandes y fuertes en general, pero también solía ser demasiado lenta para detener la carga.

Cuando Sam acabó, Franco se dirigió al equipo y, con excelentes maneras de abogado experimentado, presentó una entusiasta y emotiva apelación a su entrega durante la dura semana que tenían por delante, lo que los conduciría a una victoria aplastante. Como colofón, propuso entrenar todos los días hasta el sábado. La idea fue aprobada por unanimidad. A continuación, Nino, para no ser menos, tomó el relevo y empezó anunciando que, para demostrar la solemnidad del momento, había decidido dejar de fumar hasta después del partido, cuando le hubieran dado una paliza al Bérgamo. La noticia fue recibida con calurosas felicitaciones porque, evidentemente, Nino ya se había comprometido a lo mismo en otras ocasiones y Nino, privado de nicotina, era temible en el campo. Acto seguido, añadió que se celebraría una cena de equipo en el Café Montana el sábado por la noche, a cuenta de la casa. Carlo ya se había puesto con el menú.

Los Panthers tenían los nervios a flor de piel, estaban ansiosos. Rick recordó por un instante el partido en el Davenport Central, el mayor acontecimiento del año de Davenport. El instituto había planificado toda la semana empezando desde el lunes y en la ciudad no se hablaba de otra cosa. El viernes por la tarde, los jugadores estaban tan nerviosos que algunos tenían náuseas y vomitaron horas antes del partido.

Rick ignoraba si a algún Panther le ocurriría lo mismo, pero era muy posible.

Salieron de los vestuarios con una solemne determinación. Aquella era su semana. Aquel era su año.

Livvy llegó el jueves por la tarde en todo su esplendor y con una sorprendente cantidad de equipaje. Rick había estado en el campo con Fabrizio y Claudio, trabajando sin descanso rutas de precisión y audibles rápidos. En un descanso fue a mirar el móvil y vio que Livvy ya había subido al tren.

Durante el trayecto en coche desde la estación hasta el apartamento, Rick se enteró de que de Livvy: 1) había terminado los exámenes, 2) estaba harta de sus compañeras de cuarto, 3) estaba considerando seriamente no volver a Florencia hasta los últimos diez días de su semestre en el extranjero, 4) estaba enfadada con su familia, 5) no se hablaba con nadie de su familia, ni siquiera con su hermana, una persona con la que llevaba peleándose desde parvulario y que en esos momentos estaba demasiado implicada en el divorcio de sus padres, 6) necesitaba un lugar donde quedarse unos días, y de ahí todo aquel equipaje, 7) estaba preocupada por el visado, porque quería quedarse en Italia por un período indeterminado de tiempo y 8) estaba más que dispuesta a irse a la cama con él. No lloriqueaba ni buscaba que la consolaran, de hecho, le relató la lista de problemas con una calma distante que a Rick le resultó admirable. Livvy necesitaba a alguien y había acudido corriendo a él.

Rick arrastró las pesadas maletas por la escalera hasta el tercer piso, y lo hizo sin esfuerzo y con energía, contento de subirlas. El apartamento estaba muy tranquilo, casi sin vida, y Rick acababa pasando más tiempo fuera que dentro, paseaba por las calles de Parma, tomaba café y cerveza en las terrazas, daba una vuelta por mercados y vinaterías, e incluso hacía pequeñas visitas a iglesias viejas, cualquier cosa que lo alejara del aburrimiento de su apartamento vacío. Y siempre estaba solo. Sly y Trey lo habían abandonado y los correos electrónicos que les enviaba casi nunca recibían contestación. No valía la pena molestarse. Sam estaba ocupado la mayoría de los días, además de que estaba casado y tenía su propia vida. Algunas veces salía a comer con Franco, el compañero con el que más congeniaba, pero su trabajo también le exigía muchas horas. Todos los Panthers trabajaban; tenían que hacerlo. No podían permitirse dormir hasta el mediodía, pasar un par de horas en el gimnasio y deambular por Parma para matar el tiempo y sin ganar ni un euro.

Sin embargo, Rick no estaba preparado para una relación estable y duradera. Aquello implicaba complicaciones y exigía un compromiso que ni siquiera estaba dispuesto a plantearse. Nunca había vivido con una mujer, de hecho, no había vuelto a vivir con nadie desde Toronto, y no se planteaba la posibilidad de buscar un compañero a tiempo completo.

Mientras ella deshacía las maletas, Rick se preguntó por primera vez cuánto tiempo habría planeado quedarse Livvy.

Pospusieron el encuentro amoroso hasta después del entrenamiento. Iba a ser una sesión suave, sin las protecciones almohadilladas, pero aun así prefería estar en perfecto uso de piernas y pies.

Livvy se sentó en las gradas a leer un periódico mientras los chicos realizaban los ejercicios y repasaban los planes. Había un puñado de esposas y novias repartidas por los asientos, incluso algún que otro niño pequeño brincando por la tribuna.

A las diez y media del jueves por la noche, apareció un funcionario y se presentó a Sam. Su trabajo consistía en apagar las luces.

Los castillos estaban esperándolos. Rick oyó la noticia por primera vez a las ocho de la mañana, pero dio media vuelta y volvió a dormirse. Livvy se puso los tejanos y fue a buscar café. Cuando volvió, una media hora después, con dos enormes tazas para llevar, volvió a anunciar que los castillos estaban esperándolos y que quería empezar por uno en la ciudad de Fontanellato.

—Es muy temprano —dijo Rick, tomando un trago. Se sentó en la cama e intentó orientarse a una hora tan intempestiva.

—¿Has estado en Fontanellato? —preguntó Livvy mientras se quitaba los tejanos, cogía una guía de viajes con sus anotaciones y volvía a su lado de la cama.

—Es la primera vez que oigo este nombre.

—¿Has salido alguna vez de Parma desde que estás aquí?

—Sí. Hemos jugado en Milán, en Roma y en Bolzano.

—No, Ricky, me refiero a salir con tu pequeño coche cobrizo e ir a hacer turismo por el país.

—No, ¿por qué...?

—¿No sientes ni la más mínima curiosidad por tu nuevo hogar? —lo interrumpió.

—He aprendido a no encariñarme con los sitios. Todos son temporales.

—Eso es bonito. Mira, no voy a quedarme holgazaneando en este apartamento todo el día, echando polvos a todas horas y pensando únicamente en comer y cenar.

—¿Por qué no?

—Porque estoy de viaje. O conduces tú o cojo un autobús. Hay muchas cosas para ver. Además, ni siquiera hemos acabado con Parma.

Salieron media hora después y se dirigieron hacia el noroeste, en busca de Fontanellato, un castillo del siglo XV que Livvy se moría por ver. Hacía un día cálido y soleado e iban con las ventanillas bajadas. Livvy llevaba una minifalda tejana y una blusa de algodón, y el suave roce del viento embelesaba a Rick. Le tocó las piernas y ella le retiró la mano mientras seguía leyendo la guía de viajes.

—Aquí producen ciento veinte mil toneladas de queso parmesano al año —dijo la joven, mientras contemplaba el paisaje—. Aquí mismo, en esas granjas.

—Como mínimo. Esta gente se lo echa hasta en el café.

—Hay quinientas lecherías y todas se encuentran en una pequeña área alrededor de Parma. Está regulado por ley.

—También hacen helados.

—Y diez millones de jamones de Parma al año. Cuesta creerlo.

—No cuando vives aquí. Te lo ponen en la mesa antes de que te haya dado tiempo a sentarte. ¿Por qué estamos hablando de comida? Tenías tanta prisa que nos hemos ido sin desayunar.

—Me muero de hambre —anunció Livvy, dejando la guía a un lado.

—¿Te apetece un poco de jamón y queso?

Iban por una estrecha carretera con poco tráfico y pronto llegaron al pueblo de Baganzola, donde encontraron un bar en el que pidieron café y cruasanes. Livvy tenía ganas de practicar su italiano y aunque a Rick le sonó perfecto, la *signora* de la barra tuvo problemas para entenderla.

—Hablan un dialecto —dijo Livvy cuando se dirigían al coche.

La Rocca, o fortaleza, de Fontanellato había sido construida hacía unos quinientos años y ciertamente parecía inexpugnable. Estaba rodeada por un foso y defendida por cuatro torres enormes con amplias aberturas destinadas a la observación y la defensa. Sin embargo, en el interior había un palacio extraordinario con paredes cubiertas de obras de arte y estancias sorprendentemente decoradas. Quince minutos después Rick ya había visto suficiente, pero su amiguita no había hecho más que empezar.

Cuando por fin consiguió volver a meterla en el coche, continuaron hacia el norte, siguiendo las indicaciones de Livvy, hasta la ciudad de Soragna. Estaba situada en una llanura fértil en la margen izquierda del río Stirone y había sido escenario de muchas antiguas batallas, según la historiadora del coche, a quien le faltaba tiempo para asimilar toda la información. Mientras Livvy iba enunciando datos, Rick empezó a pensar en los Lions de Bérgamo y sobre todo en el *signor* Maschi, el ágil apoyador central que, en su opinión, era la clave del partido. Recordó todas las jugadas y los esquemas que había concebido con entrenadores de renombre para neutralizar a un gran apoyador central. Casi nunca funcionaban.

El castillo de Soragna (¡donde todavía vivía un príncipe de verdad!) se remontaba al siglo XVII y, tras una rápida visita, se detuvieron a comer en un pequeño *delicatessen*. Luego prosiguieron hasta San Secondo, famoso hoy en día por su *spalla*, un jamón cocido. El castillo de la ciudad, construido en el siglo XV como una fortaleza, había interpretado un papel destacado en muchas y decisivas batallas.

—¿Por qué se peleaba tanto esta gente? —preguntó Rick.

Livvy le dio una explicación rápida sin explayarse demasiado, no le interesaban las guerras. Le atraía más el arte, el mobiliario, las chimeneas de mármol, etcétera. Rick se escabulló y fue a echar una siesta bajo un árbol.

Terminaron en Colorno, también llamado el «pequeño Versalles del Po». Era una fortaleza majestuosa que había sido reconvertida en una residencia espléndida, con inmensos jardines y patios. Cuando llegaron, Livvy estaba tan emocionada como siete horas antes, en la visita del primer castillo, el cual Rick ya apenas recordaba. La siguió arrastrando los pies y sin protestar, pero se rindió hacia el final del exhaustivo tour.

—Estaré en el bar —dijo, y la dejó sola en el inmenso salón, contemplando los frescos de los techos, perdida en otro mundo.

Rick se negó a repetirlo el sábado y tuvieron una pequeña discusión. Era su primera pelea y ambos lo encontraron divertido. Fue muy breve y ninguno de los dos pareció guardarle rencor al otro, una señal prometedora.

Livvy había pensado viajar hacia el sur, a Langhirano, a través del país del vino, donde había un par de castillos que valía la pena visitar. Rick tenía en mente un día tranquilo, dar descanso a sus pies e intentar concentrarse más en el Bérgamo y menos en las piernas de Livvy. Llegaron a un acuerdo: se quedarían en la ciudad y terminarían de ver un par de iglesias.

Rick estaba despejado y descansado, sobre todo porque el equipo había decidido saltarse el ritual de la pizza y los barreños de cerveza del viernes en el Polipo. Habían sudado la camiseta durante una rápida sesión de ejercicios en pantalón corto, habían escuchado más tácticas de juego de Sam, habían oído otro discurso emotivo, esta vez dado por Pietro, y finalmente se habían ido a las diez. Ya habían entrenado suficiente.

El sábado por la noche se encontraron en el Café Montana para la cena previa al partido, una fiesta gastronómica de tres horas con Nino en la pista central y Carlo bramando en la cocina. El *signor* Bruncardo estaba presente y dedicó unas palabras al equipo. Les agradeció aquella temporada tan emocionante, aunque no estaría completa hasta que al día siguiente aplastaran al Bérgamo.

No había mujeres —solo los jugadores ya llenaban el pequeño restaurante—, lo que motivó dos poemas picantes y una despedida final, una oda salpicada de irreverencias compuesta por el lírico Franco, quien la recitó con un estilo desternillante.

Sam los envió a casa antes de las once.

25

El Bérgamo viajaba bien equipado. Los acompañaba un grupo impresionante de bulliciosos incondicionales que llegó pronto, desplegó sus pancartas, probó las bocinas, ensayó los cánticos y, en general, no tardó en sentirse como en casa en el Stadio Lanfranchi. Ocho Super Bowls consecutivas les otorgaban el derecho de ir a donde quisieran durante la NFL italiana e invadir el estadio. Sus animadoras iban vestidas a conjunto con faldas doradas bastante escasas de tela y botas negras de caña alta, lo que acabó siendo una distracción para los Panthers durante el largo calentamiento previo al partido. Perdieron la concentración, o la aparcaron temporalmente, mientras las chicas se estiraban, se desentumecían y calentaban para el gran partido.

—¿Por qué nosotros no tenemos animadoras? —preguntó Rick a Sam cuando pasó por su lado.

—Anda, calla.

Sam revoloteaba alrededor del campo, gruñéndoles a los jugadores, igual de nervioso que cualquier entrenador de la NFL antes de un gran partido. Charló brevemente con un periodista de la *Gazzeta di Parma* y un equipo de televisión grabó algunas imágenes, tanto de las animadoras como de los jugadores.

Los seguidores de los Panthers no quisieron ser menos. Alex Olivetto se había pasado la semana persiguiendo a los jugadores jóvenes de las ligas de fútbol flag que ahora se reunían en uno de los extremos de las gradas locales y que no tardaron en empezar a gritar a los seguidores del Bérgamo. También había muchos antiguos Panthers junto con sus familias y amigos. Todo aquel en quien el *football americano* despertara un mínimo interés ocupaba su asiento mucho antes de la patada inicial.

Se respiraba tensión en el vestuario y Sam no hizo nada por tranquilizar a sus jugadores. El fútbol americano es un juego de emoción basado en gran parte en el miedo, y todo entrenador desea que su equipo pida sangre. Lanzó las advertencias habituales sobre las faltas, las pérdidas de balón y los errores infantiles y luego los soltó.

Cuando los dos equipos se alinearon para la patada inicial, el estadio estaba a rebosar y el bullicio era abrumador. Parma recibió el balón y Giancarlo salió disparado por la línea de banda hasta que lo empujaron contra el banquillo del Bérgamo en la yarda treinta y uno. Rick avanzó con sus atacantes, exteriormente tranquilo, pero con un apretado nudo en el estómago.

Las tres primeras jugadas estaban preparadas de antemano, aunque no pretendían anotar con ninguna de ellas. Rick anunció un «quarterback sneak» y no hizo falta traducción. Nino temblaba de rabia y por la falta de nicotina. Tenía los glúteos completamente descansados, pero el saque fue rápido y se lanzó hacia delante como un cohete contra Maschi, quien se lo quitó de encima y detuvo la jugada tras el avance de una yarda.

—¡Buena carrera, Asno! —gritó Maschi con fuerte acento italiano.

Rick tendría que soportar oír aquel apodo varias veces durante el primer tiempo.

La segunda jugada consistió en otro quarterback sneak que no llegó a ninguna parte, de acuerdo con la estrategia.

Maschi cargó con dureza en todas las situaciones de tercera y larga sin excepción y algunos de sus derribos de quarterback eran verdaderas salvajadas. Sin embargo, tendía a «cargar alto», sin protegerse, tal vez por falta de experiencia o quizá porque le gustaba exhibirse. En la agrupación, Rick anunció la jugada especial: *«Kill Maschi»*. El equipo atacante llevaba una semana ensayándola. En formación de escopeta, sin corredor de habilidad y con tres receptores abiertos, Franco se puso detrás de Karl el danés, muy pegado, en la posición del bloqueador izquierdo, y se agachó todo lo que pudo para esconderse. En el saque, la línea de ataque dobló el marcaje sobre los bloqueadores, lo que dejó un enorme hueco para que el *signor* «L.T.» Maschi cargara a través de él y se dirigiera derecho hacia Rick. Picó el anzuelo y su velocidad casi acabó con él. Rick retrocedió para pasar con la esperanza de que la jugada funcionara antes de que el apoyador arramblara con él. Cuando Maschi irrumpió por el medio, muy incorporado, confiado y emocionado ante la oportunidad de cargar contra Rick tan pronto, de repente el juez Franco apareció de la nada y provocó una tremenda colisión entre los dos jugadores, ambos de cien kilos. El casco de Franco se encajó a la perfección justo por debajo de la barra del casco de Maschi, lo que le arrancó el barboquejo e hizo que el casco dorado del Bérgamo saliera disparado por los aires. Maschi perdió los estribos, tropezó con el casco y al caer de cabeza al suelo, Sam temió haberlo matado de verdad. Era una decapitación típica, uno de los momentos más destacados de todos los partidos, el tipo de jugada que repetirían hasta la saciedad en los canales deportivos de Estados Unidos. Completamente legal, completamente brutal.

Rick se lo perdió porque tenía el balón y estaba de espaldas a la jugada, aunque sí oyó el crujido y el chasquido de una contusión que no presagiaba nada bueno, un golpe igual de violento que los que se producían en la verdadera NFL.

Durante el posterior desarrollo de la jugada, las cosas se complicaron y cuando terminó, los árbitros necesitaron cinco minutos para decidir el resultado. Había al menos cuatro pañuelos en el campo junto con lo que parecían tres cuerpos sin vida.

Maschi no se movía y, no demasiado lejos de él, Franco tampoco. Sin embargo, no hubo ninguna sanción por esa jugada. La primera bandera recayó en la secundaria. El profundo era un pequeño matón llamado McGregor, un yanqui de la Gettysburg College que fantaseaba con pertenecer a la escuela de asesinos de safetys moreadores. En un intento por delimitar el territorio, intimidar, apabullar y encarrilar el partido en el camino correcto, derribó sin miramientos a Fabrizio con el brazo extendido cuando este corría sin hacerle daño a nadie por el campo, lejos de donde se encontraba la acción. Por fortuna, un árbitro lo vio. Por desgracia, Nino también y cuando este salió disparado hacia McGregor y lo derribó, aparecieron más banderas. Los entrenadores entraron corriendo en el campo y a duras penas consiguieron evitar una riña.

Los pañuelos ondearon en la zona donde Rick había sido derribado, tras un avance de cinco yardas. El esquinero, apodado el Catedrático, había jugado brevemente en la Wake Forest de joven y en esos momentos, ya con treinta y tantos, estaba intentando sacarse otra licenciatura en literatura italiana. Cuando no estaba estudiando o impartiendo clases, jugaba y entrenaba para los Lions de Bérgamo. Lejos de ser un académico remilgado, el Catedrático fue derecho a por la cabeza del quarterback del Parma y se felicitó por el golpe bajo. Si el ligamento de la corva le estaba dando problemas, no lo parecía. Tras el duro encontronazo con Rick, le gritó, como si estuviera fuera de sí:

—¡Gran carrera, Asno! ¡Ahora lánzame un pase!

Rick le dio un empujón, el Catedrático se lo devolvió y hubo más banderas.

Mientras los árbitros se reunían desesperados sin saber qué hacer, los preparadores físicos aprovecharon para atender a los lesionados. Franco fue el primero en levantarse y corrió hasta la línea de banda, donde sus compañeros se le echaron encima. «Kill Maschi» había funcionado a la perfección. En el suelo, Maschi movía las piernas, por lo que en el estadio se respiró cierto alivio. A continuación dobló las rodillas, los preparadores físicos se levantaron y Maschi se puso en pie con un saltito. Caminó hasta la línea de banda, buscó un asiento libre en el banquillo y empezó a respirar oxígeno. Pronto regresaría al terreno de juego, aunque su entusiasmo a la hora de cargar no volvería a ser el mismo en todo el día.

Sam les estaba gritando a los árbitros que expulsaran a McGregor, quien se lo merecía, pero entonces también tendrían que echar a Nino por lanzarle un puñetazo. El acuerdo al que se llegó fue una penalización de quince yardas para los Lions, el primer down de los Panthers. Cuando Fabrizio vio que se marcaba la falta, se puso en pie despacio y fue al banquillo.

Nadie había sufrido lesiones permanentes, todo el mundo volvería a jugar. Ambos banquillos estaban furiosos y los entrenadores les gritaban a los árbitros en una acalorada mezcla de idiomas.

Rick echaba humo tras el encontronazo con el Catedrático, por lo que volvió a llamar su número una vez más. Barrió a la derecha, bordeó el extremo y fue a por él. La colisión fue impresionante, sobre todo para Rick, quien no estaba acostumbrado a golpear, pero cuando embistió al Catedrático delante del banquillo de los Panthers, sus compañeros gritaron encantados. Avance de siete yardas. La testosterona corría a raudales. Tenía todo el cuerpo dolorido después de dos colisiones directas. La misma jugada, un barrido del quarterback a la derecha. Claudio lanzó un bloqueo sobre el Catedrático y cuando este dio media vuelta para esquivarlo, Rick cargó a toda velocidad, con la cabeza gacha y el casco dirigido hacia su pecho. Una nueva y deslumbrante colisión. Rick Dockery se había convertido en un cazador de cabezas.

—¿Qué coño estás haciendo? —le gritó Sam cuando pasó por su lado.

—Moviendo el balón.

Si no cobrara, Fabrizio se habría dirigido a los vestuarios y habría abandonado, pero el salario conllevaba una responsabilidad que el joven había aceptado con madurez. Además, todavía seguía queriendo jugar a nivel universitario en Estados Unidos y abandonar no le ayudaría a conseguir ese sueño. Regresó corriendo al campo, junto con Franco, y el equipo atacante volvió a estar intacto.

Además, Rick estaba cansado de correr. Con Maschi en el banquillo, trabajó el centro del campo con Franco, quien había jurado sobre la tumba de su madre que no perdería el balón, y le lanzó un pase corto a Giancarlo bordeando los extremos. Rick amagó una entrega, salió corriendo con el balón dos veces y realizó un bonito avance. En segunda y dos desde las diecinueve yardas, hizo un amago hacia Franco, hizo un amago hacia Giancarlo, salió corriendo con el balón, luego se detuvo en seco en la línea y le lanzó a Fabrizio en la zona de anotación. McGregor estaba cerca, pero no lo suficiente.

—¿Tú qué crees? —le preguntó Sam a Rick mientras miraban a los equipos alinearse para el saque.

—Hay que vigilar a McGregor. Intentará romperle las piernas a Fabrizio, se lo garantizo.

—¿No estará afectándote la mierda esa del «Asno»?

—No, Sam, estoy sordo.

El corredor de habilidad del Bérgamo, el mismo a quien según los informes no le gustaba golpear, atrapó el balón en la tercera jugada y consiguió golpear (con dureza) a todos los miembros de la defensa de los Panthers mientras realizaba una bella carrera de setenta y cuatro yardas que puso en pie a los seguidores e histérico a Sam.

Tras la patada, el señor Maschi entró pavoneándose en el campo, pero con algo menos de garbo en los andares. Después de todo, no lo habían matado.

—Yo me encargo de él —dijo Franco.

¿Por qué no?, pensó Rick. Comunicó un dive, se lo pasó a Franco y vio horrorizado que este perdía el balón. Sin saber cómo, una rápida rodilla pateó el balón, que salió alto sobre la línea de golpeo. En la melé que se siguió, la mitad de los jugadores del campo tocaron el balón suelto mientras este giraba y botaba de un grupo a otro hasta que finalmente rodó a toda velocidad y sin dueño fuera del campo. Los Panthers conservaron la posesión del balón. Avance de dieciséis yardas.

—Debe de ser nuestro día de suerte —musitó Sam para sí mismo.

Rick redistribuyó al equipo atacante, distribuyó a Fabrizio a la izquierda y le lanzó para ocho yardas en un pase exterior hacia la línea de banda. La jugada de pase corto funcionó por dos razones: porque Fabrizio era demasiado rápido para marcarlo de cerca, por lo que McGregor tuvo que ceder terreno abajo, y porque el potente brazo de Rick era imparable en el juego corto. Fabrizio y él habían pasado horas ensayando las trayectorias: quick-outs, slants y ganchos.

La clave residiría en cuánto tiempo estaría Fabrizio dispuesto a recibir las embestidas de McGregor tras recibir los pases de Rick.

Los Panthers anotaron al final del primer cuarto, cuando Giancarlo saltó por encima de una avalancha de bloqueadores, aterrizó de pie y corrió diez yardas como una bala hacia la zona de anotación. Fue una maniobra increíble, audaz y acrobática, y estalló la locura entre los fieles del Parma. Sam y Rick sacudieron la cabeza. Aquello solo pasaba en Italia.

Los Panthers iban por delante 14 a 7.

Los despejes llegaron en el segundo cuarto, con ambas líneas ofensivas a medio gas. A Maschi estaba costándole despejarse y volver a ser el de antes. Según Rick, que tenía una buena visión desde la seguridad del interior de la bolsa de protección, Maschi realizó algunas jugadas espectaculares. Sin embargo, el bergamés no parecía inclinado a regresar a sus cargas de kamikaze. Franco siempre estaba al acecho, cerca de su quarterback.

A un minuto del final de la primera parte y con los Panthers por delante por un touchdown, se vivió el momento crucial del partido. Rick, que no había lanzado una intercepción en cinco partidos, al final lo hizo. Ocurrió en un gancho a Fabrizio, que estaba abierto, pero el balón salió demasiado alto. McGregor lo atrapó en el medio campo y dispuso de una buena trayectoria hasta la zona de anotación. Rick salió disparado hacia la línea de banda, igual que Giancarlo. Fabrizio consiguió tocar a McGregor lo suficiente para hacerlo girar y frenarlo un poco, pero este siguió en pie y continuó corriendo. Giancarlo fue el siguiente, y cuando McGregor quiso hacerle una finta, de repente se encontró en trayectoria de colisión con el quarterback.

El sueño de cualquier quarterback es asesinar al safety que intercepta su pase, un sueño que nunca se hace realidad porque la mayoría de los quarterbacks prefieren estar lo más lejos posible de un asegurador con el balón y decidido a marcar. Solo es un sueño.

Sin embargo, Rick llevaba machacando cascos todo el día y por primera vez desde el instituto buscaba el contacto. De repente andaba suelto un asesino, alguien a quien había que temer. Con McGregor en el punto de mira, Rick imprimió velocidad a su carrera, salió disparado hacia delante, olvidó cualquier preocupación por su propia integridad y se lanzó hacia su objetivo. El impacto fue contundente y brutal. McGregor cayó hacia atrás como si le hubieran disparado en la cabeza y Rick estuvo aturdido unos segundos, pero se puso en pie de un salto como si se tratara de una colisión cualquiera.

El público estaba boquiabierto y encantado al mismo tiempo ante tal caos.

Giancarlo cayó sobre el balón y Rick decidió agotar el tiempo. Cuando abandonaron el campo al final del segundo cuarto, Rick echó un vistazo al banquillo del Bérgamo y vio a McGregor caminando con prudencia junto a un preparador físico como un boxeador al que acaban de tumbar.

—¿Es que querías matarlo? —le preguntaría Livvy más tarde. No parecía indignada, pero desde luego tampoco admirada.

—Sí —contestaría Rick.

McGregor no regresó al campo y la segunda mitad pronto se convirtió en un espectáculo para lucimiento personal de Fabrizio. El Catedrático se puso al frente de su equipo y no tardó en ser superado en una ruta de poste. Si jugaba corto, no había manera de sacarse a Fabrizio de encima. Si decidía jugar largo, como prefería, Rick lanzaba diez yardas que enseguida subían al marcador. Los Panthers anotaron en dos ocasiones en el tercer cuarto. En el último, los Lions adoptaron la estrategia del doble marcaje sobre Fabrizio. Uno de los marcadores sería el Catedrático, quien para entonces estaba sin aliento y completamente sobrepasado, y el otro un italiano que no solo era demasiado bajo, sino también demasiado lento. Cuando Fabrizio lo superó corriendo en un pase de ruta profunda y atrapó uno largo y bonito que Rick le había lanzado desde medio campo, el marcador se puso 35 a 14 y entonces empezó la celebración.

Los seguidores del Parma encendieron fuegos artificiales, no dejaron de cantar, ondearon enormes pancartas como en el fútbol europeo y alguien lanzó la obligatoria bomba de humo. En el otro lado del campo, los seguidores del Bérgamo estaban callados y desconcertados. Después de ganar sesenta y siete partidos consecutivos, nadie había previsto una derrota. La victoria era lo natural.

Perder un partido reñido ya habría sido muy frustrante, pero lo cierto era que estaban dándoles una paliza. Enrollaron las pancartas y recogieron el resto de la parafernalia. Las guapas y pequeñas animadoras estaban calladas y muy tristes.

Muchos jugadores de los Lions no habían perdido nunca y, en general, lo hicieron con dignidad. Sorprendentemente, Maschi era un hombre de natural bondadoso que se sentó en la hierba después de quitarse las hombreras y charló con varios Panthers bastante después de que el partido acabara. Admiraba a Franco por la carga brutal, y cuando oyó que llamaban a la jugada «Kill Maschi», se lo tomó como un cumplido. También admitió que la larga racha de victorias había creado demasiada presión y había alimentado demasiadas esperanzas. En cierto modo, era un alivio no tener que seguir cargando con aquel peso. El Parma y el Bérgamo volverían a encontrarse pronto, tal vez en la Super Bowl, y los Lions estarían preparados para la ocasión. Era una promesa.

Por lo general, los estadounidenses de ambos equipos se encontraban después del partido para saludarse brevemente. Era agradable oír noticias de casa e intercambiar impresiones sobre jugadores con quienes habían coincidido a lo largo de sus respectivas carreras. Sin embargo, ese día no. Rick seguía molesto por lo del «Asno» y abandonó el campo en cuanto tuvo la oportunidad. Se duchó y se cambió a toda prisa, lo celebró lo justo y luego se marchó rápidamente, con Livvy a la zaga.

Había sentido mareos en el último cuarto y estaba empezándole una aguda jaqueca en la base del cráneo. Demasiados golpes en la cabeza. Demasiado fútbol.

26

Durmieron hasta el mediodía en la diminuta habitación del pequeño *albergo* que había cerca de la playa, luego cogieron las toallas, la crema de protección solar, las botellas de agua y sus libros de bolsillo y se dirigieron con paso tambaleante, todavía medio groguis, a la orilla del mar Adriático, donde se instalaron a pasar la tarde. Estaban a principios de junio y hacía calor, y aunque se avecinaba la temporada turística, apenas había nadie en la playa.

—Tiene que darte el sol —dijo Livvy mientras se embadurnaba de aceite.

Se quitó la camiseta y quedaron a la vista unos cuantos cordones que tapaban aquello que era estrictamente necesario.

—Supongo que para eso hemos venido a la playa —contestó Rick—. Además, no he visto ni un solo salón de bronceado en toda Parma.

—No hay bastantes estadounidenses.

Salieron de Parma después del entrenamiento del viernes y de la pizza en el Polipo. El viaje hasta Ancona había durado tres horas, luego habían seguido media más hacia el sur a lo largo de la costa hasta la península de Conero y finalmente habían llegado al pueblecito turístico de Sirolo. Ya eran más de las tres de la madrugada cuando se registraron. Livvy se había encargado de reservar la habitación, encontrar la calle y enterarse de la ubicación de los restaurantes. Le encantaba programar los viajes.

Por fin un camarero se fijó en ellos y se acercó tranquilamente a tomarles nota. Pidieron bocadillos y cervezas y esperaron cerca de una hora a que se los sirvieran. Livvy tenía la nariz enterrada en su libro de bolsillo mientas Rick intentaba mantenerse despierto. Cuando lo conseguía, se volvía hacia la derecha y admiraba a la joven sin camiseta y crepitando bajo el sol.

El móvil de Livvy sonó en las profundidades de la bolsa de la playa y su dueña lo rescató de sus entrañas, miró quién la llamaba y decidió no contestar.

—Mi padre —dijo con fastidio, y luego devolvió la atención a su novela de suspense.

Su padre no había dejado de llamarla, igual que su madre y su hermana. Livvy había sobrepasado en diez días su estancia por estudios en el extranjero y había dejado caer más de una insinuación de que no iba a volver a casa. ¿Para qué? Estaba mucho más tranquila en Italia.

Aunque seguía guardándose para ella algunos detalles, Rick sabía lo fundamental: la familia de su madre pertenecía a la aristocracia de Savannah, gente engreída, según las sucintas descripciones de Livvy, que jamás había aceptado al padre por ser de Nueva Inglaterra. Sus padres se habían conocido en la Universidad de Georgia, adonde iba toda la familia. En privado, la familia de la madre se había opuesto férreamente a la boda, lo que había acabado de decidir a la novia. Hubo muchas luchas internas, a distintos niveles, y el matrimonio estuvo condenado desde el principio.

El hecho de que él fuera un neurocirujano próspero y prominente no significaba nada para sus parientes, casi todos ellos arruinados, pero bendecidos para siempre con el estatus social de «familia de dinero».

El padre trabajaba todas las horas del día y su carrera lo absorbía por completo. Comía en el despacho, dormía en el despacho y evidentemente pronto empezó a disfrutar de la compañía de las enfermeras en el despacho. La cosa siguió así durante años y para equilibrar la balanza la madre empezó a verse con hombres más jóvenes. Mucho más jóvenes. La hermana, la única otra hija del matrimonio, iba al psicólogo desde los diez años. «Una familia completamente disfuncional», así la había valorado Livvy.

Con catorce años, ya ansiaba irse a un internado. Eligió uno en Vermont, lo más lejos posible de su familia, y durante cuatro años estuvo esperando las vacaciones con terror. Pasaba los veranos en Montana, donde trabajaba como coordinadora de campamento.

Para ese verano en concreto y a su regreso de Florencia, su padre la había apuntado a un curso de prácticas laborales en un hospital de Atlanta donde trabajaría con víctimas de accidentes que padecían daños cerebrales. El padre había planeado que Livvy fuera médica y sin duda una gran doctora, como él. Livvy no tenía planes, salvo los que la alejaran del camino que le hubieran elegido sus padres.

El juicio del divorcio se celebraría a finales de septiembre y había mucho dinero en juego. La madre quería que Livvy testificara a su favor, en concreto acerca de un incidente ocurrido tres años antes: Livvy había ido a visitar a su padre al hospital sin avisarle de antemano y lo había sorprendido metiéndole mano a una joven doctora. El padre jugaba la baza del dinero. Llevaban arrastrando aquel encarnizado divorcio desde hacía casi dos años y Savannah estaba ávida por presenciar la confrontación pública entre el gran médico y aquella representante de la alta sociedad.

Livvy no sabía cómo evitarlo. No quería que aquella sórdida contienda entre sus padres le arruinara el último año en la universidad.

Rick había ido enterándose de toda la historia a través de breves, y a menudo desganados, resúmenes, que la joven solía ofrecerle cuando sonaba el teléfono y se veía obligada a relacionarse con su familia. Él escuchaba con paciencia y ella le estaba agradecida por ser su caja de resonancia. En Florencia, sus compañeras de habitación estaban demasiado concentradas en sus propias vidas.

Rick daba las gracias por tener unos padres tan sosos y por la vida tan anodina que llevaban en Davenport.

El teléfono de Livvy volvió a sonar. La joven lo cogió, soltó un gruñido y se dirigió hacia la playa con el teléfono pegado a la oreja. Rick la siguió con la mirada, admirando cada paso. Otros hombres también cambiaron de postura en las sillas de la playa para echar un vistazo.

Rick supuso que se trataría de la hermana por la rapidez con que había respondido y porque se había alejado, como si quisiera ahorrarle los detalles. De todos modos, nunca lo sabría, porque cuando Livvy regresó se limitó a disculparse, volvió a sentarse al sol y retomó la lectura.

Por fortuna para Rick, los aliados arrasaron Ancona al final de la guerra, por lo que ya apenas quedaban en pie ni castillos ni *palazzi*. Según la montaña de guías de viaje de Livvy, solo había una vieja catedral que valiera la pena visitar y no le apetecía ir a verla. El domingo durmieron hasta tarde, se saltaron la visita y finalmente fueron al campo de fútbol.

Los Panthers llegaron en autobús a la una y media. Rick estaba solo en los vestuarios, esperándolos. Livvy estaba sola en las gradas, leyendo un periódico dominical italiano.

—Me alegro de que ya estés aquí —le gruñó Sam a su quarterback.

—Veo que trae el buen humor de siempre, entrenador.

—Ya lo creo, no hay nada que me haga más feliz que un viaje de cuatro horas en autobús.

Todavía les duraba la resaca de la gran victoria ante el Bérgamo y Sam, como de costumbre, se temía un desastre contra los Dolphins. Una derrota inesperada y los Panthers ya podían olvidarse de los play-offs. Les había hecho trabajar duro tanto el miércoles como el viernes, pero ellos seguían recreándose con la inesperada interrupción de la Gran Racha Victoriosa del Bérgamo. La *Gazzetta di Parma* publicaba un artículo en portada acompañado de una fotografía de gran tamaño de Fabrizio corriendo por el campo. El martes habían publicado otro artículo, en el que aparecían Franco, Nino, Pietro y Giancarlo. Los Panthers eran el equipo de moda de la liga y empezaban a barrer entre los seguidores italianos. Solo el quarterback era estadounidense. Etcétera.

Los Dolphins habían ganado un único partido y habían perdido seis, la mayoría por amplio margen. Los Panthers estaban en baja forma, como era de esperar, pero no había que olvidar que le habían dado una paliza al Bérgamo y eso en sí ya era suficientemente intimidatorio. Rick y Fabrizio conectaron dos pases en el primer cuarto, y Giancarlo hizo una rueda y se tiró en plancha para anotar dos touchdowns más en el segundo. Al inicio del último cuarto, Sam no dejó a nadie en el banquillo y Alberto se hizo cargo de la ofensiva.

La temporada llegó a su fin con el balón en medio del campo y ambos equipos lanzándose sobre él al estilo melé de rugby mientras la aguja del reloj marcaba los últimos segundos. Los jugadores se quitaron las sucias camisetas y protecciones y durante la media hora siguiente estuvieron estrechando manos e intercambiando promesas para la próxima temporada. El corredor de habilidad de los Dolphins era de Council Bluffs, Iowa, y había jugado en una pequeña universidad de Minnesota. Hacía siete años había visto jugar a Rick en un gran partido Iowa-Wisconsin, y pasaron un buen rato rememorándolo. Uno de los mejores partidos universitarios de Rick. Era agradable hablar con alguien con el mismo acento.

Charlaron sobre jugadores y entrenadores que habían conocido. El corredor de habilidad tenía que tomar un vuelo al día siguiente y ansiaba llegar a casa. Rick, claro estaba, se quedaría para jugar los play-offs, pero no había hecho planes para después. Se desearon lo mejor y prometieron verse más adelante.

El Bérgamo, con deseos más que evidentes de iniciar una nueva racha de victorias, había derrotado al Roma por seis touchdowns y había acabado la temporada ganando siete de los ocho partidos. El Parma y el Bolonia habían empatado a seis victorias y serían rivales en las semifinales. La gran noticia del día fue la derrota inesperada del Bolzano. Los Rhinos de Milán habían anotado en la última jugada y se habían colado en los play-offs.

Estuvieron bronceándose un día más y luego se cansaron de Sirolo. Se dirigieron hacia el norte y se detuvieron en la villa medieval de Urbino, donde pasaron la jornada e hicieron noche. Livvy conocía trece de las veinte regiones, y las indirectas acerca de alargar el viaje hasta haber visitado las siete que le quedaban cada vez eran menos indirectas. Sin embargo, con una visa caducada, ¿hasta dónde podría llegar?

Prefería no hablar de ello. Y se le daba muy bien ignorar a su familia, siempre que ellos hicieran otro tanto. Mientras conducían por las carreteras secundarias de la Umbría y la Toscana, Livvy estudiaba los mapas y se las arreglaba para encontrar pueblos diminutos, bodegas y antiguos *palazzi*. Conocía la historia de las regiones: las guerras y los conflictos, los gobernantes y sus ciudades estado, la influencia de Roma y su declive. Miraba la vieja catedral de una población y decía: «Barroca, de finales del siglo XVII», o «Románica, de principios del siglo XII», y en ocasiones añadía: «Pero la cúpula fue añadida un siglo después, obra de un arquitecto clásico». Conocía a los grandes artistas, y no solo su trabajo, sino también sus ciudades de origen, de formación, sus excentricidades y todos los hitos importantes de sus carreras. Conocía el vino italiano y sabía distinguir las infinitas variedades de uva de las regiones. Si tenían mucha sed, era capaz de encontrar una bodega oculta. Realizaban la pequeña visita y luego se lanzaban sobre la degustación gratuita.

Finalmente regresaron a Parma a última hora del miércoles por la tarde, a tiempo para una larga sesión de entrenamiento. Livvy se quedó en el apartamento («en casa») mientras Rick se arrastraba hasta el Stadio Lanfranchi para prepararse una vez más contra los Warriors de Bolonia.

27

El jugador de mayor edad de los Panthers era Tommaso, o simplemente Tommy. Tenía cuarenta y dos años y había empezado a jugar a los veinte. Su idea, de la que todo el mundo había oído hablar demasiado a menudo en los vestuarios, era retirarse únicamente cuando el Parma hubiera ganado su primera Super Bowl. Varios compañeros pensaban que ya hacía tiempo que debía haberlo hecho y su deseo de aguantar era otra buena razón para que los Panthers se dieran prisa en ganar el gran título.

Tommy jugaba de ala ofensiva y solía ser efectivo durante el primer tercio del partido. Era alto y pesaba cerca de noventa kilos, pero era bastante rápido en la salida y sabía cómo presionar al pasador. Sin embargo, en las jugadas de carrera, no podía medirse con un línea a la carga o un corredor de poder y Sam utilizaba a Tommy en contadas ocasiones. Había varios Panthers, los más mayores, que tenían suficiente con unos cuantos saques por partido.

Tommy era funcionario de carrera, tenía un trabajo indefinido y un apartamento muy moderno en el centro de la ciudad. Lo único viejo era el edificio, pues Tommy había eliminado cualquier concesión a la edad o a la historia en el interior. Los muebles eran de cristal, cromo y piel, los suelos eran de roble dorado sin encerar, las paredes estaban cubiertas de obras de desconcertante arte contemporáneo y tenía lo último en cuanto a aparatos relacionados con la tecnología del ocio, diseminados con gusto por todas partes.

La mujer que lo acompañaba esa velada, que no su esposa, encajaba a la perfección con la decoración. Se llamaba Maddalena, era igual de alta que Tommy, aunque pesaba unos cuarenta kilos menos, y era quince años más joven que él como mínimo. Mientras Rick la saludaba, Tommy abrazó y besó a Livvy y se comportó como si fuera a llevársela al dormitorio en cualquier momento.

Livvy había llamado la atención de los Panthers, aunque no era de extrañar. Era una guapa jovencita estadounidense que vivía con su quarterback allí mismo, en Parma, y como ardientes italianos que eran, no podían evitar revolotear a su alrededor para acercarse a ella. Rick siempre había recibido invitaciones para cenar, pero desde la llegada de Livvy, casi tenía que dar tanda.

Rick consiguió rescatarla del lado de Tommy y alabó la colección de trofeos y otros objetos interesantes relacionados con el fútbol americano que este poseía. Había una foto de Tommy con un joven equipo de fútbol.

—En Texas —dijo Tommy—. Cerca de Waco. Voy todos los años en agosto para entrenar con el equipo.

—¿En un instituto?

—*Sì*. Aprovecho las vacaciones para asistir a uno de esos campamentos de entrenamiento.

—Ah, sí, los campamentos de entrenamiento, siempre son en agosto.

Rick estaba anonadado. Jamás había conocido a nadie que se hubiera sometido voluntariamente a los horrores de un campamento de entrenamiento de verano. Además, en agosto ya no había liga italiana, ¿por qué iba nadie a querer soportar esa preparación brutal?

—Ya lo sé, es de locos —dijo Tommy.

—Sí, sí que lo es. ¿Sigues yendo?

—Oh, no. Lo dejé hace tres años. Mi mujer, mi segunda esposa, no lo veía con buenos ojos. —Lanzó una mirada cauta a Maddalena y luego continuó—: Me dejó, y yo ya estaba muy mayor. Esos críos tienen diecisiete años, son demasiado jóvenes para un cuarentón como yo, ¿no crees?

—Sin duda.

Rick siguió adelante, todavía atónito ante la idea de que Tommy, o cualquiera, pasara las vacaciones bajo el sol abrasador de Texas haciendo carreras de resistencia y lanzándose contra sacos de bloqueo.

Había una estantería de cuadernos de piel perfectamente alineados, de unos tres centímetros de ancho y con el año grabado en dorado, uno por cada una de las veinte temporadas de Tommy.

—Este es el primero —dijo Tommy.

En la primera página aparecía el calendario de partidos de los Panthers en papel satinado con los resultados añadidos a mano. Cuatro victorias, cuatro derrotas. A continuación venían los programas de los partidos, artículos de periódico y páginas de fotografías. Tommy se señaló en una foto de grupo y dijo:

—Ese soy yo, ya entonces era el número 82, aunque con diez kilos más.

Tenía un aspecto imponente y a Rick estuvo a punto de escapársele que ahora les iría bien parte de ese volumen. Sin embargo, a Tommy le gustaba ir atildado, a la última y tener buen aspecto. Era evidente que la pérdida de ese peso extra había tenido mucho que ver con su vida amorosa.

Hojearon unos cuantos anuarios más y las temporadas empezaron a mezclarse.

—Nunca hemos ganado una Super Bowl —repitió Tommy en más de una ocasión. Señaló un espacio vacío en el centro de una estantería y añadió—: Este es el lugar especial, Riick. Aquí es donde pondré una gran foto de mis Panthers en cuanto ganemos la Super Bowl. Tú saldrás en ella, ¿no, Riick?

—Por supuesto.

Tommy le pasó un brazo por encima de los hombros y se dirigieron al comedor, donde les esperaban las bebidas, como dos viejos amigos.

—Estamos preocupados, Riick —dijo, muy serio de repente.

Se hizo un breve silencio.

—¿Por qué estáis preocupados?

—Por el partido. Estamos tan cerca... —Se quitó la chaqueta y sirvió dos vasos de vino blanco—. Eres un gran futbolista, Riick, el mejor de toda Parma, tal vez incluso de Italia. Un verdadero quarterback de la NFL. Riick, ¿puedes asegurarnos que ganaremos la Super Bowl?

Las mujeres estaban en la terraza, contemplando las flores de la jardinera.

—Nadie puede saberlo, Tommy. Este juego es muy impredecible.

—Riick, tú tienes mucha experiencia, has jugado con grandes jugadores en estadios magníficos. Tú sabes lo que es jugar de verdad, Riick. Seguro que sabes si podemos ganar.

—Sí, podemos ganar.

—¿Es una promesa? —Tommy sonrió y le dio un golpecito en el pecho con el pulgar—. Vamos, amigo, entre nosotros dos. Dime lo que quiero oír.

—Creo firmemente que tenemos posibilidades de ganar los siguientes dos partidos y, por tanto, la Super Bowl, pero, Tommy, solo un idiota lo prometería.

—El señor Joe Namath lo garantizó. ¿Qué fue, en la tercera o en la cuarta Super Bowl?

—En la tercera, y yo no soy Joe Namath.

Tommy era tan poco tradicional que no sacó ni queso parmesano ni *prosciutto* para picar mientras esperaban la cena. El vino era español. Maddalena sirvió ensalada de espinacas y tomate y a continuación unas pequeñas porciones de bacalao al horno, un plato difícil de encontrar en un recetario de la Emilia-Romagna. La pasta brilló por su ausencia. El postre consistió en un bizcocho quebradizo y seco, oscuro como si fuera de chocolate, pero prácticamente insípido.

Rick abandonaba una mesa con hambre por primera vez desde que había llegado a Parma. Después de un café suave y una despedida interminable, se fueron y se detuvieron a comprar un helado de camino a casa.

—Es un baboso —dijo Livvy—, no dejaba de manosearme.

—No le culpo.

—Calla.

—Además, yo le metía mano a Maddalena.

—Es mentira. He estado vigilándote.

—¿Estás celosa?

—Mucho. —Se metió una cucharada de helado de pistacho entre los labios y dijo, sin sonreír—: ¿Me oyes, Riick? Estoy loca de celos.

—Sí, señora.

Y así sin más alcanzaron un nuevo hito, avanzaron un nuevo paso, juntos: del flirteo al sexo ocasional y de ahí a algo más intenso. De correos electrónicos breves a largas charlas por teléfono. De una historia a distancia a jugar a las casitas. De un futuro próximo incierto a uno que tal vez compartirían. Y ahora a un acuerdo de exclusividad, a la monogamia, sellado con una cucharada de helado de pistacho.

El entrenador Russo estaba harto de oír hablar de la Super Bowl. El viernes por la noche reprendió a su equipo a voz en grito: si no se tomaban en serio al Bolonia, por cierto, un equipo contra el que habían perdido, no jugarían ninguna Super Bowl. Los partidos se juegan de uno en uno, merluzos.

Y volvió a gritarles el sábado mientras practicaban una tanda de ejercicios suaves que habían pedido Nino y Franco. Se presentaron todos los jugadores, la mayoría de ellos una hora antes de lo acordado.

Partieron hacia Bolonia en autobús a las diez de la mañana del día siguiente. Tomaron una comida ligera, unos bocadillos en una cafetería de las afueras de la ciudad, y a la una y media los Panthers bajaron del vehículo y se pasearon por el mejor campo de fútbol americano de Italia.

Bolonia tiene medio millón de habitantes y muchos son amantes del fútbol americano. Los Warriors cuentan con una larga tradición de buenos equipos, ligas juveniles muy activas y dueños competentes, y el césped (que hace las veces de campo de rugby) ha sido reformado para responder a las particularidades del fútbol americano y es objeto de un cuidado mantenimiento. Antes de la ascensión del Bérgamo, el Bolonia dominaba la liga.

Dos autocares llenos de seguidores del Parma llegaron tras su equipo e hicieron una bulliciosa entrada en el estadio. Poco después, ambas aficiones se habían enzarzado en una entusiasta competición para ver cuál de las dos armaba más jaleo. Aparecieron las pancartas. Rick se fijó en una de la zona local que decía: «Comeos al Asno».

Según Livvy, Bolonia era famosa por su gastronomía y, lo que no era de sorprender, aseguraba poseer la mejor cocina de toda Italia. Tal vez el asno asado fuera una especialidad de la región.

En el primer encuentro de ambos equipos, Trey Colby había interceptado tres pases de touchdown en el primer cuarto. En el descanso ya eran cuatro, pero su carrera terminó al principio del tercer cuarto. Ray Montrose, un corredor de habilidad que había jugado en la Rutgers y que había ganado con facilidad el título de corredor de la temporada con 228 yardas por partido, había campado a sus anchas entre la defensa de los Panthers y había anotado tres touchdowns y 200 yardas. El Bolonia había ganado por 35 a 34.

Desde entonces, los Panthers no habían perdido, pero tampoco habían vuelto a jugar un partido con un resultado tan ajustado. Rick esperaba que ese día no fuera diferente. El Bolonia era un equipo que se apoyaba en un solo hombre: Montrose. El quarterback era el prototipo de jugador de universidad pequeña: duro, pero algo lento e irregular incluso en los pases cortos. El tercer estadounidense era un asegurador de Dartmouth que no había conseguido cubrir a Trey. Y Trey no era ni tan versátil ni tan veloz como Fabrizio.

El partido sería emocionante y se anotarían muchos puntos. Rick quería sacar, pero los Warriors ganaron el sorteo de campo. Cuando los equipos se alinearon para la patada inicial, las gradas estaban llenas y en plena ebullición. El retornador era un italiano diminuto. Rick se había fijado en los pases de vídeo que el hombre solía sujetar el balón bajo, lejos del cuerpo, algo que en Estados Unidos lo habría relegado al banquillo.

—¡Arrancadle el balón! —había gritado Sam como un millar de veces durante la semana . Si el número 8 recibe el lanzamiento, quitadle el maldito balón.

Sin embargo, primero tendrían que atraparlo. Mientras se abría paso a través del medio del campo, el número 8 ya olía el perfume de la línea de gol. Cogió el balón con la mano derecha, separándolo del cuerpo. Silvio, el apoyador tamaño pinta de cerveza y de gran velocidad, lo atrapó por el costado y le dio un tirón al brazo derecho con tanta fuerza que casi lo descoyuntó. El balón empezó a rodar por el campo. Un Panther lo recuperó. Montrose tendría que esperar.

En la primera jugada, Rick amagó un dive para Franco, luego fintó a Fabrizio en un cinco y fuera. El esquinero, imaginando que iba a realizar una intercepción espectacular a la primera de cambio, picó el anzuelo y Fabrizio quedó desmarcado un largo segundo cuando salió disparado campo arriba.

Rick lanzó el balón con demasiada fuerza, pero Fabrizio sabía lo que le esperaba. Lo atrapó con los dedos, lo detuvo con el tronco y luego se cerró sobre él como si el asegurador se le acercara para placarlo. Sin embargo, el asegurador no consiguió atraparlo. Fabrizio salió corriendo de nuevo, encendió el turbo y poco después cruzaba la línea de gol. Siete a cero.

Para prolongar un poco más la entrada del señor Montrose, Sam ordenó un onside kick. La habían practicado cientos de veces durante la semana anterior. Filippo, el pateador de pies grandes, golpeó la punta del balón a la perfección y este salió rebotando como un loco a través del medio campo. Franco y Pietro se lanzaron tras él, aunque no con intención de tocarlo, sino de aniquilar a los dos Warriors más cercanos. Tumbaron a dos jóvenes pillados por sorpresa que, regresando tranquilamente a la formación en cuña, habían cambiado de opinión y habían decidido probar de anotar el intento tímidamente. Giancarlo saltó la pila con una voltereta y aterrizó sobre el balón. Tres jugadas después, Fabrizio volvía a estar en la zona de anotación.

Montrose por fin tocó el balón en primera y diez desde la treinta y uno. El pase corto al corredor de habilidad era tan predecible como que al día siguiente saldría el sol, y Sam envió a todo el mundo tras el balón menos al profundo libre, por si acaso. A aquello le siguió un placaje de grupo, pero Montrose aun así consiguió un avance de tres. Luego cinco, y cuatro y de nuevo tres. Sus carreras eran cortas y tenía que arrancarle cada yarda a una defensa implacable. El Bolonia por fin se atrevió a probar algo creativo en tercera y uno. Sam ordenó otra carga y cuando el quarterback arrancó el balón del vientre de Montrose y buscó un receptor, encontró uno completamente solo que daba saltos en la línea de banda, agitando los brazos y gritando porque no había un Panther en veinte yardas a la redonda. El pase fue largo y alto, y cuando el receptor lo atrapó en la línea de las diez yardas, los seguidores locales se levantaron y lo vitorearon. Agarró el balón con ambas manos, las mismas que lo dejaron resbalar a continuación, penosa y lentamente, como si todo ocurriera a cámara lenta. Mientras aquel balón de oro se alejaba dando botes de la punta de los dedos del receptor, este se lanzó a por él, cayó de bruces en la línea de las cinco yardas y se golpeó contra el césped.

Casi se lo oía llorar.

El despejador tenía un promedio de veintiocho yardas por patada, media que consiguió bajar desviando una pelota hacia sus propios seguidores. Rick decidió avanzar la ofensiva y sin reunión previa dirigió tres jugadas seguidas a Fabrizio: una ruta de slant a través del centro para doce yardas, una de gancho para once y una de poste para treinta y cuatro yardas y el tercer touchdown en los primeros cuatro minutos del partido.

El Bolonia no se dejó llevar por el pánico y abandonó su plan de juego. Montrose recibía el balón en todas las jugadas y en todas las jugadas Sam ordenaba una carga con un mínimo de nueve defensas. El resultado fue un festival de tortas mientras el equipo atacante hacía avanzar el balón una y otra vez. Cuando Montrose anotó con una carrera de tres yardas, el primer cuarto había acabado.

El segundo cuarto fue muy similar. Rick y su ofensiva anotaban con facilidad mientras que Montrose y la suya pasaban por serias dificultades. En el descanso, los Panthers iban ganando por 38 a 13 y Sam tuvo problemas para encontrar algo de lo que quejarse. Montrose había anotado dos touchdowns en veintiuna carreras y casi doscientas yardas, pero ¿a quién le importaba?

Sam los sermoneó con el típico discurso de los entrenadores sobre las recaídas de la segunda parte, pero hizo una pésima actuación. Lo cierto era que jamás había visto a un equipo, de la categoría que fuera, articularse de una manera tan bella y sencilla después de un inicio tan desastroso. Era evidente que su quarterback se sentía como gallina en corral ajeno y que Fabrizio no solo era bueno, sino genial, y que valía hasta el último céntimo de los ochocientos euros que cobraba al mes. Sin embargo, los demás Panthers habían subido un escalafón. Franco y Giancarlo corrían con seguridad y arrojo. Nino, Paolo el Aggie y Giorgio salían disparados y casi nunca fallaban un bloqueo. A Rick rara vez lo derribaban o lo presionaban. Y la defensa, con Pietro reinando en el centro y Silvio cargando con total abandono, se había convertido en un frenesí de bloqueadores que se arremolinaban alrededor del balón en cada jugada como una jauría de perros.

Los Panthers habían tenido que sacar de algún sitio esa arrogante seguridad en sí mismos con la que soñaba cualquier entrenador, y seguramente el milagro lo había obrado la presencia de su quarterback. Ahora caminaban con la frente alta. Aquella era su temporada y no volverían a perder.

Anotaron en la ofensiva inicial de la segunda parte sin lanzar un pase. Giancarlo hizo un largo recorrido a izquierda y derecha mientras Franco se abría paso como una locomotora a través de la zona intermedia de la línea defensiva. El ataque consumió seis minutos y, con un marcador de 45 a 13, Montrose y compañía salieron al campo con la sensación de derrota. El corredor de habilidad no se dio por vencido, pero tras treinta carreras, perdió fuelle. Tras la treinta y cinco, obtuvo su cuarto touchdown, pero los prodigiosos Warriors iban muy por detrás en el marcador. El resultado final fue de 51 a 27 a favor de los Panthers.

28

La madrugada del lunes, Livvy saltó de la cama, encendió la luz y anunció:

—Nos vamos a Venecia.

—No —fue la respuesta que recibió desde debajo de las almohadas.

—Sí, no la has visto y Venecia es mi ciudad favorita.

—Igual que Roma, Florencia y Siena.

—Levántate, don Juan, voy a enseñarte Venecia.

—No, me duele todo.

—Menudo vago. Me voy a Venecia a buscar un hombre de verdad, uno que juegue al fútbol europeo.

—Vuelve a la cama y duerme.

—No. Me voy. Creo que cogeré el tren.

—Envíame una postal.

Livvy le dio una palmada en el trasero y se metió en la ducha. Una hora después, el coche estaba cargado y Rick regresaba con café y cruasanes que había ido a comprar a la cafetería del barrio, arrastrando los pies. El entrenador Russo había cancelado el entrenamiento del viernes. La Super Bowl, igual que su homóloga estadounidense, requería dos semanas de preparaciones.

Como esperaba todo el mundo, el rival sería el Bérgamo.

Fuera de la ciudad, lejos del tráfico de la mañana, Livvy se arrancó con la historia de Venecia y, por fortuna, solo repasó los acontecimientos más destacados de los últimos dos mil años. Rick la escuchaba con una mano en las rodillas de Livvy mientras ella le explicaba cómo y por qué se construyó la ciudad sobre bancos de arena en zonas de marismas que se inundaban cada dos por tres. Consultaba las guías de viaje de vez en cuando, pero lo sabía casi todo de memoria. Había visitado Venecia en dos ocasiones el año anterior, durante dos largos fines de semana. La primera vez había ido con un grupo de estudiantes y la experiencia la animó a repetir un mes después, aunque ella sola.

—¿Y las calles son ríos? —preguntó Rick, bastante preocupado por el pequeño coche y por el aparcamiento.

—Se llaman canales y no hay coches, solo barcas.

—¿Y esas barcas se llaman...?

—Góndolas.

—Góndolas. Vi una película en que una pareja iba a dar una vuelta en góndola y el pequeño capitán...

—El gondolero.

—Lo que sea, pues el tipo se pasaba todo el rato cantando y ellos no conseguían hacer que se callara. Tenía mucha gracia. Era una comedia.

—Eso es para los turistas.

—Qué emocionante.

—Venecia es única en el mundo, Rick. Quiero que te enamores de ella.

—Tranquila, seguro que lo haré. Me pregunto si tendrán equipo de fútbol.

—En la guía no dice nada.

Livvy tenía el teléfono móvil apagado y no parecía preocupada por lo que pudiera estar ocurriendo en casa. Rick sabía que los padres de Livvy estaban furiosos y que la amenazaban, pero había mucho más detrás de aquel culebrón de lo que ella le había explicado hasta el momento. Livvy era capaz de desconectar como un interruptor y cuando se sumergía en la historia, el arte y la cultura de Italia, volvía a ser una estudiante fascinada con la asignatura que había escogido y ansiosa por compartir lo que sabía con los demás.

Se detuvieron a comer en las afueras de la ciudad de Padua. Una hora después encontraron un aparcamiento para turistas y aparcaron el coche por veinte euros al día. Cogieron un ferry en Mestre y allí comenzó su aventura por agua. El ferry se mecía a medida que iban subiendo los pasajeros y luego se lanzó hacia las aguas de la laguna veneciana. Livvy se aferró a él y a la barandilla y vivió con gran emoción el trayecto hasta Venecia. Poco después enfilaban el Gran Canal. Había embarcaciones por todas partes: taxis privados, pequeñas barcazas cargadas con mercancías, la lancha motora de los *carabinieri* con la insignia de la policía, un vaporetto lleno de turistas, barcas de pesca, otros ferrys y, finalmente, decenas de góndolas. El agua turbia batía contra los escalones delanteros de elegantes *palazzi* construidos unos junto a otros. El *campanile* de la piazza San Marco se alzaba en la lejanía.

A Rick se le fue la vista hacia las cúpulas de centenares de viejas iglesias y tuvo la deprimente sensación de que acabaría familiarizado con la mayoría de ellas.

Bajaron en una de las paradas del ferry cerca del Gritti Palace.

—Esto es lo único malo que tiene Venecia —dijo Livvy una vez en el paseo marítimo entablado—: tenemos que arrastrar las maletas hasta el hotel.

Y así lo hicieron, las arrastraron por las calles abarrotadas, cruzaron con ellas los estrechos puentes y atravesaron callejones que nunca veían el sol. Livvy le había advertido que no cargara la maleta, aunque la de ella seguía siendo el doble de grande que la de Rick.

El hotel era una pequeña y pintoresca pensión alejada de la zona turística. La dueña, la *signora* Stella, una mujer de sesenta y tantos años, llena de vida, apostada detrás del mostrador, que fingió recordar a Livvy de su estancia anterior, hacía cuatro meses. Les dio una de las habitaciones que hacían esquina, un cuarto pequeño pero con bonitas vistas de la ciudad —plagada de iglesias— y con baño completo, algo que, como Livvy le explicó, no era lo más habitual en aquellos diminutos hoteles italianos. Rick se estiró en la cama, que crujió escandalosamente, aunque no tendría que preocuparse demasiado por aquello ya que Livvy no estaba por la labor teniendo Venecia ante ellos y tantas cosas por ver. Rick ni siquiera fue capaz de pactar una siesta.

Sin embargo, sí consiguió pactar una tregua. Su límite sería dos iglesias o palacios al día. Más allá de eso, tendría que ir sola. Pasearon por la piazza San Marco, la primera parada de todos los visitantes, y se pasaron la primera hora en la terraza de una cafetería con sus bebidas, observando a las enormes avalanchas de estudiantes y turistas que se paseaban por la magnífica plaza. Según Livvy, la plaza se había construido hacía cuatrocientos años, cuando Venecia era una ciudad estado rica y poderosa. El palacio del Dux ocupaba una de las esquinas, una fortaleza enorme que había protegido a Venecia durante setecientos años. La iglesia, o basílica, era inmensa y atraía grandes multitudes.

Livvy fue a comprar las entradas y Rick aprovechó para llamar a Sam. El entrenador estaba viendo la cinta del partido del día anterior entre el Bérgamo y el Milán, la típica tarea del lunes por la mañana de cualquier entrenador preparándose para la Super Bowl.

—¿Dónde estás? —preguntó Sam.

—En Venecia.

—¿Con esa jovencita?

—Tiene veintiún años, entrenador. Y sí, anda por aquí cerca.

—El Bérgamo es impresionante, ni una sola pérdida de

balón y solo dos penalizaciones. Ganó por tres touchdowns. Ahora que ya no arrastran el peso de la racha ganadora, parece que juegan mejor que nunca.

—¿Y Maschi?

—Brillante. Noqueó al quarterback en el tercer cuarto.

—Ya me han noqueado otras veces. Sospecho que pondrán a los dos estadounidenses detrás de Fabrizio y lo machacarán. Va a ser un día muy largo para el chaval. Adiós al juego aéreo. Y Maschi es muy capaz de contener el juego de carrera.

—Gracias a Dios que nos quedan los despejes —se burló Sam—. ¿Tienes un plan?

—Tengo un plan.

—¿Te importaría compartirlo conmigo para que pueda dormir esta noche?

—No, todavía me falta darle unos retoques. Un par de días más en Venecia y tendré atados todos los cabos.

—Nos vemos el jueves por la tarde y hablamos.

—De acuerdo, entrenador.

Rick y Livvy recorrieron la basílica de San Marco, hombro con hombro con los turistas holandeses mientras su guía hablaba en la lengua solicitada. Al cabo de una hora, Rick huyó de allí y salió a tomarse una cerveza al sol del atardecer mientras esperaba pacientemente a Livvy.

Pasearon por el centro de Venecia y cruzaron el puente de Rialto sin comprar nada. Para ser hija de un médico adinerado, se moderaba mucho con los gastos. Hoteles pequeños, menús baratos, trenes, ferrys y una aparente preocupación por el valor de las cosas. Livvy insistía en correr con la mitad de todo, o al menos se ofrecía a hacerlo. Rick le había dicho en más de una ocasión que no era rico y que no le pagaban una fortuna, pero se negaba a preocuparse por el dinero y muchas veces no le dejaba pagar a ella.

La cama de armazón metálico acabó en medio de la habitación con el vaivén de una sesión amorosa a altas horas de la noche, lo que produjo el suficiente escándalo para obligar a la *signora* Stella a susurrarle algo con discreción a Livvy durante el desayuno del día siguiente.

—¿Qué te ha dicho? —le preguntó Rick cuando Stella se hubo ido.

Livvy se inclinó hacia él, sonrojándose repentinamente.

—Anoche hicimos demasiado ruido —le dijo en voz baja—. Hubo quejas.

—¿Y tú qué le has dicho?

—Que lo sentimos, pero que vamos a seguir haciéndolo.

—Esa es mi chica.

—No está muy de acuerdo, pero puede que nos traslade a otra habitación con una cama más pesada.

—Me encantan los retos.

En Venecia no existen las grandes avenidas. Las calles son estrechas y se retuercen y entretejen con los canales, cruzados por puentes de todo tipo que alguien se había entretenido en contar: unos cuatrocientos. Al final del miércoles Rick estaba seguro de haberlos cruzado todos.

Estaba apoltronado a la sombra del toldo de la terraza de una cafetería, dando lánguidas caladas a un habano y saboreando un Campari con hielo mientras esperaba a que Livvy despachara otra catedral, esta conocida como la iglesia de San Fantin. No se había cansado de ella, al contrario: la energía y la curiosidad de la joven lo animaban a usar el cerebro. Livvy era una compañía muy agradable, fácil de complacer y dispuesta a hacer cualquier cosa que le pareciera divertida. Rick todavía no había visto asomar a la niña rica malcriada, a la egocéntrica reina universitaria. Tal vez no existía.

Y tampoco estaba cansado de Venecia. De hecho, le encantaba la ciudad, sus infinitos rincones, sus callejones sin salida y sus plazas ocultas. El marisco era exquisito y estaba disfrutando de aquella tregua a la pasta. Estaba harto de iglesias, *palazzi* y museos, pero al menos habían conseguido despertar su interés por el arte y la historia de la ciudad.

Sin embargo, Rick era un jugador de fútbol americano y todavía quedaba un partido por delante. Un partido que tenía que ganar para justificar su presencia, su existencia y lo que le costaba al equipo, por ridículo que fuera. Temas económicos aparte, había sido quarterback en la NFL, y si no conseguía organizar una ofensiva para obtener una victoria más en Italia, entonces habría llegado el momento de colgar las botas.

A pesar de haber dejado caer que debía partir el jueves por la mañana, Livvy había hecho oídos sordos.

—Mañana tengo que estar en Parma —dijo Rick, mientras cenaban en el Fiore—. El entrenador Russo quiere que nos veamos por la tarde.

—Yo creo que me quedo aquí —contestó ella, sin vacilar. Lo tenía todo pensado.

—¿Cuánto tiempo?

—Unos días más. Estaré bien.

Rick no lo dudaba. Aunque les gustaba estar juntos, ambos necesitaban su espacio y sabían desaparecer cuando era necesario. Livvy se las apañaba para viajar sola por el mundo mucho mejor que él. Nada le hacía perder los nervios o la intimidaba. Se adaptaba con gran rapidez, como un viajero experimentado, y no dudaba en utilizar su sonrisa y su belleza para obtener lo que quería.

—¿Estarás de vuelta para la Super Bowl? —le preguntó Rick.

—¿Cómo iba a perdérmela?

—Eres una listilla.

Pidieron anguila, mújol y sepia, y cuando estuvieron llenos, fueron a tomar algo al Harry's Bar, en el Gran Canal. Se sentaron muy juntitos en un rincón, observando a un grupo de escandalosos estadounidenses sin sentir nada de nostalgia.

—¿Qué harás cuando acabe la temporada? —le preguntó Livvy.

Se había enroscado en uno de los brazos de Rick, quien le masajeaba las rodillas con una mano. Bebían despacio, como si fueran a pasar allí toda la noche.

—No lo sé. ¿Y tú? —dijo Rick.

—Tengo que volver a casa, pero no me apetece.

—Yo ni tengo que hacerlo ni me apetece, pero tampoco sé qué iba a hacer aquí.

—¿Quieres quedarte? —preguntó, mientras conseguía arrimarse un poco más.

—¿Contigo?

—¿Tienes a alguien más en mente?

—No me refería a eso. ¿Vas a quedarte?

—Podrían convencerme.

Una cama más pesada, instalada en una habitación más grande, solucionó el problema de las quejas. Durmieron hasta bien entrado el jueves y luego se despidieron, apenados. Rick la saludó con una mano mientras el ferry se alejaba del muelle y se adentraba suavemente en el Gran Canal.

29

El sonido era vagamente familiar. Lo había oído antes, pero en su estado de coma profundo no conseguía recordar ni dónde, ni cuándo. Se incorporó en la cama, vio que pasaban cuatro minutos de las tres de la madrugada y empezó a situarse. Alguien llamaba a la puerta.

—¡Voy! —gruñó, y el intruso o intrusa apartó el dedo del timbre blanco del descansillo.

Rick se puso unos pantalones cortos de deporte y una camiseta. Encendió las luces y en ese momento recordó al detective Romo y el no arresto de meses atrás. Pensó en Franco, su juez particular, y decidió que no tenía nada que temer.

—¿Quién es? —le preguntó a la puerta, acercando la boca al pestillo.

—Estoy buscando a Rick Dockery.

—Pues ya lo ha encontrado. ¿Y ahora qué?

—Por favor. Tengo que ver a Livvy Galloway.

—¿Es usted policía?

Rick pensó de repente en sus vecinos y en el jaleo que estaba armando con tanto grito a través de una puerta cerrada.

—No.

Rick descorrió el pestillo y se encontró cara a cara con un hombre fornido vestido con un traje negro barato. Cabeza grande, bigote poblado y profundas ojeras alrededor de los ojos. Seguramente arrastraba una larga historia con la botella.

—Me llamo Lee Bryson, investigador privado de Atlanta —se presentó, tendiéndole una mano.

—Encantado —contestó Rick, sin estrechársela—. ¿Quién es él?

Detrás de Bryson había un italiano de cara siniestra vestido con un traje oscuro que costaba unos dólares más que el de Bryson.

—Lorenzo. Es de Milán.

—Eso lo explica todo. ¿Es poli?

—No.

—Entonces ¿no hay polis?

—No, somos investigadores privados. Por favor, le agradecería que me dedicara diez minutos.

Rick los hizo pasar con un gesto y cerró la puerta. Los acompañó hasta el salón, donde se sentaron incómodos en el sofá, rodilla contra rodilla. Rick se apoltronó en una silla.

—Será mejor que valga la pena —les advirtió.

—Trabajo para ciertos abogados de Atlanta, señor Dockery. ¿Puedo llamarle Rick?

—No.

—De acuerdo. Dichos abogados están llevando el proceso de divorcio entre el doctor Galloway y la señora Galloway y me han enviado a ver a Livvy.

—No está aquí.

Bryson echó un vistazo a la habitación y sus ojos se detuvieron en un par de zapatos rojos de tacón que había en el suelo, junto al televisor. Luego en un bolso marrón en un extremo de la mesa. Lo único que faltaba era un sujetador colgando de la lámpara, con estampado de leopardo. Lorenzo no apartaba la vista de Rick, como si su papel consistiera en encargarse del sujeto en el caso de que fuera necesario.

—Pues yo creo que sí —dijo Bryson.

—Me da igual lo que usted crea. Ha estado aquí, pero ya no está.

—¿Le importa si echo un vistazo?

—Por supuesto que no, enséñeme la orden de registro e incluso podrá mirar en la ropa sucia. —Bryson volvió de nuevo su enorme cabeza—. Es un apartamento pequeño de tres habitaciones —añadió Rick—. Desde donde está sentado ve dos. Le prometo que Livvy no está en el dormitorio.

—¿Dónde está?

—¿Por qué quiere saberlo?

—Me han enviado a buscarla. Ese es mi trabajo. Hay gente en casa que está muy preocupada por ella.

—Tal vez ella no quiera volver a casa. Tal vez quiera evitar a esa misma gente.

—¿Dónde está?

—Está bien y le gusta viajar, así que va a costarle encontrarla.

Bryson se atusó el bigote y pareció sonreír.

—Puede que le resulte difícil viajar —dijo—. El visado expiró hace tres días.

Rick le concedió aquel punto, pero no cedió terreno.

—No es un delito grave.

—No, pero las cosas podrían ponerse feas. Tiene que volver a casa.

—Tal vez. Es libre de decirle lo que desee, y cuando lo haga, estoy seguro de que ella tomará la decisión que mejor le convenga. Es mayor de edad, señor Bryson, y muy capaz de decidir qué quiere hacer con su vida. No le necesita ni a usted, ni a mí, ni a nadie de casa.

La redada nocturna había fallado y Bryson inició la retirada. Sacó varios papeles del bolsillo del abrigo y los arrojó sobre la mesita de café.

—Este es el trato —dijo, intentando aportar un poco de dramatismo—. Ahí hay un billete de ida de Roma a Atlanta para este domingo. Si ella aparece, nadie hará preguntas sobre el visado, ya nos hemos encargado de ese pequeño problema. Si no aparece, entonces estará aquí sin permiso y sin la documentación necesaria.

—Me parece muy bien, pero está hablando con la persona equivocada. Como ya le he dicho, la señorita Galloway toma sus propias decisiones. Yo solo le proporciono alojamiento cuando está de paso.

—Pero hablará con ella.

—Tal vez, pero no le garantizo que la vea antes del domingo o del mes que viene, para el caso. Le gusta ver mundo.

No había nada más que Bryson pudiera hacer. Le habían pagado para que encontrara a la chica, la amenazara un poco, la asustara para que volviera a casa y le entregara el billete. Aparte de eso, no estaba autorizado a hacer nada más. Ni en suelo italiano ni en ningún otro sitio.

Se puso en pie y Lorenzo lo imitó. Rick no se levantó de la silla.

—Soy seguidor de los Falcons —dijo Bryson, deteniéndose junto a la puerta—. ¿No estuvo en Atlanta hace unos años?

—Sí —se apresuró a contestar Rick, sin más.

Bryson echó un vistazo al apartamento. Una tercera planta sin ascensor. Un edificio antiguo en una calle estrecha de una ciudad antigua. Estaba a una gran distancia de los focos de la NFL.

Rick aguantó la respiración y se preparó para el golpe bajo. Tal vez un: «Veo que al final ha encontrado su sitio». O un: «Un bonito paso adelante en su carrera».

Sin embargo, fue él quien llenó el silencio preguntándole cómo lo había encontrado.

—Una de las compañeras de cuarto de Livvy recordaba su nombre —contestó Bryson, abriendo la puerta.

Casi era mediodía cuando Livvy contestó a su llamada. Estaba comiendo fuera, en la piazza San Marco, mientras alimentaba a las palomas. Rick le relató la visita de Bryson.

Al principio, la joven reaccionó con indignación; ¿cómo se atrevían sus padres a seguirla y a meterse en su vida? Estaba indignada con los abogados que habían contratado a los matones que habían irrumpido en el apartamento de Rick a esas horas intempestivas. Estaba indignada con su compañera de cuarto por chivarse. Cuando se tranquilizó, se impuso la curiosidad por saber cuál de sus padres estaría detrás de todo aquello. Que pudieran estar trabajando juntos quedaba totalmente descartado. Luego recordó que los abogados de su padre eran de Atlanta, mientras que los de su madre eran de Savannah.

Cuando Livvy le pidió su opinión, Rick, quien apenas había pensado en otra cosa desde hacía horas, le recomendó que cogiera el billete y volviera a casa. Una vez allí, podría solucionar lo del visado y, con un poco de suerte, regresar lo antes posible.

—No lo entiendes —dijo ella más de una vez, y tenía razón.

La desconcertante explicación era que jamás podría utilizar el billete enviado por su padre porque había conseguido manipularla durante veintiún años y ya estaba harta. Si volvía a Estados Unidos, sería poniendo ella las condiciones.

—Jamás utilizaré ese billete, y lo sabe —dijo.

Rick frunció el ceño, se rascó la cabeza y una vez más dio gracias a Dios por tener una familia tan sosa y sencilla.

Tampoco era la primera vez que se preguntaba en qué apuros podría acabar encontrándose la joven. ¿Qué pasaba con el visado expirado? En fin, como era de esperar, ella lo tenía todo pensado. Italia, siendo Italia, contaba con algunas lagunas jurídicas en cuanto a sus leyes de inmigración, una de las cuales se llamaba *permesso di soggiorno* o permiso de estancia. A veces se concedía a extranjeros legales cuyas visas habían expirado y por lo general tenían una validez de noventa días.

Livvy se preguntaba si el juez Franco conocería a alguien en inmigración. O tal vez el *signor* Bruncardo. ¿Y Tommy, el funcionario, el ala defensivo que no sabía cocinar? Seguro que alguien de la organización de los Panthers sabía encontrar el hilo del que había que tirar.

Una idea maravillosa, pensó Rick. Y bastante factible, si ganaban la Super Bowl.

30

Las discusiones de última hora con la cadena que emitiría el partido por cable hicieron adelantar su inicio a las ocho de la tarde del sábado. Televisarlo en directo, aunque fuera a través de un canal de poca audiencia, era importante para la liga y el deporte, y una Super Bowl bajo los focos significaba una entrada más nutrida y un público más bullicioso. A última hora de la tarde los aparcamientos que había alrededor del estadio estaban a rebosar de incondicionales del fútbol americano que celebraban la versión italiana del picnic al lado del coche. Llegaron autobuses abarrotados de seguidores de Parma y Bérgamo. Las pancartas envolvieron el campo, como solía hacerse en los estadios de fútbol europeo. Un dirigible diminuto flotaba sobre el campo. Como siempre, era el día más importante del año para el *football americano* y su pequeña pero leal legión de seguidores acudieron a Milán para asistir al último partido.

El recinto era un pequeño estadio muy bien cuidado que se utilizaba para la liga de fútbol europeo local. Habían retirado las porterías para la ocasión y el campo estaba meticulosamente delineado, no habían olvidado ni las líneas interiores. Una de las zonas de anotación estaba pintada de blanco y negro con la palabra «Parma» en el centro. Cien yardas (exactas) más allá, la zona de anotación del Bérgamo estaba pintada de color dorado y negro.

Varios representantes de la liga dieron pequeños discursos previos al partido y se presentó a antiguas leyendas. A continuación se realizó la ceremonia del lanzamiento de la moneda del sorteo de campo, que ganaron los Lions, y se anunciaron las largas alineaciones de los titulares. Cuando por fin los equipos ocuparon sus posiciones para la patada inicial, la tensión se mascaba en ambos banquillos y el público estaba impaciente.

Incluso Rick, el tranquilo quarterback de nervios de acero, caminaba a grandes zancadas por la línea de banda, daba palmaditas en las hombreras de sus compañeros mientras pedía sangre a gritos. Así se suponía que tenía que ser el fútbol.

El Bérgamo llevó a cabo tres jugadas y despejó. Los Panthers no habían preparado una nueva jugada estilo «Kill Maschi». Maschi no era tan estúpido. De hecho, cuantas más grabaciones veía Rick, más admiraba y temía al apoyador central. Podía echar por tierra una ofensiva, igual que el gran L.T. En el primer down, Fabrizio recibió el doble marcaje de los dos estadounidenses —McGregor y el Catedrático—, tal como Rick y Sam esperaban. Una estrategia inteligente para el Bérgamo y el inicio de un día duro para el quarterback del Parma y su ofensiva. Rick ordenó una ruta por la banda. Fabrizio atrapó el balón, recibió un fuerte empujón del Catedrático y acabó placado por la espalda por McGregor. Sin embargo, no hubo banderas. Rick abordó a uno de los árbitros mientras Nino y Karl el danés fueron a por McGregor. Sam irrumpió en el campo, gritando y maldiciendo en italiano, y no tardó en ganarse una falta personal. Los árbitros consiguieron evitar una pelea, pero el revuelo duró unos minutos. Fabrizio estaba bien y volvió renqueante a la agrupación. En la segunda y veinte, Rick lanzó un pase largo a Giancarlo y Maschi le juntó los tobillos de golpe en la línea. Entre una jugada y otra, Rick seguía abroncando al árbitro mientras Sam incordiaba al juez de gol.

En tercera y larga, Rick decidió entregar la pelota a Franco y rezar para superar la típica pérdida de balón del primer cuarto. Franco y Maschi colisionaron con fuerza, por los viejos tiempos, y gracias a la jugada avanzaron un par de yardas sin perder la posesión del balón.

Los treinta y cinco puntos que habían anotado ante el Bérgamo el mes anterior de repente les parecieron un milagro.

Los equipos intercambiaron despejes y las defensas dominaban. A Fabrizio le faltaba el aliento y, con sus ochenta kilos, no había jugada en la que no recibiera empujones por todos lados. A Claudio se le cayeron dos pases cortos que habían sido lanzados con demasiada fuerza.

El primer cuarto terminó sin que subiera ningún punto al marcador y el público se preparó para asistir a un partido aburrido. Tal vez aburrido de ver, pero a lo largo de la línea de golpeo los encontronazos era feroces. Cada jugada era la última de la temporada y nadie quería ceder ni un centímetro de terreno. Tras un mal saque, Rick corrió hacia la banda derecha con la esperanza de salir del campo cuando Maschi apareció como por arte de magia y lo embistió, casco contra casco. Rick se puso en pie de un salto, no había pasado nada grave, pero en la línea de banda se frotó las sienes e intentó aclarar la mente.

—¿Estás bien? —le gruñó Sam al pasar por el lado.

—Perfecto.

—Entonces haz algo.

—Vale.

Sin embargo, nada funcionaba. Tal como temían, Fabrizio estaba neutralizado y, por tanto, también el juego aéreo. Además, no había manera de controlar a Maschi. Era demasiado fuerte en el centro y demasiado rápido en los barridos. Lo hacía mucho mejor en el campo de lo que aparecía en las cintas de vídeo. Cada ataque arrancaba unos cuantos primeros downs, pero ningún equipo se aproximó a la zona roja. Los encargados de los despejes estaban empezando a cansarse.

A treinta segundos del final del primer tiempo, el pateador del Bérgamo consiguió cuarenta y dos yardas y los Lions se pusieron 3 a 0 por delante en el marcador antes de ir al vestuario.

Charley Cray —con diez kilos menos, la mandíbula todavía inmovilizada y con aspecto demacrado gracias a la piel fofa que le colgaba de la papada y los mofletes— se ocultaba entre el público, y durante la primera parte estuvo tomando algunas notas en su portátil:

- Recinto decente para jugar un partido; estadio bonito, decorado para la ocasión y un público entusiasta de cerca de 5.000 espectadores.
- Dockery podría andar perdido incluso aquí, en Italia; en la primera mitad completó 3 pases de 8 tentativas para 22 yardas y ningún punto.
- Sin embargo, debo decir que esto es fútbol de verdad. Los golpes son brutales; el arrojo y la entrega son tremendos; nadie se escaquea; estos tipos no juegan por dinero, sino por orgullo, y es un incentivo muy poderoso.
- Dockery es el único estadounidense del equipo del Parma y cabe preguntarse si no les iría mejor sin él. Ya veremos.

No hubo gritos en los vestuarios. Sam felicitó a la defensa por el soberbio esfuerzo que estaban haciendo. Seguid así. Ya encontraremos el modo de marcar.

Los entrenadores salieron y los jugadores hablaron. Nino, que fue el primero como siempre, alabó apasionadamente los heroicos esfuerzos defensivos y luego exhortó al equipo atacante a que consiguiera puntos. Es nuestro momento, dijo. Puede que algunos de nosotros no volvamos a vivir algo así. Hay que darlo todo. Hay que echarle agallas. Al terminar, se secó las lágrimas.

Tommy se levantó y proclamó su amor por los que estaban en aquella habitación. Dijo que era su último partido y que no había nada que deseara más que retirarse como campeones.

Pietro caminó hasta el centro. Aquel no sería su último partido, pero por nada del mundo iba a permitir que el Bérgamo decidiera su carrera. Fanfarroneó sin ningún pudor que los Lions no iban a marcar ni un solo punto en la segunda parte.

Franco estaba a punto de dar la charla por finalizada cuando Rick se acercó a él y levantó una mano.

—Ganemos o perdamos —dijo, con la ayuda de la traducción de Franco—, os agradezco que me hayáis permitido jugar en vuestro equipo esta temporada.

Alto. Traducción. La habitación se quedó en silencio. Sus compañeros estaban pendientes de sus palabras.

—Ganemos o perdamos, estoy orgulloso de ser un Panther, uno de los vuestros. Gracias por aceptarme.

Traducción.

—Ganemos o perdamos, os considero a todos, ya no como a mis amigos, sino como a mis hermanos.

Traducción. Hubo alguno que parecía a punto de echarse a llorar.

—Me lo he pasado mejor aquí que en la otra NFL y no vamos a perder este partido.

Cuando terminó, Franco le dio un abrazo de oso y el equipo lo vitoreó. Aplaudieron y le dieron manotazos en la espalda.

Franco, elocuente como siempre, echó mano a la historia del equipo. Ningún equipo de Parma había ganado la Super Bowl y la hora siguiente sería la definitiva. Hacía cuatro semanas le habían dado una paliza al Bérgamo, habían acabado con la racha invencible, los habían enviado a casa con el rabo entre las piernas y estaba seguro de que volverían a vencerlos.

Para el entrenador Russo y su quarterback, la primera mitad había sido perfecta. El fútbol base, muy alejado de las complejidades de los equipos universitarios y profesionales, a veces podía planearse como las batallas antiguas. Un ataque constante en un frente podía preparar el terreno para lanzar una sorpresa en otro y hacía tiempo que habían descartado el juego aéreo, aunque no habían estado creativos en las carreras. El Bérgamo lo había detenido todo y estaban seguros de que no se les había escapado nada.

En la segunda jugada del segundo tiempo, Rick amagó un dive a la izquierda dirigido a Franco, simuló un pase corto a la izquierda para Giancarlo y luego salió corriendo por la derecha sin ningún bloqueador. Maschi, siempre rápido para lanzarse a por el balón, estaba demasiado a la izquierda y fuera de posición. Rick corrió veloz para veinte dos yardas y salió del campo para esquivar a McGregor.

Sam se encontró con él cuando Rick volvía al trote hacia la agrupación.

—Funcionará. Resérvalo para más tarde.

Tres jugadas después, los Panthers volvieron a despejar. Pietro y Silvio salieron corriendo en busca de alguien a quien hacer trizas. Bloquearon el avance tres veces. Los despejes volaban por todas partes a medida que iba consumiéndose el tercer cuarto. Ambos equipos se vapuleaban en medio del campo como dos torpes pesos pesados en el centro del cuadrilátero intercambiando derechazos, dándose de tortas y sin retroceder ni un paso.

Al inicio del último cuarto, los Lions fueron acercando el balón centímetro a centímetro a la yarda diecinueve, la penetración más profunda que habían conseguido en todo el partido, y en cuarta y cinco su pateador anotó un gol de campo fácil.

A diez minutos del final y seis puntos por debajo, el pánico y la desesperación alcanzaron nuevas cotas en el banquillo de los Panthers, y otro tanto les ocurría a sus seguidores. El ambiente era electrizante.

—Ha llegado la hora del espectáculo —le dijo Rick a Sam mientras observaban la patada.

—Sí, ten cuidado.

—¿Bromea? Me han noqueado mejores futbolistas.

En el primer down, Rick lanzó un pase corto a Giancarlo para cinco yardas. En el segundo, amagó el mismo pase, retuvo el balón y echó a correr como una bala por la derecha, sin marcaje y sin obstáculos para veinte yardas hasta que McGregor apareció, con la cabeza gacha y cargando con dureza. Rick bajó la cabeza y toparon en una colisión espeluznante. Ambos cayeron al suelo. No había tiempo para el aturdimiento o las rodillas magulladas.

Giancarlo barrió a la derecha y Maschi lo derribó. Rick amagó una entrega, salió corriendo con el balón a la izquierda y consiguió quince yardas antes de que McGregor cargara contra sus rodillas. La única estrategia para compensar la rapidez es conseguir despistar al adversario y de repente el equipo atacante adquiere otro aspecto: los corredores en movimiento, tres receptores en un lado, dos alas cerrados, nuevas jugadas y nuevas formaciones. Rick, bajo el centro en una formación wishbone, amagó un pase a Franco, se volvió hacia el campo y le lanzó un pase a Giancarlo justo cuando Maschi lo golpeaba bajo. Una oportunidad ejecutada a la perfección, y Giancarlo que avanza a toda velocidad para once yardas. Rick amagó otra entrega de balón desde la escopeta, se lanzó a correr con la pelota sin ningún bloqueador a la vista y salió del terreno en las dieciocho yardas.

Ahora Maschi estaba obligado a adivinar las jugadas en vez de limitarse únicamente a reaccionar. Tenía más en que pensar. McGregor y el Catedrático habían aflojado el marcaje de Fabrizio al verse repentinamente bajo la presión de tener que detener al imprevisible quarterback del Parma. Siete jugadas duras llevaron el balón hasta la yarda tres y en cuarta y gol Filippo anotó un gol de campo fácil. A seis minutos del final, el Bérgamo iba 6 a 3 por delante en el marcador.

Alex Olivetto reunió a la defensa antes de la patada. Maldijo, golpeó cascos y disfrutó enardeciendo a las tropas. Tal vez demasiado. En el segundo intento, Pietro arrolló al quarterback de los Lions y les regaló quince preciosas yardas por culpa de la falta personal. El avance se estancó en el medio campo y un gran despeje se detuvo en la línea de las cinco yardas.

Noventa y cinco yardas en tres minutos. Rick evitó a Sam al salir al campo. Vio miedo en la agrupación y les dijo que se tranquilizaran, que no podían permitirse perder el balón ni que los penalizaran, que se limitaran a golpear con fuerza y que estarían en la zona de anotación en un abrir y cerrar de ojos. No necesitaron traducción.

Maschi lo provocó cuando se acercaron a la línea.

—Tú puedes hacerlo, Asno. Lánzame un pase.

Sin embargo, Rick lanzó un pase corto a Giancarlo, quien atrapó el balón con fuerza y avanzó cinco yardas de un salto. En el segundo intento, dio un giro a la derecha, buscó a Fabrizio por el centro, vio demasiadas camisetas doradas y siguió avanzando con el balón. Franco, menos mal, abandonó la pila y le hizo un feo bloqueo a Maschi. Rick avanzó catorce yardas y salió del terreno de juego. En el primer down volvió a girar a la derecha, asió el balón con fuerza y se lanzó campo arriba. Fabrizio estaba dibujando con desgana una ruta de gancho, por inútiles que hubieran sido sus esfuerzos hasta el momento por culpa del doble marcaje, pero cuando Rick retrocedió y se volvió en busca de receptor, Fabrizio salió disparado a toda velocidad. McGregor y el Catedrático eran demasiado lentos para él. Rick se detuvo a unos centímetros de la línea. Maschi estaba abriéndose paso para placarlo.

En todos los partidos llega el momento en que el quarterback, desprotegido y vulnerable, ve a un receptor desmarcado y dispone de una fracción de segundo para tomar una decisión: o lanzar el pase y arriesgarse a un bloqueo peligroso o bajar el balón y echar a correr para ponerse a salvo.

Rick plantó los pies en el suelo y lanzó el balón todo lo lejos que pudo. Tras el lanzamiento, el casco de Maschi lo golpeó bajo la barbilla y casi le partió la mandíbula. El pase acabó siendo una espiral espléndida, tan alta y tan larga que el público aguantó la respiración sin dar crédito a lo que veían sus ojos. Estuvo en el aire el tiempo de un despeje perfecto, unos segundos eternos en los que todo el mundo se quedó helado.

Todo el mundo salvo Fabrizio, quien volaba intentando encontrar el balón. Al principio era imposible calcular dónde iba a caer, pero habían practicado aquel pase Ave María cientos de veces. «Tú ve a la zona de anotación —le repetía siempre Rick—. El balón estará allí.» Cuando la pelota inició el descenso, Fabrizio comprendió que hacía falta más velocidad. Echó toda la carne en el asador, sus pies apenas tocaban el suelo. En la línea de las cinco yardas, abandonó el suelo como si fuera un saltador de longitud olímpico y atravesó el aire con los brazos completamente extendidos y los dedos estirados para atrapar el balón. Tocó el cuero en la línea de gol, se golpeó contra el suelo con dureza, se levantó rebotando como un acróbata y agitó el balón para que todos lo vieran.

Y lo vieron todos, todos menos Rick, quien estaba a cuatro patas, balanceándose adelante y atrás, intentando recordar quién era. Franco lo hizo levantar del suelo al tiempo que un rugido ensordecedor recorría las gradas, y lo arrastró hasta la línea de banda, donde sus compañeros se le echaron encima. Rick consiguió permanecer en pie, pero no sin ayuda.

Sam pensó que estaría muerto, pero estaba demasiado pasmado con la recepción de Fabrizio para preocuparse por su quarterback.

Las banderas ondearon mientras la celebración se trasladaba al campo. Los árbitros finalmente restablecieron el orden y señalaron una penalización de quince yardas, luego Filippo anotó un punto adicional que habría sido bueno desde medio campo.

Charley Cray escribiría:

> El balón atravesó 76 yardas en el aire sin la más ligera insinuación de oscilación, pero el pase en sí palideció ante la magnífica recepción en el otro extremo del campo. He presenciado grandes touchdowns pero, sinceramente, amantes del deporte, este encabeza la lista. Un italiano flacucho llamado Fabrizio Bonozzi salvó a Dockery de una nueva derrota humillante.

Filippo se dejó su sobrecargado pie en la patada y el balón planeó sobre la zona de anotación. En tercera y larga, el viejo Tommy fintó al tackle izquierdo y derribó al quarterback. Su última jugada como Panther fue la mejor de todas.

En cuarta y más larga, el quarterback del Bérgamo perdió el balón en un mal saque desde una formación escopeta y finalmente cayó sobre el balón en la línea de las cinco yardas. El banquillo de los Panthers volvió a estallar y los seguidores parmesanos acabaron desgañitándose.

A cincuenta segundos del final y con Rick en el banquillo aspirando amoníaco, Alberto se encargó de la ofensiva y cayó sobre el balón un par de veces. Fin del partido. Los Panthers de Parma habían conseguido su primera Super Bowl.

31

Se reunieron triunfantes en el Mario, una vieja pizzería al norte de Milán, a veinte minutos del estadio. El *signor* Bruncardo había alquilado todo el local para la celebración, una cara idea de la que se habría arrepentido en el caso de haber perdido, pero no era así. Llegaron en autobuses y taxis, armando jaleo mientras entraban por la puerta y pedían cerveza. Había dispuestas tres largas mesas en el centro del local para los jugadores, quienes no tardaron en verse rodeados por sus admiradores: esposas, novias y seguidores de Parma.

Pusieron una cinta y unas pantallas gigantescas proyectaron el partido mientras los camareros acarreaban con decenas de pizzas y litros de cerveza.

Todo el mundo tenía cámara y se tomaron miles de fotos. Rick era el objetivo favorito y recibió abrazos, apretones y palmaditas hasta que empezaron a dolerle los hombros. Fabrizio también era el centro de atención, sobre todo de las adolescentes. La recepción ya había alcanzado proporciones legendarias.

Rick tenía el cuello, la barbilla, la mandíbula y la frente muy doloridos y seguían pitándole los oídos. Matteo, el masajista, le dio calmantes que no podía mezclar con alcohol, así que el quarterback dejó a un lado la cerveza. Además, no tenía apetito.

Se saltaron las imágenes de las agrupaciones, los tiempos muertos y la primera parte y, a medida que se acercaba el final del partido, el ruido fue acallándose considerablemente. Quien manipulaba el aparato puso la cámara lenta y cuando Rick salió de la bolsa e inició la carrera, la pizzería estaba en completo silencio. El placaje de Maschi había sido espectacular y en Estados Unidos habría hecho las delicias de los comentaristas. Los programas del lunes por la mañana lo anunciarían como el «Golpe del día» y lo pasarían cada diez minutos. Sin embargo, en el Mario se hizo por un momento un silencio sepulcral en el instante en que su quarterback decidía mantener su posición, sacrificar su integridad y lanzar aquella bomba. Se oyeron algunos gruñidos apagados cuando Maschi lo dejó inconsciente. Todo limpio, legal y asombrosamente brutal.

Sin embargo, en el otro extremo todo era alegría.

La recepción había quedado recogida espléndida y permanentemente en vídeo y verla por segunda vez, y luego por tercera, era casi tan excitante como haberla visto en directo. Fabrizio, muy poco habitual en él, se comportó como si no tuviera importancia, como si solo se tratara de un día más en la oficina. Como si todavía le quedara demostrar mucho más en el futuro.

Cuando se acabó la pizza y quitaron el partido, los asistentes se prepararon para los formalismos de rigor. Tras el largo discurso del *signor* Bruncardo y el escueto de Sam, ambos posaron con el trofeo de la Super Bowl para inmortalizar el momento más importante de la historia de los Panthers. Al inicio de los cánticos animados por la bebida, Rick supo que había llegado el momento de partir. La larga noche estaba a punto de prolongarse mucho más. Salió de la pizzería sin que nadie lo viera, pidió un taxi y regresó al hotel.

Dos días después se encontró con Sam para comer en un restaurante de su barrio, el Sorelle Picchi, en la strada Farini. Tenían algunos asuntos que tratar, aunque primero repasaron el partido. Sam no trabajaba ese día, así que compartieron una botella de lambrusco con un plato de pasta rellena.

—¿Cuándo vuelves a casa? —preguntó Sam.

—Todavía no he hecho planes. No tengo prisa.

—No es lo más habitual. Por lo general los estadounidenses se sacan un billete al día siguiente del último partido. ¿No echas de menos aquello?

—Necesito ver a mi gente, pero lo de «casa» es un concepto un poco difuso ahora mismo.

Sam saboreó lentamente una cucharada de pasta.

—¿Has pensado en el año que viene?

—La verdad es que no.

—¿Podemos hablar de ello?

—Podemos hablar de lo que quiera. Usted paga la comida.

—El *signor* Bruncardo es quien paga la comida y últimamente está de muy buen humor. Le encanta ganar, le encanta la publicidad, las fotos, los trofeos... Y quiere repetir el año que viene.

—Lógico.

Sam rellenó ambas copas.

—¿Cómo se llamaba tu agente?

—Arnie.

—Arnie. ¿Sigue llevando tus asuntos?

—No.

—Bien, entonces ¿podemos hablar de negocios?

—Por supuesto.

—Bruncardo te ofrece veinticinco mil euros al mes, durante doce meses, además del apartamento y el coche durante un año.

Rick le dio un largo trago a su copa de vino y se quedó mirando fijamente el mantel a cuadros rojos.

—Prefiere darte a ti el dinero que gastárselo en más estadounidenses —prosiguió Sam—. Me ha preguntado si podríamos ganar el año que viene con el mismo equipo y le he dicho que sí. ¿Estás de acuerdo? —Rick asintió con una sonrisita—. Por eso intenta mejorar tu contrato.

—El contrato no está mal —dijo Rick, pensando menos en el salario y más en un apartamento que ahora, por lo visto, necesitaban dos personas.

También pensó en Silvio, que trabajaba en la granja familiar, y en Filippo, que conducía un camión de cemento. Aquella gente mataría por un contrato como aquel, y entrenaba y jugaba tan duro como Rick.

Aunque no eran quarterbacks, ¿verdad?

Un nuevo trago de vino y Rick pensó en los cuatrocientos mil dólares que le pagaba el Buffalo hacía seis temporadas, y pensó en Randall Framer, un compañero de Seattle, a quien le habían dado ochenta y cinco millones por lanzar pases durante siete años más. Todo es relativo.

—Mire, Sam, hace seis meses me sacaron en camilla del campo de Cleveland. Me desperté veinticuatro horas después en un hospital, tras mi tercera conmoción cerebral. El médico me sugirió que dejara el fútbol y mi madre me suplicó que hiciera otro tanto. El pasado domingo me desperté en el vestuario. Me puse en pie, salí al campo y supongo que lo celebré con los demás, pero no lo recuerdo, Sam, volvía a estar grogui. La cuarta. No sé cuántas más podré soportar.

—Te entiendo.

—Esta temporada me he llevado unos cuantos golpes. No deja de ser fútbol, y Maschi me golpeó con tanta fuerza como cualquiera de la NFL.

—¿Vas a dejarlo?

—No lo sé. Deme un tiempo para pensarlo, para aclarar las ideas. Me voy a la playa unas semanas.

—¿Adónde?

—Mi agente de viajes ha decidido que a Apulia, en el sur, en el tacón de la bota italiana. ¿Ha estado allí?

—No. ¿Es cosa de Livvy?

—Sí.
—¿Y lo del visado?
—No le preocupa.
—¿Vas a raptarla?
—Es un rapto conjunto.

Subieron al tren temprano y ocuparon sus asientos mientras los demás pasajeros se apresuraban a subir en medio de un calor sofocante. Livvy se sentó delante de él, se descalzó y apoyó los pies en el regazo de Rick. Esmalte de uñas naranja. Minifalda. Kilómetros de pierna.

Livvy desdobló un horario de trenes del sur de Italia. Le había preguntado por sus preferencias, por lo que tenía pensado y le apetecía. La escueta respuesta de Rick dejó a Livvy más que satisfecha. Pasarían una semana en Apulia, luego tomarían un ferry hasta Sicilia, donde pasarían diez días más, y a continuación cogerían un barco hasta la isla de Cerdeña. A medida que se acercara agosto, se dirigirían hacia el norte, lejos de los veraneantes y el calor, y explorarían las montañas del Véneto y Friuli. Quería ver las ciudades de Verona, Vicenza y Padua. Quería verlo todo.

Se alojarían en hostales y hoteles baratos y utilizarían el pasaporte solo cuando el pequeño problema del visado estuviera resuelto. Franco se estaba empleando a fondo para salvar aquel escollo.

Tomarían trenes y ferrys, pero taxis solo cuando fuera necesario. Tenía planes, planes alternativos y más planes. La única condición de Rick había sido el límite de iglesias por día: dos. Livvy intentó negociar la cifra, pero claudicó al final.

Sin embargo, la joven no tenían planes para después de agosto. La sola mención de su familia hacía que Livvy se pusiera de mal humor, por lo que intentaba olvidar la complicada situación que tenía en casa. Cada vez hablaba menos de su familia y más de retrasar el último año de universidad.

Rick estaba conforme. Mientras le masajeaba los pies, se dijo que seguiría aquellas piernas a donde fuera. El tren iba medio vacío. Los hombres que pasaban por el lado no podían evitar que se les fueran los ojos detrás de aquellas piernas. Livvy estaba ausente estudiando el sur de Italia, maravillosamente ajena a la atención que sus pies desnudos y sus piernas bronceadas despertaban.

Al tiempo que el Eurostar partía del andén, Rick miró por la ventanilla y esperó. Pronto pasaron junto al Stadio Lanfranchi, a menos de sesenta metros de la zona de anotación norte o como lo llamaran en el rugby.

Se permitió una sonrisa de profunda satisfacción.

Nota del autor

Hace unos años, mientras investigaba para otro libro, descubrí por casualidad el fútbol americano en Italia. Existe una verdadera NFL italiana, con equipos de verdad, jugadores de verdad e incluso una Super Bowl de verdad, por lo que la ambientación de este libro es razonablemente precisa, aunque, como es habitual, no vacilé en tomarme ciertas libertades cuando tuve que enfrentarme a una investigación posterior.

Los Panthers de Parma existen. Los he visto jugar contra los Dolphins bajo la lluvia en el Stadio Lanfranchi. Su entrenador se llama Andrew Papoccia (Illinois State), cuya aportación ha sido inestimable. También han sido de gran ayuda el quarterback, Mike Souza (Illinois State), el receptor Craig McIntyre (Eastern Washington) y el coordinador de defensa Dan Milsten (Universidad de Washington). En lo relativo al fútbol americano, estos estadounidenses respondieron a todas mis preguntas. En lo relativo a la comida y el vino, se mostraron incluso más entusiastas.

El dueño de los Panthers se llama Ivano Tira, una persona muy cordial que se aseguró de que disfrutara de mi estancia en Parma. David Montaresi me acompañó a visitar esta magnífica ciudad. Paolo Borchini y Ugo Bonvicini, antiguos jugadores, colaboran en la dirección del equipo. Los Panthers son un grupo de recios italianos que salen al campo por amor al juego y por la pizza de después. Una noche me invitaron al Polipo después de un entrenamiento y reí hasta que se me saltaron las lágrimas.

Sin embargo, todos los personajes de estas páginas son ficticios. He hecho todo lo posible por alejarme de las personas reales, por lo que cualquier similitud es pura coincidencia.

Gracias también a Bea Zambelloni, Luca Patouelli, Ed Pricolo, Llana Young Smith y Bryce Miller, y mi agradecimiento especial al alcalde de Parma, Elvio Ubaldi, por las entradas para la ópera. Fui su invitado de honor en su palco y disfruté de un maravilloso *Otello* en el Teatro Regio.

John Grisham
27 de junio de 2007